W0397419

ISABELLA STRAUB

SÜDBALKON

Blumenbar
bei Aufbau

Isabella Straub, geboren 1968 in Wien.
Studium der Germanistik und Philosophie. Journalistin bei einer großen österreichischen Tageszeitung, selbständige Werbetexterin (Agentur »textbar«) in Klagenfurt am Wörthersee. Teilnehmerin der Leondinger Literaturakademie 08/09. Finale Werner Bräunig Preis 2009. Gewinnerin Wortlaut Wettbewerb 2011.

Ruth Amsel hat das, was der Rest der Gesellschaft sich wünscht: Freizeit. Oder auch: Nichts zu tun. Keinen Job, keine Kinder, nur einen Freund, für den sie mal eben das Siebte Flittchen spielen darf, bevor er wieder hinter dem Computer verschwindet. Ruth ist eine Außenseiterin, aber gerade weil sie nicht am normalen Leben teilnimmt, kann sie uns alles darüber erzählen. Voll Sehnsucht und Abscheu zugleich schaut sie in die Wohnungen der anderen, verabredet sich aus Kostengründen stets in Möbelgeschäften zum Kaffee, trifft sich zum Rendezvous im Küchenstudio und beobachtet zur Ermunterung Kranke vor der Klinik. In der modernen Stadt mit der allgemein zur Schau getragenen Happyness findet sie einfach keinen Platz. Bis sie Pawel begegnet.

ISABELLA STRAUB

SÜDBALKON

Roman

Blumenbar

FSC
www.fsc.org
MIX
Papier aus verantwortungsvollen Quellen
FSC® C083411

ISBN 978-3-351-05002-3

Blumenbar ist eine Marke der Aufbau Verlag GmbH & Co. KG

1. Auflage 2013
© Aufbau Verlag GmbH & Co. KG, Berlin 2013
Einbandgestaltung Tim Jockel
unter Verwendung eines Motivs von © Perry McKenna
Satz LVD GmbH, Berlin
Druck und Binden CPI – Clausen & Bosse, Leck
Printed in Germany

www.aufbau-verlag.de

1

Wenn Raoul gut gelaunt ist, spielen wir *Wo ich niemals leben möchte*. Wenn er schlecht gelaunt ist, aber immer noch gut genug, um sich aufheitern zu lassen, spielen wir *Wo ich niemals sterben möchte*. Wenn ich merke, dass die Stimmung kippt, lasse ich ihn gewinnen. Ich beiße mir auf die Unterlippe und tue so, als würde ich nachdenken, obwohl ich tausend Orte nennen könnte, an denen ich nie und nimmer sterben möchte. In der Sakristei des Stephansdoms. In der Zielgeraden am Nürburgring. Auf einer Bank im Garten der Magenbuch-Klinik.

Wenn Raoul merkt, dass er gewinnt, bessert sich seine Laune schlagartig. Er reibt sich die Hände, manchmal kneift er mich in die Wange. Das kann ich nicht leiden.

»Feiern wir?«

»Schnell«, sage ich. »Ich muss los.«

Er öffnet den Gürtel seiner Jeans, lässt mich dabei nicht aus den Augen. Seine Beine sind weiß und dünn wie Leuchtstoffröhren.

Ich wärme meine Mundhöhle mit Tee vor. Hagebutte.

Leicht hätte ich die Niederlage verhindern können, jetzt ist es zu spät. Raoul hält meinen Hinterkopf fest, hin und wieder knetet er meine Ohrläppchen.

Ich versuche, ihm den Sieg zu gönnen, denn den Opferbereiten gehört das Himmelreich. Das ist nicht O-Ton Bibel, das hat Frau Weinzierl immer gesagt. Auf dem Deckel ihres Förster-Pianinos zitterten drei Rosenkränze aus Holzperlen, wenn ich fortissimo spielte. Und ich spielte oft fortissimo. »Lauter, mein Kind, sonst kann dich der liebe Gott nicht hören«, rief Frau Weinzierl, und ich schlug in die Tasten, obwohl mir Finger und Ohren schmerzten. An der Wand der Klavierkammer, einem winzigen Zimmer im Karl-Marx-Hof, hing ein einziges Foto. Es zeigte Frau Weinzierl Aug in Aug mit dem Papst. Frau Weinzierl kniet vor dem Papst, so wie ich vor Raoul. Bereit, beinahe alles zu tun. Das Foto fror den Moment ein, als der Papst seine Hand hob. Ich überlegte oft, was dann geschah. Wahrscheinlich legte er seine Hand mit päpstlicher Gönnermiene auf ihren Klavierlehrerinnenarm. Vielleicht aber zwickte er sie auch in die Wange. Wer weiß, was so ein Papst ausheckt, wenn sich die Audienzen in die Länge ziehen.

Der Papst ist längst tot und seliggesprochen. Raoul ist lebendig und warm. Er zieht mich zu sich heran, bis ich würgen muss. Ich öffne die Augen, Frau Weinzierl verschwindet und gibt den Blick frei auf Raouls Unterkörper. Einige Pickel rund um seinen Nabel sind entzündet, winzige Vulkane kurz vor der Eruption. Am Abend werde ich Champignonschnitzel zubereiten. Das Fleisch werde ich bei Samson kaufen, Ecke Taubenmarkt und Sariastraße. Samson hat das günstigste Schweinefleisch im Bezirk. Er klopft die Schnitzel so lange, bis sie keinen Ton mehr von sich geben.

Raoul ächzt: »Ruth, Ruth, Ruth«, seine Stimme kippt, ein Flehen, ein Crescendo in a-Moll, so als ob ich weit weg wäre und schnell zu ihm laufen müsste, dabei bin ich ohnehin schon da, näher geht's nicht.

Ich schiele auf die Uhr. Dreiviertel zehn. Höchste Zeit. Ich packe Raouls Hinterbacken und grabe ihm die Fingernägel ins Fleisch. Komm schon, komm schon. Meine Knie schmerzen.

Raouls Körper spannt sich wie ein Bogen. Er seufzt, als hätte er eine schlechte Nachricht erhalten.

»Fertig«, sagt er.

Im Bad nehme ich einen kräftigen Schluck Chlorhexamed. Es brennt auf der Zunge und im Gaumen. Ich spüle aus, öffne meinen Mund, um das Zahnfleisch zu betrachten. Alles voller weicher roter Krater. Der Mund ist ein überschätzter Körperteil. Solange die Lippen geschlossen sind, hält sich das Elend in Grenzen, der Blick in den Schlund aber offenbart die ganze Entsetzlichkeit der Kreatur. Nichts anderes als ein Verdauungsschlauch, aufgepeppt mit ein paar Deko-Elementen.

Unser Bad ist winzig und fensterlos. Ausgestattet mit einer Wanne, in der Raoul kauert wie ein zu groß geratener Säugling in einem Bottich. Gemeinsames Baden erfordert artistische Zusatzqualifikationen. Aus ästhetischen Gründen glimmt hier lediglich eine 20-Watt-Birne. Ein gnädiges Licht, das auf die Tiegel und Wässerchen fällt, die auf dem Regal über dem Waschbecken stehen. Das meiste davon gehört Raoul, ich mache mir nicht viel aus Kosmetika.

Ein Schritt, und ich stehe an der Wand. Ich lehne mich vor, meine Stirn berührt die kalten Fliesen. Ocker metallic. Auch ein Ort, an dem ich weder leben noch sterben möchte. Nicht hier, im zwölften Stock des Bruno-Kreisky-Hochhauses in der Przewalskistraße. 56 Quadratmeter, immerhin Westbalkon, Laminat, Raufasertapete.

Um ein Geräusch zu produzieren, drehe ich den Wasserhahn auf. Einmal nur den Arm ausstrecken, und alles ist in Griffweite: Unsere Zwillingsbademäntel in Regenbogenfarben, die flauschig aussehen, es aber nicht sind; die Wandhaken, die stabil aussehen, es aber nicht sind; das Shampoo, das exklusiv aussieht, es aber nicht ist. Nichts hier hält, was es verspricht.

Ich krame mit spitzen Fingern in Raouls Necessaire. Drogeriewaren trösten mich. Feuchtigkeitslotion, Fußbalsam gegen Hornhaut, medizinische Zahnpasta, extrascharf. Eine Pinzette, ein Schweizer Messer, ein Beipackzettel ohne Tabletten. Parkemed 500 bei Entzündungen und Schmerzen. Zuunterst ein Holzkamm mit einigen von Raouls Haaren.

Maja hat mir einen Trick verraten: Man verknotet ein Haar des Partners mit einem eigenen Haar. Das nenne sich »extrakorporale Verschmelzung« und stärke die Beziehung, sagt Maja. Ich habe es versucht, doch mein Haar stieß Raouls Haar ab wie der Körper ein unverträgliches Transplantat. Sein Haar hielt nicht eine Sekunde an meinem, das hätte mir zu denken geben müssen.

Als ich aus dem Bad komme, steht Raoul mit nacktem Oberkörper im Balkontürspalt und raucht. Ich zähle auf, was wir brauchen: Salat, Tomaten, Salatgurke, Geschirrspülmittel, am besten die 6-Phasen-Tabs mit dem blauen Punkt.

Raoul sagt: »Die Billigen tun's auch, die ohne Punkt«, und ich sage, dass es nicht auf den Punkt ankäme, sondern auf die bessere Technologie, und er grinst und sagt: »Was ist denn an einem Geschirrspülmittel schon technologisch.«

»Dann mach, was du willst«, sage ich und fahre mit der Handinnenfläche über seinen Oberkörper. Es kribbelt. Seit kurzem rasiert er sich die Brust. Der Rasen, auf dem ich mich früher ausgeruht habe, ist gemäht. Was hat er sich dabei gedacht? Ich habe Lust, seine Schädeldecke abzutragen, um die Form seiner Gedanken zu betrachten. Es war gerade seine Natürlichkeit, die ich mochte, und das weiß er. Maja würde sagen: Da stimmt was nicht. Ein Mann verändert sich nicht ohne Grund. Schließlich muss er jede Veränderung rechtfertigen, und kaum etwas fürchtet ein Mann so sehr wie Rechtfertigung.

Als ihm noch das Brusthaar aus dem Hemd quoll, spielten wir oft *Das siebte Flittchen.* Dabei spazierte er die Wand entlang und tat so, als beobachtete er spärlich bekleidete Damen, die sich in bodentiefen Fenstern räkeln. Das sah lächerlich aus, aber ich sagte mir: Wenn es nicht lächerlich aussieht, dann ist es keine Liebe.

Raoul also schritt betont lässig die Wand auf und ab, breitbeinig wie Kapitän Hansen beim Landgang. Die Daumen hatte er in den Gürtel eingehakt, das tat er normalerweise nie. Ich saß währenddessen auf der Couch und wartete geduldig, bis er mit der Begehung fertig war. Manchmal schnalzte er mit der Zunge oder rief den Phantomflittchen Obszönitäten zu. »Ich werde dich ficken, bis du ohnmächtig bist«, oder »Jetzt lachst du noch, Süße, aber warte, bis ich mir dir fertig bin.«

Für Raoul war entscheidend, die Straßenszene so lang wie möglich hinauszuzögern, um dann – mehr oder weniger zufällig – über mich zu stolpern: das siebte Flittchen.

Er hatte also vor mir schon sechs Damen eingehend betrachtet, die selbstredend enttäuscht waren, dass ihnen so ein Prachtkerl durch die Lappen ging. Ich solle *diebisch-lüstern* dreinsehen, forderte Raoul. *Diebisch,* weil ich ihn ja den anderen wegschnappte – und *lüstern,* weil ich mich schließlich nicht darauf verlassen konnte, dass er mich auswählte. Spannung bis zum Schluss. Bevor er sich an mir zu schaffen machte, bedachte er mich mit einem Füllhorn aus Versprechungen, wie bei den

Phantasienutten stets im Futur formuliert: Ich werde dich lecken, ich werde dein Maul stopfen, ich werde dir den letzten Glauben aus dem Leib ficken, ich werde dieses und jenes. Meistens machte er nichts dergleichen, küsste mich bloß, schüchtern und ungeschickt wie ein Volksschüler. Vor Rührung standen mir die Tränen in den Augen.

Jetzt fällt es mir wieder ein: Taschentücher, wir brauchen Taschentücher. »Taschentücher«, sage ich zu Raoul. »Dreilagig.«

»Sechs Phasen, drei Lagen«, sagt Raoul. »Sonst noch was?«

Er drückt die Zigarette in der Erde des traurigen Gummibaums aus.

»Um das Fleisch brauchst du dich nicht zu kümmern«, sage ich. »Das besorge ich.«

Er stutzt. »Warum besorgst du dann nicht auch das andere Zeug? Du hast doch ohnehin nichts zu tun.«

Kalter Blick. Ich schließe rasch die Knöpfe meiner Strickjacke.

»Ich muss zur *Gesellschaft*«, sage ich.

Raoul knipst bereits den Computer an und versteckt sich hinter dem Bildschirm. Ich weiß nicht, was er den ganzen Tag dort treibt, allzu produktiv scheint er nicht zu sein, manchmal höre ich ihn fluchen und mit dem Fuß gegen das Tischbein treten. Raoul hat Visitenkarten drucken lassen, darauf steht *LSD – Litzka Softwaredesign* und unsere Adresse, Przewalskistraße 54, Tür 22, sonst nichts, keine E-Mail-Adresse, keine Telefonnummer. Ich möchte nicht, dass jemand anruft, sagt Raoul, und ich frage mich, weshalb er die Visitenkarten überhaupt drucken ließ, denn bis jetzt kam doch auch niemand zu Besuch. Ich vermute, dass Softwaredesigner eine Schönfärberei ist, so wie Parkettkosmetikerin oder Regalbetreuer. Wenn mich jemand befragt, sage ich, dass Raoul Programmierer ist. Das klingt, als hätte er alles im Griff.

Ich trete hinaus auf den Balkon. Es ist Mariä Himmelfahrt, aber zu kalt für Mitte August. Ich fröstle. Unser Balkon ist halb so groß wie ein Ehebett und aus Beton. Ich beuge mich über die Brüstung. Für Raoul mag es so aussehen, als beobachte ich den Verkehr auf der Przewalskistraße, die Marotte einer Arbeitslosen. In Wahrheit beuge ich mich über die Brüstung, um in die Wohnung der Familie Wessely hineinzusehen, wo es Eheunglück in allen Facetten zu betrachten gibt. Das ist ein Spiel, das ich alleine spiele und garantiert immer gewinne.

Die Wesselys wohnen im elften Stock des Schütte-Lihotzky-Hochhauses, das sich vis-à-vis des Bruno-Kreisky-Hochhauses in den Himmel schraubt. Der reinste Unglücks-Container. Die Wohnung der Wesselys ist mit dunklen Kassettendecken getäfelt, ein Bunker, in den niemals die Sonne scheint. Es ist mir ein Rätsel, wie man sich für so eine Wohnung entscheiden kann. Die Wesselys scheinen ihre Wahl mittlerweile selbst bitter bereut zu haben. Judith Wessely trägt ihre Augenringe wie eine Auszeichnung für besondere Duldsamkeit. Moritz schlafe nicht, keine Nacht länger als eine Stunde am Stück, sagt sie. Moritz sei jetzt eineinhalb, langsam könne er mal kapieren, dass man in der Nacht schläft, sagt Phil Wessely, und Judith sagt: »Kapier' doch endlich, dass es an der Wohnung liegt.«

Vergangenen Freitag beobachtete ich um zweiundzwanzig Uhr vierundzwanzig eine gespenstische Szene, die ebenso schnell vorüber war, wie sie begonnen hatte: Phil Wessely öffnete das Fenster, griff Moritz beherzt unter die Arme und hielt ihn über die Brüstung des französischen Fensters, so wie es Michael Jackson mit seinem jüngsten Sohn gemacht hatte.

Moritz trug einen blauen Schlafoverall und war so verdutzt, dass er nur sein Gesicht verzog, aber nicht weinte. Durch die Przewalskistraße donnerte der Verkehr.

Wirf ihn rüber, wollte ich am liebsten rufen, gebt ihn mir, wenn ihr nicht wollt, und als Phil Wessely den Kopf hob, trafen sich unsere Blicke.

2

Die Gesellschaft für Wiedereingliederung liegt in der Lisztstraße, Ecke Palffygasse. Sie unterstützt arbeitslose Frauen, die älter sind als fünfunddreißig und kinderlos – die ihren gesellschaftlichen Auftrag also in dreifacher Hinsicht verfehlt haben. Finanziert wird die Anstalt, wie Raoul sie nennt, nicht vom Staat, sondern von Industriellen mit sozialem Reflux. Mir ist alles recht, solange sie zahlen.

Ich mag das Wort »Wiedereingliederung«, weil es suggeriert, dass man in der Vergangenheit bereits einmal eingegliedert war. Was mich betrifft, bin ich mir da nicht so sicher. Ein abgebrochenes Medizinstudium und ein Langzeitpraktikum in einer Todesanzeigenredaktion – das ist alles, was ich an Eingliederungsbemühungen vorweisen kann.

Das Langzeitpraktikum bestand darin, an einem Schalter zu sitzen und die Daten aufzunehmen: geboren, Beruf, Familienstand, gestorben, plötzlich, unerwartet, aus dem Leben gerissen, nach langer Krankheit, nach langer schwerer Krankheit, nach kurzer schwerer Krankheit, nach tapfer ertragener langer Krankheit, nach tapfer ertragener schwerer Krankheit, nach schwerer Krankheit und voller Zuversicht, die Augen für immer geschlossen, die fleißigen Hände ruh'n. Heimgekehrt zum Schöpfer, heimgekehrt zum Vater, heimgekehrt zum Herrn, ins Licht gegangen, den irdischen Weg abgeschlossen, beendet, finito. In unseren Herzen lebst du weiter und weiter und weiter. Die paar Semester Medizin nützten nichts, um zu verstehen, woran all diese Menschen zugrunde gegangen waren.

Seit acht Monaten muss ich mich zweimal die Woche in der *Gesellschaft für W.* melden, wie ich sie nenne, weil ich, immer wenn ich sie betrete, mich frage, wieso, weshalb, warum ich überhaupt hier bin, und alles, was mir einfällt, ist, dass mir andernfalls die Unterstützung gestrichen würde.

Ich gehe die Przewalskistraße entlang bis zur Bertagasse. Rechter Hand der Schuster, daneben der Secondhandladen. In der Makler-Sprache: 1B-Lage. Randbezirk, passable Verkehrsanbindung. Abgewohnte Gründerzeithäuser mit zerknitterten Fassaden, dazwischen sozialistischer Gemeindebau, Wohnfestungen mit Badezimmer-Luken wie Schießscharten. Mittendrin die grellbunte Auslage des Eine-Welt-Shops, der Dritte-Welt-Shop hieß, als es noch die Dritte Welt gab. Heute wird dort der übliche Schwellenland-Ramsch angeboten, Panflöten und Makramee-Häkeltaschen, Schokolade aus einer Fabrik, die einarmige Inderinnen unterstützt. *Eine Welt.* Eine große Lüge, denke ich jedes Mal, wenn ich daran vorbeigehe, eine widerliche Lüge, schließlich gibt es doch alleine in unserem Wohnhaus mindestens drei Welten.

Die Gehsteige sind mit Radfahrern und Müttern verstopft, ich komme kaum vorwärts. Die Kinder sind unerträglich fröhlich. Ein Mädchen mit geflochtenem Zopf balanciert auf einer Mauer, die den Garten eines Hauses zum Gehsteig begrenzt. Sie hält die Hand ihrer Mutter krampfhaft fest und stößt von Zeit zu Zeit spitze Schreie aus. Die Mutter beobachtet sie mit einem gespannten Lächeln. Ich habe plötzlich Lust, ebenfalls auf der Mauer zu balancieren. Ich könnte einen Passanten bitten, mir die Hand zu reichen, und im selben Augenblick weiß ich, dass ich mich lächerlich machen würde, vollkommen lächerlich, lächerlich, lächerlich.

Wie jeden Montag wähle ich den Weg, der an der Magenbuch-Klinik vorbeiführt. Ich biege in die Bertagasse ein und durchquere den Kaminsky-Park. Auf Höhe des Café Kurbel kann man durch den Blättervorhang der Kastanienbäume den langgezogenen HNO-Trakt erkennen, dahinter die Kinderstation. Das Krankenhaus liegt da wie eine schlafende Schildkröte. Das erstaunt mich immer wieder: weshalb man es einem Gebäude nicht ansieht, wenn darin ausführlich gelitten wird. Ich erwarte eine flammende Hitze, die von den Mauern abstrahlt, zumindest einen rötlichen Wandausschlag.

Ich beziehe meinen Aussichtsplatz, und das ist ohne Zweifel der schönste Montagsmoment: Wenn ich mich hinter der Büste des Operettenfabrikanten Franz von Suppé verberge, denn dann bin ich nicht Ruth Amsel, dann bin ich nur noch Auge und Ohr, ein einziger Resonanzkörper des Elends, der schwingt und klingt.

Elf Minuten nach zehn. Ich zücke mein Notizbüchlein, das kaum größer ist als eine Kreditkarte, und luge über die Schulter des Komponisten in den Garten der Magenbuch-Klinik. Der Komponist wurde günstig aufgestellt, sein enormer Glatzkopf und die breiten Schultern bilden meinen Schutzwall.

Der Krankenhausgarten tut so, als sei er ein richtiger Garten, dabei ist er eine einzige Beschwichtigung und nur angelegt, um auf den Tod vorzubereiten. Buchsbaum, Immergrün, Ringelblume, Buschwindröschen: Alles, was hier wächst, ist Friedhofsgestrüpp.

In einen Krankenhausgarten hineinschauen ist wie Zukunftsfernsehen, mit den Kanälen Demenz, Arthrose, Zirrhose. Ein

Greis führt seinen Infusionsständer spazieren. Er macht einen Schritt, dann zieht er das Gestell nach wie einen störrischen Hund. Dazwischen keucht er. Schritt. Keuch. Zieh. Keuch. Einige Patienten wandeln im Morgenmantel die Kieswege entlang und könnten genauso gut Kurgäste darstellen, wenn sie nicht so blass und zerzaust wären und schon nach wenigen Schritten stehen blieben.

Die Frau mit der Turmfrisur ist wieder da. Sie sitzt auf der Bank vor dem Zaun und sieht aus dem Krankenhausareal hinaus. Eine gealterte Marge Simpson, frisurentechnisch der größtmögliche Gegensatz zu Franz von Suppé. In ihrer rechten Ellenbeuge steckt ein rosafarbener Venenkatheter, mit Pflastern fixiert. Sie hält den Arm weit weg von sich, so als gehöre er schon nicht mehr zu ihr. Mit der anderen Hand kramt sie in der Tasche ihres Morgenmantels und fördert eine gelbe Zigarettenpackung zutage. Sie raucht hastig und sichtlich ohne Genuss. Nach wenigen Zügen streift sie die Asche an der untersten Holzsprosse der Bank ab, dafür beugt sie sich nach vorn. In diesem Moment löst sich der Gürtel des Mantels, und zum Vorschein kommt eine dünne fahle Brust, die auf den Bauchfalten liegt wie rohes Putenfleisch. Hinter der Frau patrouillieren zwei Krankenschwestern im hellblauen Kasack.

Die Frau bemerkt ihr Missgeschick. Sie schnippt die Zigarette durch den Zaun auf den Weg, der das Krankenhausareal vom Kaminsky-Park trennt. Sie versucht, mit der unversehrten Hand den Morgenmantel zu schließen, was nicht gelingt. Sie ruft »Schwester, Schwester!«, ohne den Kopf zu wenden. Sie ruft es aus dem Krankenhausgarten hinaus in den Kaminsky-Park hinein, und ich kauere mich rasch unter der Büste zusammen, weil ich für einen Augenblick fürchte, dass sie mich meinen könnte.

Mit den Händen stütze ich mich am Boden ab, das Gras ist feucht. Auf dem Sockel ist Franz von Suppés vollständiger Name eingraviert: Francesco Ezechiele Ermenegildo Cavaliere Suppé-Demelli, Komponist (1819 bis 1895). Ich rechne nach: Er wäre 192 Jahre alt.

Unter dem Stichwort »Turmfrisur« notiere ich: *raucht Parisiennes*. Ich habe lange geübt, um im Gehen, Knien und Kauern leserlich schreiben zu können. Ich verwende dazu die blauen Fineliner aus dem Cento-Markt und meine Handinnenfläche als Unterlage. Mit dem Fineliner schreibe ich *Morgenmantel: altrosa* und *Venenkatheter: rosa*. Ich stelle mir vor, dass es eine Boutique gibt im Souterrain der Klinik, die Accessoires wie Katheter, Magensonden, Kanülen, Stents und Verbände in allen RAL-Farben anbietet. Medizin-Mode, ein Hoffnungsmarkt.

Als ich mich wieder aufrichte, ist die Frau verschwunden. Der alte Mann mit dem Infusionsständer lehnt an einem Baum, die Augen geschlossen, ein Bein in der Luft, wie eingefroren in der Bewegung. Was hat er vor? Ich habe Lust, ihn zu stützen, seine Haut zu berühren unter dem Morgenmantel. Im Alter trocknet der Mensch aus, er verdorrt und verwelkt, bis schließlich alle Flüssigkeit entwichen ist. Ich stelle mir vor, dass seine Papierhaut knistert. Ein verhaltenes Knistern, wie wenn eine Katze über Seidenpapier läuft.

Ich notiere: *Infusion, gelbtrübe Flüssigkeit*. Und: *womöglich kataleptisch*. In der Katalepsie wird eine Körperhaltung unnatürlich lange beibehalten. Ich schreibe: *mit Sicherheit bresthaft*. Je älter die Patienten, desto altertümlicher die Eigenschaftswörter. Gerne verwende ich auch die Bezeichnung *multimorbid*. Bei einem Multimorbiden gehen die Leiden nahtlos ineinander über, bis man nicht mehr unterscheiden kann, was Originalsymptom ist und was Nebenwirkung der Therapie.

Mit seinem heiteren Operettenfabrikantenblick arbeitet Franz von Suppé beständig gegen die Melodie des Verfalls, die vom Krankenhausgarten in den Kaminsky-Park herüberschwappt. Eine erschöpfende Tätigkeit, die er mit unerschütterlicher Eleganz meistert: Herr Franz trägt einen Frack mit Frackweste, darunter ein Hemd mit Vatermörderkragen. Ich tätschle ihm zum Abschied den Torso dort, wo bei lebendigen Menschen der Arm befestigt ist. Er fühlt sich warm an. Und ich fühle mich deutlich besser – wie immer, wenn mein Leidenskonto mit fremder Währung aufgefüllt ist.

Der Kaminsky-Park mündet in der Lisztstraße. Die Lisztstraße wollte einmal Allee sein, doch die Bäume sind einer nach dem anderen eingegangen, eine Baumepidemie hatte sie hinweggerafft. Eine Zeitlang standen faulende Stümpfe rechts und links der Straße, bis die Stadtgärtnerei Erbarmen hatte und auch die Stümpfe entfernte. Jetzt erinnern nur noch Erdquadrate daran, dass in der Lisztstraße einmal Bäume wuchsen. Es scheint, als ob alle Hunde des Viertels gern in der Lisztstraße spazieren gingen. Sie können hier ganz elegant ihr Geschäft erledigen, ohne dass sich ihre Besitzer genötigt fühlen, die Exkremente aufzusammeln.

Seit der Baumepidemie riecht es streng in der Lisztstraße, ein Gestank, der so gar nicht zum feinsinnigen Komponisten passt. Zum Glück liegt die Straße in der Nähe des Kaminsky-Parks und damit nicht weit von der Büste des Komponistenkollegen Franz von Suppé entfernt. Beide waren nicht nur Zeit genossen, sie sind heute auch Leidensgenossen und tragen eine Bürde, die ihrer nicht würdig ist: der eine Franz den Krankenhausgarten, der andere Franz den Hundekot.

Ich setze mich auf eine Bank zwischen den Erdquadraten, um über die posthumen Wendungen des Schicksals nachzudenken. Höchstwahrscheinlich ist es einem toten Komponisten zuzutrauen, mit profanen Zumutungen wie Hundewurst und menschlichem Verfall zurechtzukommen, doch ich bin davon überzeugt, dass ein wenig mehr Respekt keinesfalls schaden könnte.

Ein Junge und ein Mädchen führen einen Mops an der Leine spazieren. Der Hund bildet die Vorhut, in angemessener Entfernung schreiten die Kinder hinterher, denen so gar nichts Kindliches anhaftet. Geschrumpfte Erwachsene, die den Spaziergang mit dem Hund über Gebühr ernst nehmen. Ich hatte vor, mit ihnen zu schimpfen, falls der Mops sich erdreistet, sein Geschäft in der Lisztstraße zu erledigen, doch nun lässt mich ihr arroganter Blick zusammenzucken. Als der Hund an der Bank vorbeitrottet, schnuppert er an meiner Wade.

»Renzo, pfui«, ruft das Mädchen und zieht kräftig an der Leine. Durch den Rückprall öffnet sich sein Maul und entblößt zwei Reihen perfekt zugespitzter Zähnchen. Renzo sieht mich ebenso erstaunt an wie ich ihn. Dabei hätte er mich gern beschnuppern können, von mir aus auch von Kopf bis Fuß. Aber vielleicht hat das Mädchen recht, und ich bin wirklich pfui. Womöglich stelle ich die größere Beleidigung für Franz Liszt dar, und nicht die Hundewurst.

An der Lisztstraße, Ecke Weberstraße, bleibe ich vor der Auslage der Boutique Monique stehen. Ich habe Stoffhunger, möchte Seide, Kaschmir, Viskose zwischen den Fingern fühlen.

Zwei Schaufensterpuppen mit spitzem Busen und ultraschlanker Taille präsentieren die neue Herbstmode in Grau- und Beigetönen. Die Puppen sind so dünn, dass die Kleider am Rücken mit Sicherheitsnadeln enger geheftet werden müssen. Sie sehen ebenso arrogant drein wie die Lisztstraßen-Kinder.

Ich habe schon lange keine neue Kleidung mehr gekauft. Wenn ich vom Geld der *Gesellschaft für W.* etwas abzweige, dann nur, um im Textildiscounter einen Polyester-Fetzen aus der Wühlkiste zu fischen. Dass er aller Wahrscheinlichkeit nach von ausgebeuteten Frauen genäht wurde, irritiert mich, aber nur kurz. Das schlechte Gewissen wäscht sich bei dreißig Grad heraus.

Als ich das Geschäft betrete, würdigt mich die Verkäuferin keines Blickes. »Kann ich Ihnen helfen«, sagt sie irgendwann, und es klingt so, als glaube sie nicht daran. Sie kaut Kaugummi.

Die Boutique Monique hat die Form ein Schlauchs. Die Kleidungsstücke sind nach Farben und Schnitt geordnet. Ich blättere eine Stange mit T-Shirts durch, die mir seltsam eng und klein erscheinen. Die Verkäuferin beobachtet mich mit einem spöttischen Lächeln. Ein Blick auf das Etikett offenbart, dass ich mich in die Kinderabteilung verirrt habe.

Ich schlendere unauffällig ans hintere Ende des Ladens. Dort bin ich nicht allein. Eine Frau betrachtet sich im Spiegel, während sie ein weißes Shirt nach dem anderen vor ihren Oberkörper hält. Nach dem dritten Shirt erkenne ich sie. Es ist Linda Wegrostek. Befriedigt nehme ich zur Kenntnis, dass sie gute fünfzehn Kilo zugelegt hat, die sich ausschließlich in der unteren Körperhälfte angesammelt haben. Ab dem Nabel abwärts wirkt sie grotesk unförmig, ihr Oberkörper mit den kleinen

Brüsten hingegen ist zart wie eh und je. Ein Zwitterwesen, an dem jeder Bauch-Beine-Po-Instruktor verzweifeln muss.

Sie tut so, als freute sie sich, und ich tue ebenso. Wir umarmen uns, ihre Wangen sind kühl. Sie erzählt von zwei Kindern, acht und zehn, die beide die Waldorfschule besuchen und später »irgendwas mit Kunst« machen werden. Ihr Mann sei im internationalen Management, er berate Multis, sagt sie, und sie spricht es mit einem lächerlichen französischen Akzent aus. *Mülti*, sagt sie.

»Und du?«, fragt sie. »Was ist mit dir?«

Sie legt ihren Arm um meine Schulter. »Ich freu mich wirklich ganz unglaublich, dich zu sehen«, sagt sie. Betonung auf *ganz*.

Diese Zutraulichkeiten kenne ich von Linda nicht, die haben sich offenbar erst im Laufe ihres Erwachsenenlebens ausgebildet. Linda gehörte zur Selma-Bande. Sie war die erste in der Klasse, die einen Freund hatte, und trug täglich frische Designerkleidung. Ich bat den lieben Gott, er möge mich endlich meinen *wahren* Eltern zuführen, damit ich es mit Linda aufnehmen könne. Bestimmt war ich bei der Geburt vertauscht worden, und meine richtige Familie, stinkreiche Industrielle, hatte in all den Jahren nicht aufgehört, nach mir zu suchen.

»Ich arbeite auch für einen Multi«, sage ich.

»Ah ja?« Interessiert legt Linda den Kopf schief.

»Darf ich wissen …«

Ich erinnere mich an Raouls Einkaufsliste, an Toilettenpapier, Spülmaschinentabs, Löskaffee und antworte spontan: »Nestlé. Marketing. Also: Marketingberatung. International.«

»International, klar.« Sie weicht ein wenig zurück. Damit sie nicht weiter in mich dringen kann, muss ich dem Gespräch eine dramatische Wendung geben.

»Die Pollak ist gestorben, wusstest du das«, sage ich.

Frau Professor Pollak war die einzige Lehrerin, die wir alle vorbehaltlos liebten, ein Ausbund an Geduld und Mitgefühl. Dass sie tot sein soll, ist reine Erfindung. Ich habe nie wieder etwas von Frau Professor Pollak gehört, wahrscheinlich genießt sie ihre Rente auf den Cayman Islands mit jeder Menge Eingeborenensex und Mango-Limetten-Cocktails.

Linda aber glaubt mir. Sie verzieht ihr Gesicht, tritt einen Schritt zurück und hält sich erschrocken ein weißes Longshirt vor den Mund.

»Was. Wie –«

»Ein Bergunfall«, sage ich düster. »In der Schweiz.«

»Wie schrecklich«, flüstert Linda. Sie sieht tatsächlich entsetzt aus, ihre Traurigkeit steckt mich an, und ich spüre, wie sich meine Augen mit Tränen füllen, beinahe glaube ich bereits meine eigenen Lügen.

»Sie hat das Gipfelkreuz noch erreicht, beim Abstieg ist sie in eine Felsspalte gefallen«, sage ich. »Angeblich hat sie dabei noch die Namen einiger Schüler gerufen«, sage ich und weiß gleichzeitig, dass ich den Bogen überspanne.

Lindas Stimme zittert. »Welche Namen?«, flüstert sie.

Ich rufe im Geist die Namen unserer Mitschüler auf. Kloiber, Magomeschnig, Sammer, Weihs, Perlinger. Wenn, dann müssen es kurze Namen sein, denn so tief kann eine Gletscherspalte nicht sein, nicht einmal in der Schweiz.

»Weihs und Sammer«, sage ich. »Der Bergkamerad will aber noch einen weiteren Namen gehört haben. ›Wegro-‹, soll sie gerufen haben. ›Wegro-‹, und dann nichts mehr.«

»Oh mein Gott, sie hat nach mir gerufen«, flüstert Linda. »Nach mir.«

Ihr Gesicht ist verzerrt. Ich nicke und seufze. Plötzlich steht die Verkäuferin neben uns und nimmt Linda das Shirt aus der Hand.

»Sehen Sie, was Sie gemacht haben«, schimpft sie. »Überall Lippenstift! Das müssen Sie jetzt bezahlen.«

Linda starrt die Verkäuferin mit offenem Mund an.

»Das wird schon«, sage ich und tätschle Lindas Arm. »Nestlé ruft, ich muss weiter.«

Ich verlasse die Boutique, ohne zu grüßen.

3

Die *Gesellschaft für W.* befindet sich im Erdgeschoß eines noblen Gründerzeithauses. An der Hausmauer Schilder von Anwaltskanzleien, Immobilienbüros und Ärzten. Höre ich im Hausflur Schritte, steige ich mit geschäftiger Miene hinauf in den ersten Stock. Ich warte so lange vor der mächtigen Holztür des Anwalts Dr. Mörbisch, bis die Schritte verklungen sind. Ich stehe gern vor der Tür des Anwalts, dort riecht es nach Lederaktenkoffer und Holzpolitur. Mittlerweile bin ich so oft davorgestanden, dass ich es als mein angestammtes Recht ansehe, dort zu warten, bis alle anderen das Stiegenhaus verlassen haben. Es muss keiner wissen, dass nicht die Anwaltskanzlei mein Ziel ist, sondern das Zimmer A084, in dem Herr Othmar residiert.

Vor der Tür des Herrn Othmar riecht es nach Lucky Strike und Angstschweiß. Damit ich später nicht mehr hinzuschauen bräuchte, prägte ich mir beim ersten Besuch das Zimmer genau ein: die grüne Resopal-Schreibtischplatte mit den abgeschlagenen Kanten. Der Aktenschrank, schwarz mit verchromten Griffen. Der Kleiderständer, der aussieht wie das Röntgenbild eines Baums. Das Foto im silbernen Rahmen, von dem man nur die Rückseite mit dem Preisschild sehen kann. Interio, 12,90 Euro. Diese erschreckende Ordnung, die nach endgültigem Erwachsensein riecht.

»Ich habe schon auf Sie gewartet, Fräulein Ruth Barbara«, sagt Herr Othmar. Das sagt er jedes Mal, wenn ich sein Büro betrete. Selbst wenn ich auf die Minute pünktlich bin. Selbst wenn ich vor der Zeit da bin. Eine Zermürbungstaktik. Oder eine dumme Angewohnheit, mit der er langsam verschmolzen ist, bis man nicht mehr sagen kann, wo die Angewohnheit endet und Herr Othmar anfängt.

Herr Othmar ist der einzige, der »Ruth Barbara« zu mir sagt. Widerlich. Ruth reicht. Kurz und hart, ohne den Weichmacher »a« am Ende.

Dieses »a« macht alles zunichte: Es lässt die Brüste wachsen und den Hintern prall werden. »Ruth« hat mich hingegen immer vor ausufernder Verweiblichung bewahrt. Das ist es wahrscheinlich auch, was Raoul an mir mochte: dass er keinerlei Anzeichen von Gefallsucht entdecken konnte. Ich bemühe mich nicht, mehr aus mir zu machen. Was vorhanden ist, muss reichen.

Herr Othmar ist da anderer Meinung. »Seien Sie dankbar, dass Sie den Namen einer Heiligen tragen«, sagt er, und ich frage mich, was er mir damit sagen will. Ich habe die Legende von der Heiligen Barbara nachgeschlagen und war drei Tage lang verstimmt. Barbara wollte unbedingt Christin werden, durfte aber nicht. Das aufmüpfige Frauenzimmmer gab nicht auf, was einen Rattenschwanz an Bestrafungen nach sich zog. Barbara wurde in einen Turm gesperrt, gemartert und gepeinigt, misshandelt, bis ihr die Haut in Fetzen vom Leib hing, sie wurde mit Keulen geschlagen, mit Fackeln gefoltert und zum Tode verurteilt. Bevor ihr Vater sie höchstpersönlich enthauptete, schnitt er ihr sicherheitshalber noch die Brüste ab. Immerhin: Ihren Job als Märtyrerin hat sie hervorragend erledigt.

»Ich wünsche mir, dass auch *Sie* für etwas brennen«, sagt Herr Othmar.

Ich brenne nicht, möchte ich sagen. Ich erfülle sämtliche Brandschutzauflagen, meine psychische Einrichtung ist mit Teflon beschichtet. Vor allem seit der Sache mit dem Kind, aber das hat in Zimmer A084 nichts verloren.

Dass ich mich zweimal die Woche in der Gesellschaft für Wiedereingliederung blicken lasse, reiche nicht aus, um meinen Veränderungswillen zu demonstrieren, sagt Herr Othmar.

Was weiß dieser Mann von meinem Willen? Herr Othmar führt ein kindersicheres Leben ohne Stolperfallen und scharfe Kanten. Eine Familie wie aus dem Handbuch für kooperative Staatsbürger. Zwei Mädchen, Zwillinge. Mollig, trotzdem Kunstturnerinnen. Eine Frau, Cécile, eine aus Paris importierte Juristin, die seit dem Umzug nach Wien die Zweifamilienhaushälfte saisonal umdekoriert.

Herr Othmar zeigt mir ein Foto: Cécile und er im Jardin de Luxembourg. Sie hakt sich bei ihm unter, beide lachen hinauf in den Pariser Himmel. Er: füllige Haare. Sie: füllige Figur. Alles prall vor Glück. Das war 1992, sagt Herr Othmar und betrachtet das Foto, als sähe er es das erste Mal.

Ob Cécile Frankreich nicht vermisse, frage ich höflichkeitshalber, und er antwortet: »Wo denken Sie hin, wir essen frischen Gervais und Camembert«, doch so wie er es ausspricht, klingt es nach gammeligen Käseecken.

Herr Othmar sagt: »Worin sind sie durchschnittlich? Der Markt braucht keine Spezialisten, er braucht solides Mittelmaß.«

Ich tue so, als würde ich nachdenken. Dabei sehe ich knapp an seinem Schädel vorbei und presse die Lippen aufeinander. Hin und wieder nicke ich, um den Fortgang des Denkprozesses darzustellen. Abschließend sehe ich Herrn Othmar in die Augen.

»Ich weiß nicht«, sage ich. »Ehrlich. Keine Ahnung.«

Ich muss aufpassen, denn jedes Wort kann eines zu viel sein, und im Handumdrehen falle ich aus dem Wiedereingliederungsprogramm heraus und in das Selbständigen-Training hinein. Das gilt es tunlichst zu vermeiden, denn dort wird man dem freien Markt zum Fraß vorgeworfen, damit die *Gesellschaft für W.* einen raschen Erfolg verbuchen kann. Von vielen dieser neuen Selbständigen hört man nie wieder etwas. Sie stranden im Sibirien der Ökonomie, dort, wo Fuchs und Hase einander die Pfote schütteln. Seit ich das erfahren habe, achte ich penibel darauf, mich auf Aussagen zu beschränken, die mich in der Zwischenzone der *Gesellschaft* festschrauben.

Herr Othmar seufzt. In seinem Blick mischt sich Überdruss mit Mitleid.

»Was *machen* Sie gern?«, fragt er und nestelt an seinem Oberlippenbart. »Wenn Sie es sich aussuchen könnten. Freie Hand. Also, wofür würden Sie sich entscheiden?«

Ich überlege kurz. »Todesanzeigen«, sage ich. »Todesanzeigen kann ich schreiben.«

»Sonst noch etwas? Verkaufen Sie gern? Können Sie sich vorstellen zu verkaufen?«

Herr Othmar trägt ein kariertes Hemd. Manschettenknöpfe. Passende Krawatte in Beige. Ein Verwalter des Scheiterns. Ein Beamter im Schloss der Versager. *Die Gesellschaft für W.* kann auf einen Mitarbeiter wie ihn stolz sein. Tut seine Pflicht von acht bis fünf. Ich denke mir: Er *muss* mich das fragen. Er macht das bestimmt nicht gerne. Er muss einfach.

Nein, sage ich. Es täte mir leid, aber ich könne nicht verkaufen. Ich bin so programmiert, dass ich nur Leute belügen kann, die ich kenne. Also Raoul oder Herrn Othmar. Bei Fremden funktioniert das nicht. Niemals brächte ich ein »Also, dieses Kleid steht Ihnen ganz ausgezeichnet« über die Lippen. Zwischen falschen Komplimenten anorektische Schaufensterpuppen neu ankleiden – womöglich noch im Boutiquenschlauch Monique –, nein, bei aller Liebe.

»Was macht die Familie?«, frage ich, um ihn von der Enttäuschung abzulenken. Er wiegt den Kopf hin und her, ohne die Augen vom Bildschirm zu lösen.

»Très bien, très bien. Was sagen Sie dazu: zwanzig Wochenstunden im Flüchtlingsheim ›Rosenkavalier‹. Deutschunterricht für albanische Flüchtlinge.«

»Ich glaube, ich kann nicht unterrichten.«

»Sie glauben?«

»Ich fürchte.«

»Sie fürchten?«

»Ich bin Legasthenikerin«, sage ich.

Mir ist übel. Raoul sagt immer, dass wir ein zweites Einkommen benötigen. Das klingt, als ob wir bereits über eines verfügten, doch in Wirklichkeit hält uns das Geld der *Gesellschaft* über Wasser. Was Raoul bei seinen Internet-Projekten an Land zieht, reicht nicht einmal für die erbärmliche Miete unserer Wohnung.

Herr Othmar reicht mir eine Broschüre über die Resopalplatte.

»Vielleicht ist da etwas für Sie dabei.«

Saures Lächeln. Ich habe Lust, ihm ein Baguette quer in den Mund zu stopfen.

»Richten Sie Ihrer Frau liebe Grüße aus, unbekannterweise«, sage ich.

Immer freundlich bleiben, schließlich kann Herr Othmar

mit einem machen, was er will: Aktennotiz schreiben, Geld streichen oder überhaupt aus der Gesellschaft hinauswerfen, denn sein ist die Kraft und die Herrlichkeit, und alle sagen ja und amen.

Ich laufe die Lisztstraße entlang und fühle mich beschmutzt. Die Kinder sind fort, weggespült in die Kinderzimmer, sediert mit Super-RTL. Maja ruft an. Wir verabreden uns im Café Kurbel. Im Kaminsky-Park wimmelt es von Rentnern. Sie rotten sich in Grüppchen zusammen und rauchen, manche halten Bierflaschen in den Händen wie plötzlich vergreiste Teenager. Wenn ich etwas von Frau Weinzierl gelernt habe, dann ist es der Respekt vor dem Egoismus des Alters. Wenn unendliche Bedürfnisse auf das Bewusstsein der Endlichkeit treffen, ist Schluss mit lustig. Immer wieder unterbrach Frau Weinzierl den Klavierunterricht und wies mit der rechten Hand, mit der sie sonst den Takt klopfte, auf das Foto des Papstes. »Johannes«, sagte sie, als handelte es sich um einen alten Kegelkumpel, »Johannes, hör nicht auf das Geklimper der verirrten Schäfchen, hör auf die reine Musik des Herzens.« Dann aktivierte sie den Lenco-Plattenspieler und legte einen zerkratzten Schubert auf. Das war das Signal, dass der Unterricht beendet war. Ich kam nie über Seite zwölf von Czernys Klavierschule hinaus.

Maja ist bereits da. Sie hält ihr schönes Gesicht in die Spätsommersonne.

»Schau mal, graue Panther«, sagt sie und nickt in Richtung Festwiese. »Wir sind umzingelt.« Sie lacht.

Ich habe große Lust, etwas zu zerreißen, zu verbiegen oder

zu zerstören, und ärgere mich, dass ich nicht mehr rauche, da war es mir zumindest möglich, mir zu schaden, wann immer ich wollte. Die Kellnerin bringt Zahnstocher. Ich fahre damit den Zahnfleischrand entlang, bis es kitzelt.

»Was ist los«, fragt Maja. Sie sieht mich an und hebt die Augenbrauen. »Du warst wieder bei dieser *Gesellschaft*, gib's zu.«

Ich bestelle ein Glas Leitungswasser. Kalt.

Zwei Tauben fliegen nacheinander von der Wiese auf, um sich gleich wieder auf ihr niederzulassen. Ich wusste nicht, dass es Unentschlossenheit auch im Tierreich gibt.

»Warum lässt du das nicht bleiben, Ruth? Georg bringt dich bei der Bank unter.«

Jetzt fängt das wieder an. Maja macht es sich einfach, wie immer.

Ich sage: »Ich kann doch ein Sparbuch nicht von einem Girokonto unterscheiden, und das weißt du.«

Maja scharrt mit ihren Pumps im Kies.

»Vielleicht kann ich dir helfen«, sagt sie. »Wenn du willst.«

Sie sieht mich an, zieht ein schmales Etui aus ihrer Handtasche und entnimmt ihm eine Karte. Goldene Lettern auf einer Art Büttenpapier.

Maja Preblauer

Dipl. Existenzberaterin

Wotangasse 17/3 und so weiter.

Das kann nur ein Witz sein.

»Ex-is-tenz-be-ra-tung«, sage ich. Ich lasse mir jede Silbe auf der Zunge zergehen.

»Nicht, was du denkst«, beeilt sich Maja zu sagen. »Ich bin jetzt keine Psychotante oder so. Ich coache Menschen wie dich und mich, die ihre Karriere starten.« Jovialer Tonfall. Sie beugt sich vor, stützt ihre Ellenbogen auf den Cafétisch, in ihren Augen blitzt etwas auf, das mir Angst macht.

»Ich hab meine Berufung gefunden«, sagt sie. »Endlich kann ich anderen helfen. So richtig. Glück verbreiten. Diese Dinge.«

»Glück«, sage ich. Das Wort scheppert in meinem Mund.

Georg habe ihr den Lehrgang gezahlt und darauf geachtet, dass »die Sache«, wie er es nenne, binnen zweier Wochenenden beendet sei. Er kenne den Akademieleiter, ein alter Freund aus Studientagen, alles ging »eher informell« über die Bühne, sagt Maja. Sie sei sich wohl bewusst, dass sie »mit dieser Sache« niemals Geld scheffeln würde, aber. Das Gefühl, anderen helfen zu können, das sei, ach. Verstehst du?

Ich nicke und bemühe mich einmal mehr, ihr das Leben zu gönnen, das sie gemeinsam mit Georg geheiratet hat. Ist Madame gelangweilt, geht sie einfach ein wenig eigenes Geld verdienen. Ich bewundere Georg für seine maßlose Geduld. In meinen Augen ist er der absolute Volltreffer. Georg liebt Maja, aber Maja liebt nur sich. Georg ist nicht schön, aber seine Hässlichkeit hat etwas Rührendes. Wann immer ich Georg begegne, muss ich gegen meinen Kümmer-Drang ankämpfen. Maja hingegen kümmert sich ausschließlich um sich selbst. Georg ist als potentieller Geld- und Samenspender willkommen, mehr nicht. Wenn nicht er, dann ein anderer.

Wir trinken und schweigen.

»Woran denkst du«, sagt Maja.

»Bist du ehrlich zu Georg?«

»Natürlich nicht«, sagt Maja. »Ehrlichkeit ist was für Feiglinge.«

Ich frage mich, auf welchen Werten jene Existenzen fußen, bei deren Gründung sie ihren Kunden behilflich ist.

»Und wenn du mich berätst«, sage ich. Schlimmer als mit Herrn Othmar kann es nicht kommen. »Was muss ich zahlen?«

»Du? Zahlen?« Sie lacht auf. »In Naturalien, Süße«, sagt sie. »Du erzählst mir Anekdoten aus deinem Leben. Hast du wieder vor dem Pflegeheim herumspioniert?«

»Krankenhaus«, sage ich.

»Du bist der Hammer«, sagt sie und schenkt mir einen Blick, in dem so etwas wie Hochachtung mitschwingt. »Ich hoffe, Raoul ist sich dessen bewusst.«

»Das hoffe ich auch«, sage ich.

Sie streichelt über meinen Unterarm. »Höre ich da eine Unsicherheit heraus?«

»Er benimmt sich – komisch«, sage ich.

Maja scheint nicht im mindesten überrascht. »Das ist Phase vier in einer Beziehung. Ganz normal. Beide orientieren sich nach außen, Symbiose beendet. Ganz ehrlich: Sei froh.«

Die Existenz-Expertin. Verbreitet Hoffnung und Zuversicht.

»Ist das bei euch auch so?«

»Bei uns? Puppe, bei uns sind längst die apokalyptischen Reiter eingezogen. Verachtung, die Schwefelsäure jeder Beziehung. Georg zieht sich zurück, aber das nützt ihm auch nichts.« Sie zeigt mir ihre Krallen.

»Und?«

»Nichts und. Das wird ausgesessen.«

Sie sieht sich um.

»Los, spielen wir eines deiner Spiele«, sagt sie. »Ideale Bedingungen heute.«

Sie entscheidet sich schnell. »Der da«, sagt sie und deutet auf einen Mann mit Glatze.

Ich sehe ihn mir genauer an. Er macht einen robusten und gesunden Eindruck. Aus jeder Geste spricht die Freude über seine unglaublich hohe Lebenserwartung, die er mit Reisen und Golfplatzbesuchen pflastern wird. Er trägt eine Allwetterjacke in Neongrün und fotografiert seine Frau vor der Büste von Franz von Suppé.

»Mitte, Ende sechzig«, sage ich. »Prostataleiden im Anfangsstadium. Heißt Alexander. Nein. Berthold. Er hat so etwas Bertholdhaftes. Wie er an seiner Kamera schraubt, ganz ein Genauer. Die Tochter der beiden heißt Elisa oder Jana, irgendwas Modernes. Seine Frau muss Helga heißen. Andere Namen ausgeschlossen. Seit frühester Jugend leidet sie am Überraschungsei-Syndrom. Glaubt, das Leben hält noch einen handbemalten Märchenprinzen bereit. Aber nichts da. Nur fade Kleinkindschokolade, jeden Tag aufs Neue. Sie wollte Malerin werden. Utopisch, sieh sie dir an. Durch und durch kleinkariert bis in die letzte Faser ihrer Haushaltsschürze. Die einzige Überraschung in ihrem Leben wird Bertholds Prostatakrebs sein. Mit Kapseldurchbruch.«

Die Sache mit dem Überraschungsei-Syndrom ist mir kürzlich eingefallen, weil ich befürchtete, selbst daran zu leiden. Als ob sie meine Gedanken lesen könnte, fragt Maja, was *ich* mir denn vom Leben erwarte.

Ich hätte mir meine Erwartungen abtrainiert, sage ich.

Wie das ginge, fragt sie, und ich sage, dass ich jeden Morgen in den Spiegel sehe und sage: *Mehr kriegst du nicht.* Das ist zwar nicht wahr, aber die Idee gefällt mir.

Maja sieht mich entgeistert an. »Wir sollten zahlen«, sagt sie.

Nun, da die Senioren abgedampft sind, wirkt der Kaminsky-Park, als hätte eine große Hand zusammengeräumt. Alle Bäume und Sträucher wieder an ihrem Platz, der Rasen glattfrisiert. Jetzt lässt sich sogar ein Muster erkennen, eine Bepflanzungsstrategie, eine große Idee.

Wir gehen einen Kiesweg entlang. Zwei junge Männer kommen uns entgegen. Ich fühle mich gemustert und straffe augenblicklich meine Haltung, bis ich enttäuscht bemerke, dass sie Maja anstarren, nicht mich. Ihren extravaganten schwarzen Bob, den sie trägt wie eine Krone, die spitzen Brüste mit den Brustwarzen, die sich durch das Wickelkleid durchdrücken wie Gewehrläufe, die hochhackigen Schuhe.

Wir schlendern die Josefstädter Straße hinauf. Maja betrachtet ihr Spiegelbild in jedem Schaufenster. Die beiden »a« in ihrem Namen haben volle Wirkung entfaltet: Maja ist der weiblichste Mensch, den ich kenne. Triple X, eine *super female* mit Tendenz zur vorzeitigen Eierstockermüdung. Trübe Erinnerung an eine Genetik-Vorlesung. Männliche Nachkommen dieser Superfrauen sind anfällig für das Klinefelter-Syndrom mit seinen seltsamen Ausprägungen: ungewöhnlich lange Arme und Beine mit erröteten beziehungsweise *verfalteten* Ellenbogen. Ich wünsche mir, dass Maja ein Kind bekommt, schon wegen dieser verfalteten Ellenbogen.

»Du musst transparenter werden«, sagt Maja plötzlich und bleibt stehen. »Schau da hinein!«

Ein Benetton-Laden. Beige Cordhosen, karierte Hemden.

»Soll ich das anziehen?«

»Die Scheibe meine ich.« Sie klopft dagegen. »Wenn du das Licht durch dich hindurchlässt, wirst du transparent für das Schöne. Und andere können es sehen. Klar, eine dunkle

Scheibe ist ein Schutz. Aber da kommt kein Licht durch. Lass Raoul an dich heran! Lass ihn durch dich hindurchscheinen. Transparenz und Drama – das ist das ganze Geheimnis. Und sei ein bisschen damenhafter, zickiger. Reg ihn auf.«

»Aber Raoul mag keine – Damen«, sage ich zögernd.

»Unsinn. Du magst keine sein«, sagt Maja.

Sie überlegt. »Alternative: Du suchst dir einen zweiten Mann«, sagt sie. »Schwuppdiwupp wird er dich anbeten wie nie zuvor.«

Ihre Großmutter, sagt sie, habe ihr ganzes Restleben auf ihren Mann gewartet, der seit dem Krieg verschollen war. Bei jedem Klingeln des Briefträgers sagte sie: »Das wird er sein.« Bis es zum geflügelten Wort innerhalb der Familie wurde: *Das wird er sein.* Irgendwann wurde er für tot erklärt und bekam ein Holzkreuz auf dem Friedhof für Kriegsgefallene.

»Wie kannst du das vergleichen? Raoul ist nicht im Krieg verschollen.«

»Bist du sicher?«, sagt Maja. »Jedenfalls ist es so: Sobald du dich vollkommen auf einen konzentrierst, geht die Welt unter, wenn du ihn verlierst. Deswegen immer schön die Fühler ausstrecken. Auf Empfang bleiben.« Sie plane auch mehr als ein Kind. Mindestens zwei. »Mit einem Kind«, sagt sie, »kann schon mal was schiefgehen, und dann steht man da mit leeren Händen.«

Samson heißt eigentlich Franz Hubmann. Er sieht aus wie ein Indianer: lange dunkle Haare, gegerbte Haut. Er ist der einzige Fleischer mit langen Haaren, den ich kenne. Der Winnetou des Roastbeefs. Als wir den Laden betreten, läuten kleine Glöckchen zur Begrüßung. Alles hier drin ist noch original fünfziger Jahre, selbst die über jeden Verdacht erhabenen Hausfrauen mit ihren geflochtenen Einkaufskörben und Gesichtern, die an rohe Rindersteaks erinnern. Dunkelrote Wangen, schwabbelnd, leicht durchzogen. Es riecht nach froher Erwartung und Kartoffelsalat.

Samson trägt meist Rossschwanz. Heute hat er eine Art Knoten am Hinterkopf. Er ist Fleischer in vierter Generation und träumt von einem Jaguar XKR Coupé. Seine Art, Schnitzel zu klopfen, hat etwas Unerlöstes. Ich bin froh, dass es nichts gibt, das ich in der vierten Generation tun muss. Ich versage in der ersten und etabliere damit ein vollkommen neues Muster innerhalb der Familie.

Wir stehen artig vor der Vitrine in der Schlange und vertreiben uns die Zeit mit Fleischfernsehen. Heute im Angebot: Rinderhack, 150 Gramm 4,99 Euro. Bio-Lungenbraten Mittelstück, 44 Euro/Kg. Alles zu teuer. Schweinsschnitzel sind das höchste der Gefühle. Eine angemessene Wiedergutmachung nach der Zumutung in der *Gesellschaft für W.*

»Die Damen?«, sagt Samson und nickt uns freundlich zu.

Maja stößt mich mit dem Ellenbogen in die Seite.

»Da hast du's«, flüstert sie. »Er hat *Damen* gesagt.«

»Zwei Schweinsschnitzel«, sage ich. »Dünn geklopft.«

»Wie ein Blatt Papier«, sagt Samson und macht sich an die Arbeit.

Maja flüstert: »Stell dir vor, er klopft damit deinen Hintern windelweich. Mit diesem Ding.« Sie kichert. Samson schlägt die Schnitzel einzeln in Wurstpapier ein und fabriziert zwei flache Päckchen, die ich entgegennehme wie Reliquien.

Maja hält sich mit dem Einkaufen zurück. Georg hole abends meist eine Kleinigkeit vom Feinkostladen, sagte sie,

Gänseleber, Saiblingskaviar, Olivenbrot. Wegen der Figur isst sie ohnehin nur wie ein Vögelchen.

Als wir auf die Straße treten, ist der Himmel schwarz. Maja verabschiedet sich, um die Fenster ihrer Dachgeschosswohnung oder ihres Cabrios zu schließen. Irgendwas ist immer offen bei ihr.

Kurze Zeit später beginnt es zu regnen. Ich bahne mir einen Weg durch die dicken Tropfen und frage mich, was das siebte Flittchen an meiner Stelle täte.

4

Als ich aufwache, regnet es immer noch. Ich liege stocksteif im Bett. Der Regen trommelt auf den Balkonbeton. Etwas stimmt nicht mit mir. Ich betaste meinen Oberkörper. Ich schwitze am Hals und zwischen den Brüsten, mein Nachthemd ist feucht. Ich setze mich auf. Raoul schläft in Seitenlage, die Hände über dem Kopf wie ein Kleinkind. Die Decke hat er weggestrampelt. Er atmet ruhig und gleichmäßig.

Auf dem Schütte-Lihotzky-Hochhaus ist eine Leuchtreklame montiert. Levi's Jeans die ganze Nacht. Wie am Times Square, nur ohne Manhattan. Das harte Licht der Reklame fällt durch einen schmalen Schlitz in der Jalousie und beleuchtet die Kamele auf dem Polyester-Perser.

Es riecht nach verbranntem Fleisch. Ich stehe auf und tappe auf Zehenspitzen in die Küche. Im Abwasch stapeln sich Teller und Töpfe. Ein stinkender, schiefer Turm. Obenauf die Teflonpfanne mit Pfannenwender. Raoul hat keine Geschirrspültabs gekauft, und er hat auch nicht abgewaschen. Ich kratze ein wenig Champignonsauce vom Boden der Pfanne. Von den Schnitzeln ist nur das Papier übriggeblieben. Und ein unangenehmer Druck im Magen. Ich fülle Wasser in ein Glas und gieße einen abgeblühten Weihnachtsstern. Die dunklen Hängeschränke wölben sich über die Arbeitsplatte, als wollten sie gleich aus ihrer Verankerung springen. Die Küche sieht in der Nacht bedrohlich aus, aber sie ist im Mietpreis enthalten.

Ich gehe ins Bad und ziehe im Dunkeln mein feuchtes

Nachthemd aus. Ich ertrage den Anblick meines nackten Körpers nicht, weil ich dann gezwungen bin, nach Krankheitsanzeichen zu fahnden. Nach veränderten Muttermalen, nach Knoten unter der Haut, geschwollenen Adern, schuppender Haut, Rötungen. Ich greife in den Schmutzwäschekorb und ziehe das erstbeste T-Shirt an. Raoul findet das nicht eklig, denn er hat eine hohe Ekelschwelle, die er auch bei sich selbst anlegt. Er schneidet sich etwa die Zehennägel, indem er den Fuß auf dem Couchtisch abstützt. Die Nagelsplitter fliegen in alle Richtungen, während er ihnen fasziniert nachschaut, wie ein Ingenieur, der den Start seiner Raumfähren beobachtet.

Die Müdigkeit hat mich verlassen. Ich könnte das Bad putzen, ich könnte das Geschirr abwaschen oder die Blätter des Gummibaums auf dem Gang mit Bier behandeln, damit sie glänzen. Ich könnte dem Regen zuhören und an nichts denken, oder ich könnte dem Regen zuhören und mir überlegen, was ich mit meinem Restleben anfange.

Ich tappe in den Flur und ziehe Herrn Othmars Broschüre aus der Tasche.

Kurse/Ausbildungen II.

Das Cover zeigt eine aggressive Blondine mit einem Ich-weiß-wo-der-Hammer-hängt-Blick. Am oberen Rand klebt das Logo der *Gesellschaft für W.*: Eine ungeschickt gezeichnete Hand, die in einen Kreis hineingreift, offensichtlich um eine andere Hand daraus herauszuziehen. Die Fingerspitzen berühren einander nicht, noch nicht, doch der Wille ist ersichtlich, und ein wenig erinnert das entfernt an die Erschaffung Adams. Das Logo stößt mich ab, denn ich lege es nicht drauf an, aus meinem Kreis herausgezogen zu werden, im Gegenteil. Gerne verharre ich darin und schlage jedem wohlmeinenden Retter auf die Hand.

Die Ausbildungen sind alphabetisch geordnet, von Anlageberater bis Zahnarztassistentin. Es gibt aberwitzige Berufe: Sachverständiger für Polster, Polstermöbel und Bezüge. Das klingt bodenständig und abwechslungsreich. Der Thanatopraktiker (Einbalsamierer) sei ein Beruf mit Zukunft und trotze jeder Krise, lese ich. Eventuell ließe sich das Todesanzeigen-Praktikum anrechnen. Zum *Existenz-Consultant* kann man sich ebenfalls ausbilden lassen. Wohl ein ähnlicher Kurs wie jener, den Maja absolviert hat.

Ich weiß nicht, ob ich die Kraft aufbrächte, mich mit Dingen zu beschäftigen, die mich nicht täglich umgeben. Raoul ist Aufgabe genug, das weiß Herr Othmar bloß nicht. Seit ich erwähnt habe, dass Raoul Softwaredesigner ist, glaubt er, wir lebten eine schicke Yuppie-Beziehung mit Innenstadt-Maisonette und Retriever-Mischling.

Ich hatte mir einen Softwaredesigner auch anders vorgestellt: als eine Art Architekten, der außergewöhnliche Dinge programmiert, um die schnöde virtuelle Welt zu veredeln. Dass es sich dabei hauptsächlich um die Programmierung von Onlineshops für Schrundencreme, Multivitaminpräparate und Toilettenpapier handelte, dämpfte meine anfängliche Euphorie.

Toilette ist ein treffender Gedanke. Blick auf die Uhr: zwei Uhr dreizehn. Gut möglich, dass die Wesselys wach sind. Vom Toilettenfenster aus kann man direkt in ihr Schlafzimmer hineinsehen. Tatsächlich: Licht. Ich knie mich auf den Toilettendeckel und stelle die Klorollen beiseite, die Raoul auf dem Fensterbrett gestapelt hat. Bärenmuster, aber bloß zweilagig und vom Discounter, eine Enttäuschung. Ich öffne das hohe schmale Fenster. Die Luft schmeckt nach warmer, süßer Suppe.

Judith Wessely spaziert vor dem Schlafzimmerfenster auf und ab. Sie trägt ein geblümtes Nachthemd mit V-Ausschnitt. Phil Wessely sitzt im Unterhemd am Rand des Bettes und raucht. Die Asche lässt er in seine hohle Hand fallen. Judith Wessely gestikuliert heftig. Dann schlägt sie die Hände vors Gesicht. Phil erhebt sich, will sie am Arm packen, die Zigarette im Mundwinkel, sie reißt sich los, wütend. Sie läuft zum Fenster, ich ducke mich. Vorsichtig hebe ich wieder den Kopf. Judith Wessely keucht in den Regen hinaus. Gut möglich, dass sie weint, hin und wieder berührt sie ihre Wangen.

Phil ist im Bauch der Wohnung verschwunden. Die Wohnung der Wesselys hat dreieinhalb Zimmer und eine Frankfurter Küche. Das halbe Zimmer, eigentlich eine fensterlose Kammer, dient als Kinderzimmer. Ein Zimmer nennt Phil Wessely großspurig »Büro«. In Wahrheit ist es ein kleiner Raum mit einem Schreibtisch und einem in die Jahre gekommenen Billy-Regal, in dem Betriebswirtschaftshandbücher aus den achtziger Jahren verstauben. Phil nennt sich selbst Betriebswirt, was mich immer schon amüsierte, denn ich fragte mich, was so ein Wirt denn ausschenkt.

Jetzt: das Kind. Ein langes Heulen, auf- und abschwellend wie eine Sirene. Judith rührt sich nicht. Sie nestelt an ihren Haaren, streckt dann die Arme weit von sich, schüttelt die Hand aus. Und wieder. Wühlt in ihrer langen braunen Mähne, zerrt.

Ich möchte ihr zurufen: »Lass das!« oder »Lass dir helfen!« oder »Lass dich scheiden!«, und weiß gleichzeitig, dass ich eine miserable Beraterin wäre, von einem Kind kann man sich nicht scheiden lassen, vielleicht aber ist auch bloß Phil der Störfaktor. Wie auf Kommando kehrt er in mein Blickfeld zurück, eine Bierflasche in der Hand. Fortsetzung des Sirenengeheuls. Er stellt sich hinter Judith, packt sie an den Schultern, führt sie weg vom Fenster, schließt das Fenster, zieht die Vorhänge zu, ich sehe nur noch Schatten, und dann löschen sie das Licht, und ich sehe gar nichts mehr.

Ich notiere: *J. W.* für Judith Wessely und unterhalb *Trichotillomanie* – der Zwang, sich Haare auszureißen. Unter *P.W.* schreibe ich: *Alkohol*, in Klammern *Bier* und *Handaschenbecher*.

Ich gehe zurück ins Schlafzimmer, das im Grunde keines ist. Wir schlafen auf einer ausziehbaren Couch, die als Couch gedacht war, gleich zu Beginn ausgezogen wurde und seither als Bett dient. Ein Dauerprovisorium. Sie steht in einem geschützten Wohnzimmereck, weit weg von allen Türen. Wenn schon Provisorium, dann wenigstens gute Energie, dachte ich. Ich bestehe auch darauf, dass Raoul den Toilettendeckel schließt, damit das Chi nicht im Klo runtergespült wird. Raoul sieht mich an, als hätte ich nicht alle Tassen im Schrank. Er ist esoterischer Analphabet.

»Welches Chi?«, fragt er dann. »Das Klo ist doch dazu da, um Dinge runterzuspülen. Das ist sein Beruf.« Er grinst. Raoul sagt manchmal »Feng pfui«, um mich aufzuziehen, aber meistens sagt er nichts, denn was ihn nicht interessiert, das ignoriert er.

Als der Makler uns in diese Wohnung führte, waren Raoul und ich seit knapp drei Monaten ein Paar. Ohne Möbel erschien sie uns groß, zumindest groß genug. Raoul hatte die Annonce in der Stadtzeitung gefunden.

Entzückendes Refugium! 56 qm., wunderschöner Westbalkon, Fernwärme, 12. Stock, atemberaubender Blick über die City.

Der Makler sah aus, als wüsste er nicht, was ein Refugium ist. Er trug einen Rucksack und pries die Wohnung an wie einen Palast. Ein Anfänger, aber nicht ungeschickt: Für jeden Einwand hatte er ein Gegenargument parat. Gut aufgepasst in der Maklerschule. Die Einwände kamen in erster Linie von mir. Raoul sah sich ein einziges Mal um und meinte: »Hierher kommt mein Schreibtisch.« Alles weitere interessierte ihn nicht. Der Makler hat schnell kapiert, dass er sich an mich halten musste, und wich mir nicht von den Fersen. Die Küche war winzig, aber mit etwas Improvisationskunst ließen sich sogar ein Mini-Tischchen und zwei Klappstühle unterbringen. Das Wohnzimmer musste zugleich als Schlafzimmer dienen, denn einen zweiten Raum gab es nicht. Uns war das gleichgültig, schließlich waren wir noch in der allerersten Verliebtheitsphase. Wir schliefen, wo auch immer es uns passte, und wunderten uns täglich in der Früh von neuem, dass wir zu zweit aufwachten und dass es eine Zeit gab, in der es anders war. Wo sich dieses Wunder wiederholte, spielte keine Rolle.

Das Highlight hob sich der Makler für den Schluss auf. Mit einer dramatischen Geste öffnete er die Balkontür, verbeugte sich und sagte: »Nach Ihnen.« Wir traten vorsichtig auf den Balkon, so als könnte er jeden Moment abbröckeln und mit uns in die Tiefe sausen.

»Keine Sorge«, lachte der Makler und stampfte mit dem Fuß auf dem Beton auf. »Der ist für Jahrtausende gebaut.«

Wir beugten uns über die Brüstung. Unter uns die scheckigen Dächer des Bezirks. Am Himmel kreischten Krähen. Ich fühlte mich wie in einer Loge hoch über der Stadt. Raoul griff nach meiner Hand.

»Wir nehmen die Wohnung«, sagte er zu mir gewandt, und es fühlte sich an, als hielte er um meine Hand an. Eine Szene, die ich gerne hervorkrame, um sie von allen Seiten zu betrachten.

Maja sagt: »Wenn es euch nicht gutgeht miteinander, erinnere dich an den Anfang der Beziehung. Wenn's auch da nichts Schönes gibt, woran es sich zu denken lohnt, kannst du's gleich vergessen. Der Anfang ist das Energiereservoir.«

Ich habe viel aus diesem Reservoir geschöpft in letzter Zeit, denke ich, als ich ins Wohnschlafzimmer zurückkehre. Ich decke Raoul zu und lege mich an seine Seite.

Raoul sagt immer: Du bist meine Familie. Er hat selbst keine, zumindest keine nennenswerte. Dabei weiß ich nicht, was man zu tun hat, wenn man Familie ist für jemanden. Ich versuche, mich nicht zu ekeln und verständnisvoll zu sein. Manchmal koche ich.

Ich frage mich, ob Raouls Mutter mit seiner Wahl einverstanden wäre. Sie heißt Gertraud, wir sind einander nie begegnet. Sie lebt auf einer schwedischen Insel und träumt manchmal noch von Olympia, sagt Raoul.

Die Altbauwohnung am Hernalser Gürtel sei in seiner Kindheit erfüllt gewesen vom Abba-Sound, sagt Raoul, von dieser prallen Klangwand, die durch das mehrmalige Übereinanderlegen der Audiospuren erzeugt wurde. Wenn sein Leben verfilmt würde, liefe Abba als Hintergrundmusik. Lange Zeit habe er gedacht: Das ist Musik. Das und sonst nichts.

Wenn sie nicht Abba hörte, dann trainierte Gertraud Litzka – sie war praktizierende Leichtathletin. Einmal bei Olympia starten, sagt Raoul, das sei immer ihr großes Ziel gewesen. Beim einzigen internationalen Wettkampf ihrer Karriere wurde sie wegen Fehlstarts disqualifiziert. Aus dieser Zeit hat sich Raoul eine Abneigung gegen Sport eingefangen, die bis heute anhält. Er verachtet alle, die Pulsuhren besitzen oder ihre Laktatwerte kennen. Gertraud ist schließlich von einem Trainingslager in Schweden nicht zurückgekehrt.

»Sie lebt noch, aber nicht für mich«, sagt Raoul.

Nachdem sie verschwunden war, lebte er alleine mit seinem Vater, der buchstäblich ein Gegengewicht zur sehnigen Mutter herzustellen versuchte und im Laufe der Zeit immer schwerer wurde. Ein Schichtarbeiter, sagt Raoul. Es handelte sich dabei um einen viel strapazierten Familienwitz: Tatsächlich war Peter Litzka Senior-Konditor in einer Meisterbäckerei und Erfinder des Gazelle-Schichtkuchens. Heute lebt er mit einer vollkommen unsportlichen Frau, die zwei Jahre jünger ist als Raoul, und zwei Kindern, die Raouls Kinder sein könnten, in einem Fertigteilhaus mit schmiedeeisernem Balkongitter und Thujenhecke.

Hin und wieder kaufe ich Gazelle-Schichtkuchen und sperre mich in die Küche ein, um den Kuchen zu betrachten, zu betasten und schließlich zu essen. Dabei höre ich »The winner takes it all« oder »The day before you came«. Ein erbärmlicher Versuch, Raouls Familie näherzukommen. Ich hoffe, dass es mir auf diese Weise leichter fällt, all diese Menschen zu ersetzen. Ein kompliziertes und kalorienreiches Experiment, das mir bislang wenig Erkenntnis bescherte. Dafür aber leichtes Übergewicht.

5

Ich habe jede Menge Putztricks auf Lager. Fliegendreck auf dem Fensterbrett entfernt man, indem man mit einer halbierten Zwiebel darüberfährt. Salzränder an Schuhen lösen sich mit einem in Milch getränkten Lappen. Grasflecken verschwinden, wenn man sie mit Gallseife vorbehandelt, vor dem Waschen Fleckenspray aufsprüht und zum Waschpulver noch Fleckensalz hinzufügt.

Wenn alle Flecken entfernt sind, arbeite ich einer raschen Neuverschmutzung in die Hände. Ich stelle ein Glas mit Kirschsaft gefährlich nahe ans Bettsofa, ich öffne das Fenster, wenn die Feinstaubbelastung am höchsten ist, ich bitte Raoul, mit seinen Straßenschuhen über den Teppich zu laufen.

Manchmal frage ich mich, was dabei rauskommt, wenn man einfach alles verdrecken lässt. Ob dieses Putzen dem Dreck vielleicht erst neue Nahrung liefert. Ob der Dreck, wenn man ihn nur lang genug liegen lässt, sich irgendwann plötzlich auflöst. Ob dann eine Art endgültige Sauberkeit eintritt, die automatisch immun ist gegen jede künftige Verschmutzung. Ein Krebs wächst in einem Leichnam schließlich auch nicht ewig weiter, irgendwann ist Schluss.

Ich putze die Wohnung deutlich gründlicher als mich. Heute ist das Badezimmer dran. Die dunklen Fliesen sind eine Plage. Ich knie auf dem Boden und schrubbe jede Fliese mit einem Mikrofasertuch aus der NUBA-Kollektion. Damit meine Knie nicht schmerzen, lege ich Handtücher darunter.

Das NUBA-System ist der letzte Schrei im Heimputzsektor. Wer damit putzt, erspart sich teure Putzmittel, die im Jahr auf gut und gerne 183 Euro kommen. Das behauptet zumindest Franziska von Herberstein, die eines Tages in der Wohnung stand und ihre Putzutensilien auspackte. Ich muss einen Blackout gehabt haben, als ich ihr die Tür öffnete. Selektive Amnesie. Ich war geblendet von ihrem Namen, der an Wasserschlösser denken ließ, an Rittersäle und tiefe Hofknickse. Vielleicht war sie eine verarmte Adelige, die in der Jugend darauf vertraut hatte, Prinzessin zu werden, um schließlich festzustellen, dass die Krise sämtliche Besitztümer hinweggerafft hatte. Jedenfalls war ich sofort eingenommen von ihrem eleganten Auftreten und schämte mich für unsere kleine Wohnung. Sie trug lange goldene Ohrgehänge, die klimperten, wenn sie zu Demonstrationszwecken mit dem Stiel unter der Bettcouch herumfuhrwerkte. Ich beeilte mich zu behaupten, dass wir nur vorübergehend hier wohnten, so lange, bis unsere Villa am Stadtrand eingerichtet sei. Frau von Herberstein nickte gutmütig, wahrscheinlich wurde ihr in jeder zweiten Wohnung diese oder eine ähnliche Lüge aufgetischt.

»Das NUBA-System«, sagte sie und deutete auf den Stiel, »werden Sie in Ihrer Villa besonders gut gebrauchen können.« Sie fragte mich, wie groß die Villa sei, und ich sagte: einhundertsiebzig Quadratmeter, denn das erschien mir gerade angemessen.

»Über zwei Etagen?«, fragte Frau von Herberstein, und ich antwortete: »Natürlich.«

Dann, sagte sie, werde ich erst recht vom NUBA-System profitieren. Jede Frau, die schon einmal einen Staubsauger treppauf, treppab geschleppt habe, könne ein Lied singen von den Beschwerlichkeiten des Putzens auf mehreren Etagen. Im Falle des NUBA-Systems bräuchte ich nur den Stiel in den ersten Stock hinaufzutragen, ein Kinderspiel, schließlich wiege er nur dreihundert Gramm.

»Dreihundert Gramm!«, rief ich aus.

Dreihundert Gramm, nickte Frau von Herberstein und hielt mir den NUBA-Stiel hin, damit ich ihn in meiner Hand wiegen konnte.

Ich wusste nicht mehr, wie ich aus dieser Geschichte herauskommen sollte, und kaufte ihr aus Verlegenheit drei Mikrofasertücher ab – eins für die trockene Reinigung, eins für Fliesen, eins für Echtholzparkett, obwohl wir überhaupt kein Echtholzparkett besitzen. Der Stiel kostete 89 Euro extra. Ich trennte mich schweren Herzens von dem Geld, das mir Herr Othmar zur Bestreitung der Lebenskosten überwiesen hatte. Raoul und ich aßen die darauffolgenden Wochen hauptsächlich Tomatensuppe mit Reisknödeln. Dafür reinige ich unsere 56 Quadratmeter Laminat seitdem mit dem villentauglichen NUBA-System und hoffe inständig, dass sich Frau von Herberstein nie mehr in der Przewalskistraße blicken lässt.

Raouls Schreibtisch ist für mich tabu. Aufeinandergestapelte Papiere, Briefe und Bücher bilden windige Bauten, die manchmal gefährlich schwanken, wenn ich mich mit dem NUBA-Stiel nähere. Die Papierinseln bilden konzentrische Kreise rund um das Herzstück, den Computer, der so harmlos aussieht, wenn er schläft.

Ein Foto von uns beiden. Gerahmt. Ich, noch mit längeren Haaren, die vom Kopf abstehen wie eine Aureole, wegen des Windes. Raoul, der mir den Arm lässig um die Schultern legt und mit dem Finger aus dem Bild hinauszeigt. Wir stehen auf einer Art Berg, auf einer Kuppel, einer Anhöhe. Ein Ausflug wahrscheinlich, an Details erinnere ich mich nicht. Nur an dieses warme Gefühl: dass da einer ist, zu dem ich gehöre, der das Land mit mir erkundet, Schritt für Schritt. Eine wirkliche Beziehung also, dieses Gefühl steht plötzlich lebendig im Raum; ein Feuer, an dem ich mich wärme. Ich nehme das Foto in die Hand und wische zart über das Glas.

Wir hatten damals viel Tagesfreizeit, also viel Sex. Raoul schrieb an einer Diplomarbeit, die er niemals fertigstellen sollte, ich hatte gerade mein Langzeitpraktikum in der Todesanzeigenredaktion angetreten und ein dunkelblaues Kostüm gekauft, um den Angehörigen mit angemessenem Respekt zu begegnen. Knielanger Rock, weiße Bluse, strenges Sakko mit Schulterpolstern, ein Aufzug, den ich hasste. Raoul hingegen liebte das Kostüm. Wir bauten es regelmäßig in die Choreographie des siebten Flittchens ein.

»Heute Amsterdam«, verkündete er. »Zieh dich richtig an. Du weißt schon.« Und ich wusste schon und kleidete mich ordnungsgemäß.

Als ich das Foto zurückstellen will, fällt mir eine Karte ins Auge, die auf der Rückseite des Bildes in den Rahmen geklemmt ist. Ich ziehe sie vorsichtig hervor.

Maja Preblauer

Dipl. Existenzberaterin

Ein Moment des Erstaunens.

Ich kann mich nicht erinnern, Majas Visitenkarte hinter das Bild geklemmt zu haben. Genau genommen endet meine Erinnerung an die Visitenkarte mit dem Verlassen des Café Kurbel.

»Wir sollten zahlen«, hatte Maja gesagt und nach der Kellnerin gewinkt. Mit einem Mal kehrt alles zurück. Wie ich die Visitenkarte unauffällig unter die Getränkekarte schob, während Maja zahlte, weil ich dachte: Brauch ich nicht. Wie wir aufstanden und durch den Kaminsky-Park spazierten und der Anflug eines schlechten Gewissens auf mir lastete. Maja ist schließlich meine beste Freundin, eine andere beste Freundin habe ich nicht und werde ich niemals haben. *Mehr kriegst du nicht.* Eine beste Freundin unterstützt und motiviert man in allen Belangen, sonst kann man sich gleich ein Haustier anschaffen, denn das ist einem auch ohne Gegenleistung treu. Möglich, dass Maja Raoul eine Visitenkarte überreicht hat, aber wann sollte das gewesen sein?

Es läutet an der Tür, aufdringlich und nachdrücklich. Ich öffne und bereue umgehend meine Unvorsichtigkeit. Herr Eberwein steht davor, an seiner Wade klebt der völlig aus der Form geratene Dackel Hugo. Hugo keift mich an, als sei ich ein Eindringling in seinem Territorium, dabei ist es doch umgekehrt.

»Wenn Sie möchten«, sagt Herr Eberwein, »können Sie gleich bei mir weiterputzen. In einem Aufwasch, wenn ich es so formulieren darf.« Ein Blick auf den NUBA-Stiel in meiner Hand, süffisantes Lächeln.

Horst Eberwein war irgendwas im Zweiten Weltkrieg, heute ist er Rentner in einer Welt, der er den Krieg erklärt hat. Frau Eberwein ist Herr Eberweins Streitwaffe. Sie muss hinaus an die Front, während er seinen Wahnsinn pflegt. Seinen Morgenmantel trägt er wie eine Uniform, auch in seinem Gesicht ist alles straff.

»Sie wünschen?«

Er deutet auf seine Wohnungstür. »Unser Balkon«, sagt er.

»Ihr werter Herr Gemahl besitzt wohl keinen Aschenbecher. Ich habe mit meiner Frau schon gesprochen: Wir werden ihm einen Aschenbecher aus Kreta mitbringen, mit einem griechischen Motiv. Glauben Sie, dass ihm ein geflügeltes Pferd gefallen würde? Pegasus, König der Lüfte.«

»Schön«, murmle ich und will die Tür wieder schließen, als er blitzschnell seinen Fuß auf die Schwelle stellt.

»Das war noch nicht alles«, sagt er. »Die Kippen auf unseren Balkon hinüberzuwerfen, ist keine Lösung, geschätztes Fräulein. Das möchte ich festhalten.«

»Wovon sprechen Sie?«

»Ihr Gemahl lässt uns unglückseligerweise an den Nebenwirkungen seiner Nikotinsucht teilhaben. Möchten Sie sich mit eigenen Augen überzeugen?«

»Danke, keine Zeit«, sage ich.

»Oho, Fräulein Arbeitslos ist schwer beschäftigt.« Er grinst. Hugo knurrt.

»Hugo merkt, wenn jemand lügt«, sagt er. »Er erschnüffelt das. Sie werden es nicht glauben, aber ich habe das mit ihm trainiert.«

»Wir waren das nicht. Brauchen Sie's schriftlich?«

»Sie haben bestimmt eine entzückende Schrift«, sagt Herr Eberwein. »Aber ich würde doch gerne mit dem Herrn Gemahl persönlich sprechen.«

»Er ist nicht da. Wie kommen Sie auf die Idee, dass es seine Kippen waren?«

»Sie werden lachen, gnädiges Fräulein, aber beim Tatort kann man sich in punkto Spurensicherung einiges abschauen.«

»Ich lache nicht«, sage ich. »Wenn Sie mich jetzt entschuldigen.«

»Ihnen verzeihe ich alles«, raunt Herr Eberwein. Er stützt sich mit der Hand am Türrahmen ab und nähert sein Gesicht dem meinen. Sein Atem riecht nach scharfem Mundwasser.

»Sie sind eine kämpferische Frau, das gefällt mir. Ich würde Sie lieber auf ein Schnäpschen einladen, als über Kippen zu disputieren.«

Ich stehe da, den NUBA-Stiel in der Hand wie eine Putz-Amazone auf Kriegspfad, und fühle, wie etwas in mir zu kochen beginnt. Hugo glotzt mich aus blöden Augen an.

»Nur damit Sie es wissen: Raoul hat den Rotavirus«, sage ich, einer plötzlichen Eingebung folgend. »Ihre Frau habe ich schon gewarnt. Besser die Tasten des Aufzugs desinfizieren. Im Drogeriemarkt gibt es kleine Sprays, die kosten einen Dreck.«

Eberwein weicht erschrocken zurück.

»Komm, wir gehen, Hugo«, sagt er. »Diese Frau hat Bazillen.«

»Ist nicht schlimm«, rufe ich ihm nach, »zwei Infusionen, und Ihr Elektrolythaushalt ist wieder im Lot!«

Eine Tür fällt ins Schloss. Rumms, Kette vor.

Nach der Konfrontation mit Eberwein ist mein Putzeifer vernichtet. Ich schleiche zurück in den Wohnschlafraum. Die Wohnung kommt mir heute noch kleiner und beengter vor als sonst. Wie ein Etui, das für die Aufbewahrung von Menschen nicht geeignet ist.

Wenn ich es mir genau überlege, schließe ich nicht aus, dass Raoul seine Kippen tatsächlich auf den Eberwein-Balkon hinüberwirft. Auf diesen Balkon, der so anders aussieht als der unsrige. Als sei er von einer Landvilla abmontiert und an das Bruno-Kreisky-Hochhaus geschraubt worden. Zunächst haben sie Holzboden verlegt, anschließend alle Betonflächen froschgrün angestrichen, um schließlich die gesamte freie Fläche mit Blumentöpfen und griechischen Souvenirs zu verstellen. Groteske Götternachbildungen, kniehohe Vasen mit Blumenmuster. Da lobe ich mir unseren Balkon, der an Kargheit nicht zu übertreffen ist. Ehrlicher Beton, unbehübscht, grau und ewig. Ein Statement der Bescheidenheit.

Zu allem Überfluss haben die Eberweins eine gelbe Plane auf jene Seite spannen lassen, die an unsere grenzt. Ich dachte, die sei dafür da, damit wir nicht zu ihnen hinübersehen. Doch Raoul sagt, sie haben die Plane gespannt, damit sie nicht irrtümlich zu *uns* herübersehen. Wenn er sich unbeobachtet fühlt, zieht Herr Eberwein allerdings die Plane beiseite und beobachtet uns, ich habe ihn schon dabei ertappt. Überhaupt scheint es, als lauere er mir regelmäßig hinter seiner Plane auf.

»Sie!«, ruft er dann und schiebt seine von der Sonne gegerbte Rentner-Visage vor die Plane. »Gut, dass ich Sie erwische. Das Gangfenster war wieder geöffnet. Ge-öff-net!«

»Und?«

»Ich habe Sie doch gebeten, das Fenster nicht zu öffnen.«

»Ich habe das Fenster nicht geöffnet. Ich habe das Gangfenster noch nie geöffnet.«

»Der Luftzug ist Gift für meine Lungen«, sagt er und hustet künstlich.

Ich frage mich, ob wir die Wohnung genommen hätten, wenn uns der Makler auf den Idiotie-Durchdringungsgrad in der Nachbarschaft aufmerksam gemacht hätte. Vielleicht können wir um eine nachträgliche Reduktion der Miete ansuchen.

Wie immer, wenn das Putzen seine vitalisierende Kraft verloren hat, schalte ich den Fernseher ein. Dieses Ritual hat noch nie versagt. Ich lande in einer Talkshow. Eine blonde Moderatorin, die unverschämt gesund aussieht, weidet sich am Streit zweier ihrer Gäste. Wann sie, Janine, denn gemerkt habe, dass er, Rudi, sie mit ihrer besten Freundin betrogen hätte. Sie habe die beiden doch erwischt, sagt Janine, *in flokati*. Jedenfalls sei sie nach Hause gekommen, und Rudi hätte mit Chiara im Kinderbett gelegen. Im Kinderbett! Einer auf dem anderen. Ihr Freund auf ihrer besten Freundin. Also, da war sie dann ja schon nicht mehr die beste Freundin. Gelächter im Publikum. Das Kind sei zum Glück im Kindergarten gewesen, doch das betrogene Vertrauen, das liegt jetzt ja für immer in dem Bett von dem Kind. Und der Gedanke an das Bett mache sie fertig, mindestens genauso wie der Betrug an sich, sagt Janine.

Der vorgeladene Rudi muss sich ins Wahrheitstor stellen, eine Art moderner Pranger. Dort wird er von der Moderatorin ordentlich ins Gebet genommen. Ob er Janine betrogen hätte, ja oder nein.

Ja, klar, sagt Rudi. Keinerlei Anzeichen von Reue. Im Gegenteil. Die Schlampe brauche sich nicht aufregen, schließlich sei Finn, das Baby, ja gar nicht von ihm, kein Mensch wisse, wer der Vater sei.

»Va-ter-schafts-test! Va-ter-schafts-test!«, skandiert das Publikum.

Ein Wahrheitstor ist eine lobenswerte Einrichtung, denke ich. Von mir aus könnte das in jede Mietwohnung eingebaut sein. Zu Tisch, Karl-Ludwig, aber vorher schnell noch ins Wahrheitstor! Im Ernstfall macht die Moderatorin Hausbesuche, um den Verdächtigen so richtig auszuquetschen.

Die Vorstellung gefällt mir. Ich rufe Maja an, die erwartungsgemäß wenig davon hält.

»Was soll das sein, die Wahrheit?«, sagt sie. »Und wem nützt sie? Das müssen wir uns fragen! Eine Wahrheit, die niemandem nützt, ist keine Wahrheit.«

»Sondern?«

»Keine Ahnung. Wahrscheinlich ist sie nur eine Last. Was ist los, warum bist du plötzlich so moralisch.«

Es ginge nicht um Moral, sage ich, sondern darum, was sich hinter den Dingen verberge. Ob es so etwas gebe wie ein Netz, das unsere Wirklichkeit strukturiere. Ein Gitter, in dem sich verfängt, was wir für wirklich und wahr halten.

»Du hast zu viel Freizeit«, sagt Maja. »Da kommt man auf dumme Gedanken.«

Wozu hat man eine beste Freundin, wenn man mit ihr nicht über Wahrheitstore diskutieren kann? Ich verzichte vorerst darauf, sie zu fragen, ob sie Raoul eine Visitenkarte gegeben hat.

»Du bist nur dagegen, weil du den Lügentest nie bestehen würdest«, sage ich.

Maja lacht. »Wenn du wählen könntest zwischen einem Volkstheater-Regisseur – schon etwas älter, aber intelligent und charmant, ein richtiger Sir – und, sagen wir: einem wahnsinnig gutaussehenden Kfz-Mechaniker, Marke Cola-light-Mann, wen würdest du nehmen?«

Maja klingt, als hätte sie ihren Aperitif vorverlegt.

»Wieso fragst du.«

»Na sag schon«, sagt sie. »Welchen nimmst du.«

»Keinen«, sage ich.

»Schön«, sagt sie und gluckst. »Dann bleiben mir beide.«

»Hast du was getrunken?«

»Jürgen«, sagt sie. »Du erinnerst dich? Ich hab dir schon von ihm erzählt. Der Typ aus der Werkstatt. Der mir das Bremslicht repariert hat.«

»Nein«, sage ich.

»Er hat sich gemeldet. Sehr geehrte Frau Preblauer, hat er geschrieben. Die Scheibenwischer sind eingetroffen. Außerdem habe ich Ihnen eine Probefahrt mit dem Maserati versprochen. Ich bin bereit.«

»Aha«, sage ich. Ich weiß, dass ich jetzt nach dem Regisseur fragen müsste, aber ich bereue schon jetzt, sie angerufen zu haben.

Ich sehe auf den Bildschirm. Die Talkshow läuft ohne Ton weiter. Ich stelle mir vor, dass Maja der nächste Gast ist, der ins Wahrheitstor gestellt wird. Sie wehrt sich mit Händen und Füßen, doch zwei Studio-Securities, Männer mit erstaunlicher Flügelspannweite, halten sie fest. Und dann kommt alles ans Studiolicht. Nicht nur Jürgen, sondern auch die beiden Pauls, Franz, der Biobauer, der sie beackern durfte, und Werner, der Künstler, dem sie Modell stand, aber nur fünf Minuten.

»Warum lachst du«, fragt Maja.

»Nichts«, sage ich. »Erzähl weiter.«

6

»Wer ist in der Leitung?«

»Helmut.«

»Aus?«

»Wörgl.«

»Helmut wie noch?«

»Ruppacher.«

»Franz Ruppacher aus Wörgl. Ihre Antwort?«

»Zwanzig Meter.«

Eine Sirene macht *ojojoj*.

»So ein Idiot!« Raoul schlägt auf das Lenkrad.

Wir fahren die Südosttangente entlang. Dort, wo die Stadt ausfranst, hat sich Industrie breitgemacht. Auf beiden Seiten der Stadtautobahn blasen Fabrikschlöte ihren stinkenden Atem in den Himmel.

»Helga, das ist Ihre Chance«, frohlockt der Moderator.

»Hundert Meter«, sagt Helga. Fanfare.

»Hättest du's gewusst?«, fragt Raoul und wirft mir einen Seitenblick zu. Er grinst.

Wir wissen beide, dass meine Eltern in diesem Moment ebenfalls Radio Eins hören. Sie werden uns begrüßen und die Fragen aus dem Quiz wiederholen, und wir werden so tun, als ob wir angestrengt nachdächten, bevor wir schließlich die richtige Antwort aufsagen. Mein Vater wird Raoul auf die Schulter klopfen und sagen: »Darauf trinken wir einen.« Sie wissen, dass wir die Antworten bereits kennen, und wir wissen, dass sie's wissen, und dennoch spielen wir dieses Spiel wieder und wieder. Ich sage mir, dass ich nicht alles verstehen muss, was in dieser Familie vor sich geht, dass es verschlossene Türen und geheime Kammern geben muss. Dass sich ein Leben womöglich nicht an der Anzahl der gelösten Rätsel misst, sondern an der Anzahl der Geheimnisse, die man hinterlässt.

Mein Vater, der als Buchhalter in der ROSENSTOLZ-Porzellan-Manufaktur arbeitete, pflegte etwa eine Leidenschaft, deren Reiz mir bis heute verborgen geblieben ist. Als wir noch in der Stadt lebten, legte er in seinem »Bastelzimmer«, wie er es nannte, Fundstücke aus, die er auf dem Heimweg von der Arbeit in der Straßenbahn gefunden hatte: bunte Steine, eine zerbeulte Getränkedose, ein Kinderschuh, ein Zettel mit einer Telefonnummer, die man nicht mehr entziffern konnte. Ein Museum der verwaisten Dinge. »Dreck«, nannte es meine Mutter. Sie weigerte sich, im Bastelzimmer Staub zu saugen. Der Gemeindebau, in dem wir wohnten, bestand aus mehreren Höfen, wir wohnten im Hof D, dritte Stiege, Parterre.

Raoul kannte diese Wohnung nicht, natürlich nicht, wir zogen aufs Land, als ich zehn war, und wenn ich ihm davon erzähle, erwachen immer dieselben Erinnerungen: an die Gänsehaut auf meinen Armen, wenn ich in der Speisekammer hinter dem Mehl eine fette Spinne entdeckte. An das Geräusch, das entstand, wenn sich das Schnurren von Kater Orly mit dem sonoren Brummen des Kühlschranks vermischte. An den Geschmack des Vanillepuddings, den ich mit dem Puppenlöffel aß, um länger etwas davon zu haben. An Hausmeister Hribil, dessen hervorstechendstes Merkmal seine Habsburger-Unterlippe war, der in seinem Verhalten jedoch wenig adelige Zurückhaltung an den Tag legte: Er verfolgte uns Kinder mit dem Besen drohend und trank abends Spiritus aus der Flasche.

Der Bastelraum, ein fensterloses Kabinett neben der Eingangstür, war zuvor mein Kinderzimmer gewesen. Als ich älter wurde und dennoch klein blieb, beschloss meine Mutter, dass ich ins sogenannte Elternschlafzimmer umziehen sollte, weil es dort ein Fenster gab und Tageslicht, zumindest einige Stunden am Tag. Meine Mutter war der festen Überzeugung, dass ich Licht benötigte, um zu wachsen – wie ihr Gummibaum, der in einem Eimer vor dem Schlafzimmerfenster stand und dessen speckige Blätter einmal in der Woche mit Bier gereinigt wurden, damit sie glänzten.

Als ich in die Schule kam, musste ich den Gummibaum versorgen. Meine Mutter kontrollierte jede Woche, wer besser gewachsen war: der Baum oder ich. Um den ungleichen Wettkampf zu gewinnen, bog ich den Stamm des Gummibaums täglich ein wenig zur Seite, so dass er bald ebenso gebeugt dastand wie Hausmeister Hribil am Ende eines Arbeitstages.

Die Finte nützte nichts: Der Gummibaum war nun zwar keine Bedrohung mehr, was die Größe anbelangte, die Blätter aber schrumpelten wie achtzigjährige Haut, dagegen half kein Bier der Welt. Schließlich wurden sie gelbbraun und fielen ab. Panisch versuchte ich, die Blätter mit Superkleber am Stamm zu befestigen, doch die Natur ließ sich damit ebenso wenig täuschen wie meine Mutter. Das war meine erste Lektion in Ausweglosigkeit.

Als wir dann auf dem Land wohnten, brachte mein Vater anfangs noch mehr »Dreck« von seinen Fahrten heim, denn nun fuhr er täglich zwei Stunden mit der Bahn. Er hatte es sich angewöhnt, einen Rucksack zu tragen. Abends war der Rucksack prall gefüllt. Er hatte sich im neuen Haus ein riesiges »Bastelzimmer« unter dem Dach reserviert, doch in den unendlichen Weiten des neuen Raums war die Freude verpufft. Wir spürten alle, dass er den beengten Verhältnissen in der Gemeindewohnung nachtrauerte.

Seit kurzem war er einer neuen Leidenschaft verfallen: Monopoly. Da konnte er alles tun, was ihm bisher versagt geblieben war: Straßen, Häuser, Hotels und Energieanlagen nach Belieben kaufen, sich hoch verschulden, spekulieren und – mit einer gewissen Lust – ins Gefängnis wandern. Als ich ihn fragte, wie es dazu kam, dass er vom Sammler zum Spieler wurde, sagte er nur: »Ich probe den Ernstfall.« Er nickte, und ich nickte, und wir wussten beide, dass dieser Ernstfall niemals eintreten würde.

Von mir, dem einzigen Kind, hatten sich die Eltern eine strahlende Karriere erhofft. Ich hätte die Melancholie lindern sollen, die sich langsam in ihrer Beziehung einzunisten schien. Dass aus meiner Medizinerlaufbahn nichts geworden ist, hat meinen Stand innerhalb der Familie nicht unbedingt verbessert. Mittlerweile haben sie sich damit abgefunden, so wie man sich mit kreisrundem Haarausfall abfindet.

Raoul ist ein ungeduldiger Autofahrer, wir fahren beinahe die gesamte Strecke auf der Überholspur. Um Punkt zwölf biegen wir in einen zersiedelten Landstrich ein. Alle dreihundert Meter steht ein einsames Schlumpf-Haus inmitten eines verwilderten Gartens. Hin und wieder leuchtet ein blaues Quadrat hinter den Büschen hervor – ein Swimmingpool, kaum größer als eine Badewanne.

»Hier möchte ich weder leben noch sterben«, sage ich.

»Das sagst du jedes Mal«, sagt Raoul. »Also gilt es nicht.«

»Unfair«, sage ich.

»Fairer geht's nicht, Ruth.« Ganz ernst sagt er das.

Als wir am Ortsschild von Unterbruchstetten vorüberfahren, läuft uns um ein Haar ein Köter vors Auto. Raoul bremst und flucht gleichzeitig. Der einzige Grund, weshalb er gemeinsam mit mir den Elternbesuch absolviert, ist der Umstand, dass er auf diese Weise einmal im Monat zu einem Dreigängemenü kommt.

Wir parken vor dem fleischfarbenen Haus am Ende der Beethovenstraße. Der Asphalt schwitzt. Sogar den Vögeln ist es heute zu heiß. Totenstille. Nur Frau Obernosterer ist auf ihrem Posten. Hauskleid mit Rhombenmuster und große Tränensäcke, die von der Mühsal des Landlebens erzählen. Sie schichtet Holzscheite unter ein Vordach.

»Ah, da wird sich die Frau Mamá aber freuen«, sagt sie und wischt sich die Hände an der Schürze ab. Sie betont Mamá auf der zweiten Silbe, so als besäßen wir ein Schloss in der Provence.

»Ich glaub, Sie kriegen Grießnockerlsuppe und Rindfleisch heute. Und einen Apfelstrudel. In der Früh hab ich durch das Fenster geschaut, da hat sie den Teig ausgezogen.«

»Ausgezogen?« Raoul grinst mich an. »Du hast noch nie einen Teig ausgezogen.«

»Das Wichtigste, junger Mann: Man muss den Ehering vorher abnehmen, sonst bleibt der Teig daran kleben«, sagt Frau Obernosterer.

»Wir sind nicht verheiratet«, sagt Raoul.

Täusche ich mich, oder schwang da Erleichterung mit?

»Ich glaube, wir sollten«, sage ich zu Raoul und deute auf

das Amsel-Haus. Die Glocke macht Klingklong, auf dem Fußabtreter steht: »Bring Glück herein.« Ich weiß bis heute nicht, wie das geht, das mit dem Glück hereinbringen.

»Hast du Maja in letzter Zeit mal getroffen?«, frage ich Raoul und bemühe mich um einen unbeschwerten Tonfall.

In diesem Moment öffnet meine Mutter die Tür. Sie hat sich hübsch gemacht: Rüschenbluse, Pullunder, Perlenkette. Sogar Parfum hat sie aufgelegt. Brodel- und Zischgeräusche aus der Küche. Meine Mutter reicht uns zwei Paar Hausschuhe, groß wie Babybadewannen, einmal mit Bären-, einmal mit Katzengesichtern. Wir stehen direkt unter dem grotesk feierlichen Kristalllüster.

»Wo ist Papa«, frage ich.

»Monopoly-Bezirksmeisterschaft«, sagt meine Mutter. Und dann, ohne Überleitung: »Wir haben einen Gast.«

Wir schlurfen in die Küche. Raoul ist still wie immer, wenn er auf meine Familie trifft. Der Ecktisch in der Wohnküche ist heute festlich gedeckt, weißes Tischtuch, Stoffservietten, Silberbesteck, die besten Stücke aus unserer ROSENSTOLZ-Geschirrsammlung. Und dann sehe ich ihn: eine Art Clark Gable für Arme. Schwarzes, pomadisiertes Haar, leicht glänzender, dunkler Anzug, aufregend gemusterte Krawatte.

»Das ist der Herr Walter«, sagt meine Mutter.

Herr Walter steht auf und deutet eine Verbeugung an.

»Bitte einfach Walter«, sagt er.

Ich hoffe, ich muss keinen Knicks machen, aber er sitzt ohnehin bereits wieder, und zwar am Kopfende, auf dem Platz meines Vaters. Irritation. Noch ist kein Bissen gegessen, und der Gast bringt bereits das Familiengefüge durcheinander. Ich setze mich an Herrn Walters linke Seite, Raoul sitzt neben mir, gegenüber hat meine Mutter Platz genommen, auf dem »Schleudersitz«, der dem Herd am nächsten ist.

»Ja«, flüstert Raoul.

»Was: ja?«

»Ich habe Maja getroffen. Das wolltest du doch wissen.«

Ein Fausthieb, irgendwo zwischen Magen und Nabel.

»Warum nicht? Du bist auch herzlich eingeladen, meine Freunde zu treffen.« Er setzt sein freundlichstes Lächeln auf. Dann tätschelt er meine Hand. »Keine Szene, Amselchen, ich bitte dich. Sie ist ein Profi für Fragen der Projektförderung auf europäischer Ebene. Ganz ehrlich: Ich freu mich über jedes Hirn, das mitdenkt.«

»Europäisches Projekt? Welches europäische Projekt?«, frage ich, obwohl ich fragen will: Hirn? Welches Hirn? Geht es nicht eher um ihren Körper?

»Später, Ruth, später«, zischt Raoul.

Drama, denke ich. Drama, Drama, Drama. Jetzt ist es da. Und ich habe nicht mal daran mitgewirkt. Ich beschließe, Raoul zu bestrafen, indem ich Herrn Walter meine ganze Aufmerksamkeit schenke. Ich betrachte ihn genauer: Er wird um die fünfzig sein, lange, schmale Finger, markantes Kinn, kleine Ohren. Die akkurate Frisur wie mit der Nagelschere getrimmt, da fällt kein Haar aus der Rolle. Nicht jung genug, um als Toyboy durchzugehen, nicht alt genug für einen Vaterersatz.

»Und was machen Sie so?«, frage ich Herrn Walter, und er antwortet: »Ich arbeite in der Raiffeisenbank Stoldering.«

»Sei nicht so bescheiden, Walter!«, ruft meine Mutter. Zu uns gewandt: »Er ist Direktor der Bank.«

Direktor, denke ich. So ist das also. Ein Direktor hat Anrecht auf die Stirnseite, den Vorsitz, der ist ja sozusagen der

König des Landstrichs. Vielleicht wollen meine Eltern einen Kredit aufnehmen und es sich deshalb mit der Bank nicht verscherzen.

Meine Mutter serviert die Suppe und legt Herrn Walter vorsorglich drei Grießnockerl in den Suppenteller, jedes einzelne so groß wie ein vier Monate alter Embryo. Die Arbeit als Bankdirektor schlaucht offensichtlich, da bedarf es einer ordentlichen Stärkung. Wir anderen bekommen nur je ein Nockerl, was Raoul erstaunt, aber stumm zur Kenntnis nimmt. Herr Walter ist der Ehrengast, nicht Raoul, welche Genugtuung, denn sonst wird er von meiner Mutter gehätschelt wie ein Wunschkind: »Raoul, schmeckt es dir? Kann ich dir noch etwas bringen? Möchtest du noch Salat? Salz? Ketchup?« Heute nichts dergleichen, alle Aufmerksamkeit gilt dem Bankdirektor.

Ich überlege, ob ich es gern gehabt hätte, wenn mein Vater Bankdirektor gewesen wäre, und meine Antwort lautet: Eindeutig, ich hätte es geliebt. Das wäre die Eintrittskarte in die Selma-Clique gewesen. Linda Wegrostek hätte es nicht gewagt, mich ihre Verachtung spüren zu lassen. Die Lehrer wären vorsichtiger mit mir umgesprungen, schließlich hätte ihnen mein Vater die Autoleasingverträge, ihre Eigentumswohnungskredite und Bausparverträge vermasseln können. Sogar der Herr Schuldirektor hätte über meine Fehlstunden großzügig hinweggesehen.

So schlecht sieht er gar nicht aus, der Herr Walter, denke ich, als ich meinen Grießembryo zerteile. Stoldering liegt immerhin zehn Autominuten entfernt, da hat der Herr Direktor schon eine rechte Strecke auf sich genommen, um zu speisen. Vielleicht hat meine Mutter ihm ja von mir erzählt, von mir und meinem Freund, der in ihren Augen nichts auf die Reihe bekommt, vielleicht versucht sie so etwas wie eine sanfte Verkuppelung.

Ich lächle Herrn Walter zu. Er hat in Windeseile seine Grießnockerl aufgegessen. Er lächelt zurück.

»Das war vorzüglich«, sagt er zu meiner Mutter und reicht ihr den Teller mit einer angedeuteten Verbeugung. Ich konstatiere: Ein Gentleman der alten Schule, bestimmt kann er auch Linkswalzer und öffnet den Damen die Autotür. Raoul konstatiert gar nichts. Er inhaliert die Suppe, als hätte er drei Wochen nichts zu essen bekommen, und scharrt mit dem Löffel im Teller, selbst als schon lange nichts mehr zu holen ist.

»Sie müssen doch wahnsinnig viel Arbeit haben als Bankdirektor«, sage ich und bemühe mich, gerade zu sitzen, um mein Dekolleté zur Geltung zu bringen. Blöderweise habe ich nicht daran gedacht, ein enges Shirt anzuziehen. Wie immer trage ich die Bluse vom Discounter, die einmal weiß war, eine Pluderhose, Turnschuhe.

»Es ist nicht ganz so schlimm«, antwortet Herr Walter. »Immerhin sind wir zu dritt. Also drei Direktoren.«

»Ach, drei Direktoren?« Ich bin erstaunt.

»Aber du bist der wichtigste«, sagt meine Mutter und stellt einen Topf mit Rindsschnitzeln auf den Tisch.

Herr Walter arrangiert die Stoffserviette auf seinem Schoß neu, eine Verlegenheitsgeste. »Elfriede, das ist zu viel der Ehre«, sagt er.

Raoul sitzt die ganze Zeit daneben wie ein Kind, dem man den Mund verboten hat.

Herr Walter lächelt. Das spornt mich an.

»Und wie ist das so, immer mit Zahlen zu hantieren?«, frage

ich. Wie immer, wenn ich unter Druck stehe, fallen mir nur Gemeinplätze ein. »Ich bin ja kein Zahlenmensch, leider.«

Nun könnte er sagen: Kommen Sie doch vorbei und schauen Sie sich's an. Nichts dergleichen. Herr Walter kaut still vor sich hin.

Dann sagt er: »Als Direktor ist man vor allem ein Manager. Da stehen nicht immer die Zahlen im Mittelpunkt. Das ist wie bei einem Zirkusdirektor. Der ist ja auch nicht derjenige, der auf dem Seil tanzt.«

Alle lachen.

»Zirkusdirektor, nein, so was!«, ruft meine Mutter. »Noch irgendwer Püree?«

Jetzt kommt mein Vorstoß.

»Sind Sie auch – ich meine: Sind Sie glücklich?«

Herr Walter legt Messer und Gabel zur Seite und sieht mich an. Man merkt ihm an, dass er um eine passende Antwort ringt.

»Mein liebes Fräulein«, sagt er schließlich. »Glück ist ein großes Wort.«

Damit bin ich nicht zufrieden. Trotzdem nicke ich und sage: »Aha.«

»Ruth, der Herr Direktor möchte in Ruhe essen«, sagt meine Mutter.

»Elfi, lass nur, deine Tochter hat Esprit«, sagt Herr Walter.

Ich fühle mich geschmeichelt. Womöglich ist Herr Walter jetzt jedes Mal beim Essen dabei, wenn wir nach Unterbruchstetten fahren, eine angenehme Vorstellung. Vielleicht kann man nach dem Essen regelmäßig spazieren gehen, auf dem Fitnesspfad etwa, der quer durch den Wald führt.

Endlich setzt sich meine Mutter zu uns, sie ist ein wenig rot im Gesicht von der Arbeit, der Küchendampf hat sich über ihre Frisur hergemacht.

»Es schmeckt sensationell«, sagt Herr Walter und lächelt sie an. »Du bist eine Großmeisterin des Verwöhnens. Mach doch ein Gasthaus auf!«

»Also, Walter, wirklich«, sagt sie, schüttelt den Kopf und lächelt, verschämt wie eine Sechzehnjährige.

»Ja, sehr gut«, stimmt nun auch Raoul in den Lobgesang ein. Der Raum ist erfüllt von positiven Menschen und positiver Energie. Wie zufällig berühre ich Herrn Walters Hand. Er zuckt zurück und sagt: »Oh, Entschuldigung«, so als sei es seine Ungeschicklichkeit gewesen.

Raoul sieht mich aufmerksam an.

»Und was machen Sie in Ihrer Freizeit so?«, frage ich Herrn Walter, ohne mich irritieren zu lassen, und er antwortet: »So unheimlich viel Freizeit habe ich leider nicht. Zum Glück sind meine Kinder schon groß.«

»Walter hat schon zwei Enkel!«, ruft meine Mutter. »Svenja und Ronja.«

»Aha«, mache ich.

Und dann geschieht es. Während sie frische Rindsschnitzel aufträgt. Herr Walter schlingt seinen rechten Arm um den Leib meiner Mutter und lässt ihn für einen Moment auf ihrer linken Pobacke ruhen. Mir fällt beinahe das Salatblatt aus dem Mund. Da läuft was. Ich kann's nicht glauben. Raoul grinst.

»Danke, sehr gut«, sage ich und schiebe den Teller weg. Schnell aufstehen, ins Bad.

Ich höre meine Mutter hinter mir, sie keucht. »Ruth«, ruft sie. »Warte doch. Ich muss dir was erzählen.« Sie hält mich am Oberarm fest.

»Was ist da los?«, frage ich. »Was soll das? Wer ist dieser Kerl da in der Küche?«

»Nur ein Freund der Familie«, sagt sie. »Was hast du denn? Heinz spielt mit ihm Monopoly.« Sie hält mir ihre Stirn hin. »Schau doch bitte mal da drauf.« Ich sehe eine Mutterstirn. Fein ziselierte Fältchen.

»Ja, und?«

»Hier!« Sie deutet auf eine Falte zwischen den Augen. »Zornesfalte, siehst du nicht?«

»Und?«

»Der Doktor Wiesel bietet jetzt so eine Spritze an. Gegen diese Falte. Damit ist sie wie weggezaubert.«

»Eine Spritze? Das ist nicht dein Ernst.«

Sie sieht in den Spiegel und zieht ihre Stirnhaut straff.

»Man wird nicht jünger«, sagt sie. »Du auch nicht.«

Ich laufe aus dem Bad. »Raoul, wir gehen!«, rufe ich.

»Aber ihr habt noch keinen Strudel gegessen«, sagt meine Mutter.

»Wir haben einen Termin«, sage ich. »Jetzt sofort.«

Raoul kommt den Flur in seinen Bären-Hausschuhen heraufgeschlichen.

»Schade«, sagt meine Mutter.

Motorengeräusch, Bremsen auf Kies, und dann steht schon mein Vater im Flur, verschwitzt und glücklich.

Er hebt einen Teller mit einer altgriechischen Kampfszene über seinen Kopf. »Gewonnen, wir haben gewonnen! Vier Hotels auf der Kärntnerstraße.«

»Toll«, sagt Raoul. »Gratuliere.«

»Heinz, die beiden fahren schon wieder, was sagst du dazu.«

»Wirklich?« Mein Vater hatte von seinem Sieg berichten wollen, er platzt förmlich.

»Leider«, sage ich. »Wir müssen.«

»Wohin eigentlich?«, fragt Raoul.

Ich ziehe ihn am Ärmel zur Garderobe.

»Wartet«, sagt mein Vater. »Nicht so schnell, Kinder. Wie hoch werden Mammutbäume. Na, was glaubt ihr?«

»Hundert Meter«, sage ich, während ich in meine Schuhe schlüpfe.

»Bravo. Dafür sollt ihr den haben.« Er hält mir den Wandteller entgegen.

»Ganz toll, mit Neonfarbe bemalt, siehst du«, sagt er und fährt mit dem Zeigefinger über die Achilles-Figur. »Leuchtet im Dunkeln.«

»Wie wunderbar«, sage ich und bin stolz darauf, wie leicht mir eine Lüge über die Lippen geht. »Den können wir unmöglich annehmen.«

»Wollt ihr mich beleidigen?«, sagt mein Vater. Raoul nimmt den Teller aus seinen schwitzenden Händen in Empfang wie den Orden der Republik.

Auf der Rückfahrt sprechen wir kein Wort.

7

Ich bin in Samsons Fleischladen und rieche das nasse Fell der Eberwein-Töle. Der Hund verfolgt mich.

»Ist ein Hund hier?«, frage ich Samson.

»Wir haben heute frisches Schweinefleisch, Rind und Kalb«, sagt Samson, »von frischem Hund weiß ich nichts.«

Er stopft einen dunkelroten Fleischbrocken in den Fleischwolf.

»Nein, ich meine: War ein Hund vor kurzem hier?«

»Hier?« Er blickt auf. »Hundeverbot. Allerschärfstes Hundeverbot, meine Liebe.«

Ich sehe seinen Händen zu. Große Hände mit breiten Fingern, die geschickt mit totem Tier hantieren. Ich frage mich, wie er abends den Geruch nach Blut und Verwesung von der Haut bekommt. Geht doch sicherlich durch die Plastikhandschuhe durch. Wäre ich mit ihm verheiratet, müsste ich ununterbrochen an seinen Händen schnuppern. Vielleicht würde es mich heiß machen, wenn ich wüsste, dass diese Hände, die meine Brüste berühren, gerade noch im Blut gebadet haben. Das muss irgendein prähistorischer Reflex sein: Mann erlegt Säbelzahntiger und wird nach der Rückkehr mit Sex belohnt. Samson spürt meinen Blick.

»Alles in Ordnung, Ruth? Darf's noch was sein?«

»Zwei Blutwürste«, sage ich schnell.

»Wo ist deine Freundin heute?«, fragt er.

»Unterwegs«, sage ich. Damit liegt man immer richtig.

Ich frage mich, ob Samson an Maja Gefallen gefunden hat, und bin sofort eifersüchtig. Er ist *mein* Fleischer. Seit wir ins Viertel gezogen sind, halte ich ihm die Treue.

Heute ist Verschwendertag, Herr Othmar hat überwiesen. Ich beweise Samson meine Treue, indem ich einen Teil des Geldes in Fleisch anlege.

Eindeutig, es riecht nach dem Dackel der Eberweins. Kann aber auch Einbildung sein, denn manchmal rieche ich Dinge, die nicht da sind. Damit ist nicht zu spaßen! Im *Stern* habe ich von einer Frau gelesen, die immer wieder Waschmittel gerochen hat. Kurze Zeit später die fatale Diagnose. Gehirntumor. Ein Glioblastom, das sich wie ein Krake durchs Hirn frisst, nichts auf der Welt kann es aufhalten. Auf dem ganzseitigen Bild sieht man die Frau verloren am Küchentisch sitzen. Sie trägt eine Schürze, so als würde sie gleich aufstehen und einen Kuchen backen. Auf der Schürze steht: »Alles in Butter«. Sie ist nicht alt, jedenfalls nicht alt genug. Ihr Leben, klagt sie, trenne sich auf wie ein Pullover. Eine Nachricht aus dem Totenreich, denn als der *Stern* gedruckt wurde, war die Frau bereits in einem Schweizer Bett gestorben, nachdem sie mit einem Strohhalm einen Becher mit Natriumpentobarbital ausgetrunken hatte.

Als die Sache mit den Geruchshalluzinationen anfing, lief ich deshalb sofort zum Neurologen, panisch. Er schien überhaupt nicht beeindruckt, verordnete nicht einmal ein MRT, sondern diagnostizierte Erschöpfung. Dabei arbeitete ich zu diesem Zeitpunkt gar nicht.

»Antidepressiva können helfen«, sagte der Arzt.

»Nein, danke.«

»*Spiegel*«, sagte er, »nicht wahr. Sie werden es nicht glauben, aber nach solchen Geschichten sind die Wartezimmer voll.«

»*Stern*«, sagte ich.

»Darf's noch was sein?« Samson legt das Rinderhack und die Würste neben die Registrierkasse. Die tut so, als wäre sie eine Antiquität, in Wirklichkeit hat sie jede Menge Elektronik eingebaut. Samson dreht einmal an der Kurbel, ritscheratsch, klingeling.

Dann sagt er: »Nächste Woche Betriebsurlaub, Fräulein Amsel. Bitte notieren!«

»Urlaub?«

»Automesse Salzburg«, sagt er. »Kommst du mit?«

»Klar«, sage ich. »In meinem nächsten Leben.«

Auf der Straße lasse ich mich vom Strom der Fußgänger mitreißen.

Natriumpentobarbital. Ein Wort, das ich mir niemals merken wollte, niemals, und jetzt hat es sich für immer im Kopf festgeschraubt. Natriumpentobarbital. Ein Barbiturat, Wirkungsdauer: medium, das in der Humanmedizin als Schlafmittel und in der Tiermedizin zum Einschläfern eingesetzt wird. Ein Sterbewilliger, der das trinkt, schläfert sich selbst ein. Folgendes habe ich gelesen: *Der Freitodbegleiter darf das Glas halten, aber er darf keine Tätigkeit ausführen, die zur Einverleibung des Medikaments führt. Das Mitglied muss fähig sein, das Medikament selbst zu sich zu nehmen. Unmittelbar nach einer Einnahme des Medikaments über den Mund werden dem Mitglied entweder Süßgetränke oder Schokolade angeboten, damit der bittere Geschmack im Mund überdeckt werden kann.*

Der letzte Geschmack wird ein süßer sein, dafür ist gesorgt.

In den Todesanzeigen heißt es dann: »nach kurzer, schwerer Krankheit«. Einmal musste ich »nach kurzer, heftiger Krankheit« schreiben, so als illustriere »heftig« die Todeskrankheit drastischer als das übliche »schwer«. Weshalb es betont werden muss, dass jemand »nach schwerer Krankheit« verstirbt, kann ich ohnehin nicht verstehen. So als sei schon einmal jemand nach leichter Krankheit verschieden.

Als ich die Wohnung betrete, steht Raoul vor dem Herd und bewacht einen Topf. »Wasser kocht!« Er winkt mich herbei.

Ich lasse die beiden Würste in das Wasser hineingleiten, ganz behutsam, so wie man Babys in die Badewanne setzt.

Raoul hat die Klappstühle und den Mini-Tisch auf den Balkon getragen. Sogar an Servietten hat er gedacht.

»Was feiern wir?«

»Rate«, sagt er. Seine Augen glänzen.

»Du bist fertig mit deinem Projekt.«

»Warm.«

»Wie warm?«

»Sehr«, sagt er und küsst mich auf den Mund. Seine Lippen sind heiß und trocken.

»Ich habe Lust«, sagt er. »Auf ein Spiel.«

Er hält meinen Kopf in beiden Händen und reibt seine Nase an meiner.

Das Wasser blubbert. Aus dem Augenwinkel sehe ich die Würste im Topf herumschwimmen, als hätten sie einen eigenen Willen entwickelt.

»Warum lachst du«, flüstert Raoul.

»Ach«, sage ich und lege meinen Kopf auf seine Schulter. »Ich freue mich so für dich.«

Das Licht durchscheinen lassen, hat Maja gesagt. Es ist ganz leicht. Ich lasse mich von ihm auffangen wie jemand, der von einer langen Reise zurückgekehrt ist.

»Mit dem ersten Geld, das das Projekt abwirft, fahren wir auf Urlaub«, sagt Raoul.

»Paris«, sage ich.

»Rio«, sagt Raoul.

»Amsterdam.«

»Bali?«

»Warum nicht. Bali.«

Da spüre ich sie wieder, die feinstoffliche Nabelschnur zwischen uns.

»Die Würste«, sagt Raoul. »Sie sind fertig.«

Wir setzen uns ans Tischchen und drapieren die Stoffservietten auf unseren Knien. Stiefmütterchenblauer Himmel. Die Wurst ist trocken und knorpelig, aber ich habe ohnehin keinen Hunger. Ich säge sie in dünne Scheiben, um nicht zu viel davon essen zu müssen. Raoul isst mit großem Appetit und spricht mit vollem Mund.

»Willi wird in mein Projekt einsteigen«, sagt Raoul. »Ein Coup«, sagt er. Und immer wieder: »Das ist ein genialer Coup, ein Coup ist das.«

Willi ist Software-Architekt, was auch immer das ist. Er hat ein altes Gesicht und junge Haare. Ganz viele blonde Locken, die vom Kopf abstehen. Ein vor dem Bildschirm gealterter Engel.

»Schmeckt es dir nicht«, sagt Raoul. Er hält inne und hebt die Wurst mit der Gabel an, um den Inhalt zu inspizieren.

»Köstlich«, sage ich. »Aber mit Senf wäre sie noch besser.«

Raoul springt auf. Diese Besorgtheit ist neu, aber ich freue mich darüber wie über ein wertvolles Geschenk.

Als er in der Wohnung verschwunden ist, luge ich hinüber zu den Eberweins. Sie sind nicht zu Hause, die Balkontür ist geschlossen. Ich greife zu meinem Teller und werfe die Blutwurst-Scheibchen über die Plane. Danach steige ich auf den Klappstuhl, um das Ergebnis zu betrachten. Ganze Arbeit. Die Wurststücke hängen im Jasminstrauch wie bizarre Blüten. Hugo wird die Beweisstücke vernichten. Und die Sträucher gleich dazu. Als Raoul mit dem Senf zurückkehrt, sitze ich bereits wieder an meinem Platz.

»Oh, du bist ja schon fertig«, sagt Raoul und blickt enttäuscht auf meinen Teller.

»Ich konnte mich nicht beherrschen«, sage ich.

»Das verstehe ich«, sagt Raoul und streckt mir seine Hand entgegen. »Ich kann mich auch nicht beherrschen. Darf ich bitten?«

Wir betreten Arm in Arm den Wohnschlafraum, und es fällt mir sofort ins Auge: Das Todesanzeigenredaktions-Kostüm, das Raoul sorgfältig über die Lehne der Schlafcouch drapiert hat.

»Ich möchte dich darin sehen«, sagt er.

»Jetzt?«

»Hier und jetzt.«

Ich schäle mich aus meiner Jeans-Strickjacken-Kombination, während Raoul mich von der Couch aus betrachtet. Als ich aus dem Shirt schlüpfe, bemühe ich mich, den Bauch einzuziehen. Nun bin ich froh, nicht die ganze Wurst gegessen zu haben.

»Lass den Bauch locker«, sagt Raoul. »Ich mag das.« Er lacht.

Der dunkle Rock spannt ein wenig auf Höhe der Oberschenkel.

»Wir machen das so«, sagt Raoul. »Das siebte Flittchen bietet heute Rabatt für erfolgreiche Softwaredesigner – einverstanden?«

Während ich mich der Blutwurst entledigt hatte, hat sich Raoul wohl schon eine gefinkelte Dramaturgie überlegt. Ich setze mich in den abgewetzten Ohrensessel, lege ein Bein über das andere und schiebe den Rock hoch.

Raoul hat es eilig, für die sechs Phantomflittchen hat er nur Beleidigungen übrig. »Hässlich!«, bellt er zur Wand. »Grins nicht so dumm, Schlampe! Und du? Wo haben sie dich denn ausgegraben?«

Drehung nach links. Gespielte Überraschung. Ich strecke die Brust heraus.

»Oh là là, wer ist denn das? Möchten Sie ein wenig Zeit mit mir verbringen, hübsches Fräulein?«

»Zweihundertfünfzig«, sage ich und bemühe mich, meine Stimme dunkel und verraucht klingen zu lassen. »Sonderpreis für –« Es kitzelt im Hals, und dann lache ich auf. »Soll ich das wirklich sagen? Sonderpreis für Softwaredesigner? Das klingt doch bescheuert!«

»Du kannst auch sagen: Sonderpreis für einen so attraktiven Gentleman, wie Sie es sind. Noch mal von vorn.«

Raoul marschiert in die Küche, dann ruft er: »Ich komme!«, so als spielten wir Verstecken. Ich öffne einen weiteren Knopf meiner Bluse.

Diesmal steuert Raoul direkt auf mich zu. »Na, was haben wir denn da?« Er umrundet den Ohrensessel in Zeitlupe, ohne mich dabei aus den Augen zu lassen. »Ich werde dir geben, was du verdienst, du Flittchen. Morgen wirst du nicht mehr sitzen können, das verspreche ich dir.«

»Gerne. Heute gibt's auch einen Sonderpreis für –« Ich pruste los.

»Attraktive Gentlemen«, zischt Raoul.

»Attraktive Gentlemen«, sage ich und kneife mir fest in den Handrücken, um nicht wieder loszulachen.

»Ich glaube, wir kürzen die Eingangsszene«, sagt Raoul und kniet sich vor mir auf den Boden.

»Beine auseinander«, sagt er forsch. »Und keine Mätzchen.«

»Keinesfalls«, sage ich. »Sie haben ja dafür gezahlt.« Folgsam lege ich ein Bein über die Armlehne des Ohrensessels.

Raoul streicht ernst und konzentriert mit beiden Händen über die Innenseiten meiner Oberschenkel.

»Gefalle ich Ihnen«, frage ich, und: »Wie kann ich Ihnen behilflich sein«, denn ich weiß, wie sehr er es mag, wenn er in diesen Momenten gesiezt wird. Ich fühle mich verrucht und begehrt zugleich.

»Ich will dich«, sagt Raoul und küsst mein Knie. Dann fasst er von unten in meine Bluse, schiebt die Hand in meinen BH und dreht an meiner Brustwarze wie am Knopf eines Weltempfängers. Der Schmerz ist schneidend, ein heller Ton, der hinter den Augen explodiert, doch ich beiße die Zähne zusammen, denn das war alles, was ich hören wollte: Ich will dich. Dich will ich, nicht Maja. Dich, keine andere. Dich, dich, dich.

Und schon beuge ich mich zu ihm hinunter, öffne den Zippverschluss seiner Hose und mach mich an ihm zu schaffen, engagierter als jedes Flittchen auf dieser Welt, denn ich habe etwas zu verlieren, das wesentlich mehr wert ist als zweihundertfünfzig Euro.

8

Manchmal, wenn ich traurig bin und nicht weiß, warum, gehe ich auch ohne Termin in die *Gesellschaft für W.* und setze mich in den Gang der Langzeitarbeitslosen, im Volksmund *Gangway to hell* genannt. Der Flur der Wartenden ist mein Fluchtpunkt, hier raste ich, hier spürt mich keiner auf. Ein Ort, an dem die Zeit so langsam vergeht, dass es absurd wäre, eine Uhr aufzuhängen.

Die meisten Langzeitarbeitslosen lungern herum, selten wird einer aufgerufen. Einige bewegen sich kaum noch, sie atmen ganz flach. Bei manchen bin ich mir nicht sicher, ob sie überhaupt noch atmen.

Ich betrachte die Langzeitarbeitslosen gerne und ausführlich. Ihre Augen sind unbewohnte Kammern, für die man kein Einrichtungsgeld beantragen kann. Ihre Haut ist wurmstichig, sie leiden wahlweise an Jugendakne oder Altersakne. Es ist ein Merkmal der Langzeitarbeitslosen, dass ihre Haut aktiver ist als sie selbst.

Ich ziehe mein Notizbuch aus der Hosentasche.

Charly heute auffällig blass. Verschleppte Grippe?

Der Lange mit Glatze hat ein Kind mitgebracht, Tochter oder Enkelin. Hält andauernd ihre Hand. Vielleicht doch seine Freundin.

Viktors Jeans werden immer enger. ZZ-Top-Shirt, das die letzte Mahlzeit dokumentiert. Irgendwas mit Ei.

Frau Hiltrud, Sekretärin in der *Gesellschaft*, bemüht sich, den Gang der Langzeitarbeitslosen ansprechend zu gestalten. Sie sieht aus wie eine freundliche Version von Margaret Thatcher und lebt ganz für die *Gangway*. In Frau Hiltruds Gegenwart fühle ich mich aufgehoben und beschützt, eine Leihomi mit der Extraportion Menschenwärme. Im Gegensatz zu Herrn Othmar betrachtet sie ihre arbeitslosen Schäfchen als erweiterte Familie. Wenn einer plötzlich fort ist, hinweggerafft durch Arbeit, trauert sie ihm richtiggehend nach.

Frau Hiltrud fühlt sich vor allem für die Dekoration verantwortlich: Frühlingsblumen, Ostereier, Adventskranz, Weihnachtskugeln, künstlicher Schnee. Den Sterbetag von Siegfried Pospischil, Gründer der Gesellschaft für Wiedereingliederung, zelebriert sie alljährlich mit einem selbstverfassten Gedicht. An jedem 15. September werden alle Kurz- und Langzeitarbeitslosen, und sogar die Prekären, in die Gesellschaft zitiert, um Blumen niederzulegen vor dem Bildnis von Siegfried Pospischil. Die Langzeitarbeitslosen bringen Chrysanthemen und Gerbera mit, die sie auf dem Friedhof geklaut haben. Die Prekären hingegen bündeln ihre finanziellen Kräfte und treten gemeinsam mit einem schönen Strauß weißer Lilien auf.

Während sie die Farne gießt, die auf den Fensterbrettern ihre grünen Finger zum Licht strecken, erzählt sie viel und gern. Jede Grünpflanze, die für die *Gangway* bestimmt sei, müsse erst eine chemische Analyse überstehen, sagt sie zum Beispiel. Da werde geprüft, ob die Pflanze geraucht werden könne – und falls ja, ob sie psychotrope Wirkung zeitige. Da müsse man natürlich aufpassen, sagt Frau Hiltrud. Sie kenne ihre Pappenheimer. Die meisten litten bereits am *Steinzungensyndrom*, weil sie alles rauchten, was sie zwischen die Finger bekämen.

Für die Raucher wurde ein Glaskabuff in der Mitte des Ganges geschaffen. Auf diese Weise ist immer für Abwechslung gesorgt: Die Raucher im Glaskubus betrachten während des Rauchens die Wartenden davor, die Nichtraucher wiederum sehen in das Glaskabuff hinein. Wenn notwendig, verständigen sich Raucher und Nichtraucher mittels Zeichensprache. Manche hier rauchen so viel, dass es beinahe als Arbeit durchgehen könnte.

Auf den Tischchen in der *Gangway* legt Frau Hiltrud regelmäßig Regenbogenmagazine aus. Um den Klassenkampf nicht unnötig anzuheizen, achtet sie darauf, Glücksmeldungen über royale Schwangerschaften und herrschaftliche Segelturns herauszureißen und nur jene Berichte freizugeben, die von magersüchtigen Prinzessinnen, tumorverseuchten Fürsten und polygamen Thronfolgern berichten. Dabei können die Langzeitarbeitslosen gut ohne Königshäuser leben. In den Händen meiner Sitznachbarn befinden sich Selbsthilfebücher, deren Titel mit einem Ausrufezeichen enden: *Alles wird gut! Verändere Dein Schicksal! Du bist der Schlüssel! Kenne das Geheimnis! Die Kraft wohnt in Dir!*

Sobald ein Langzeitarbeitsloser aufgerufen wird oder mangels Gesprächspartner die *Gangway* verlässt, setze ich mich rasch auf seinen Stuhl. Meine These lautet: Wo auch immer der Mensch verweilt, lässt er einen Gutteil seiner Gefühle zurück. Gerade in puncto Hoffnung und Angst läuft es im Menschen permanent über, weil einfach zu viel davon da ist. Im besten Fall dockt nun meine Trauer an die übriggebliebenen Gefühle des Langzeitarbeitslosen an und bleibt, wenn ich behutsam aufstehe, an dem klebrigen Trauerstuhl haften. Ich erkläre mir das mit dem Prinzip der Homöopathie: Gleiches mit Gleichem heilen.

Einmal saß mir eine Frau gegenüber, etwas älter als ich. Alle paar Minuten warf sie einen Blick auf eine digitale Anzeige oberhalb der Tür, auf der die Namen der aufgerufenen Langzeitarbeitslosen erscheinen. Sie schluckte häufig, ihr Kehlkopf bewegte sich wie ein Miniaturaufzug auf und ab. Sie war sehr schlank, viel schlanker als ich, und trug ihre langen braunen Haare offen. Eine schöne Frau. Eine schöne Frau, die beinahe platzte vor lauter Sorgen. Ich weiß nicht, woher dieser Satz kam, und ich verabscheute mich auch ein wenig dafür, aber ich dachte: Deine Schönheit nützt dir hier nichts mehr.

Als die Frau aufgerufen wurde, wartete ich kurz. Dann setzte ich mich auf ihren Stuhl. Er war noch warm. Ich lehnte mich zurück und schloss die Augen. Rund um mich waberten die zurückgelassenen Ängste. Zunächst war es unangenehm, ich atmete flach, bis ich erleichtert registrierte, dass sich meine Verzweiflung an der ihren festzukleben begann. Doch da war die Frau schon wieder da und pflanzte sich vor mir auf. Sie wollte ihren Sitzplatz zurück.

»Sofort. Ich bin noch nicht fertig«, sagte ich.

Sie sah mich erstaunt an. »Fertig womit?«

»Ich meditiere.«

Sie verzog den Mund.

»Können Sie das nicht woanders?«

Ich hatte Bedenken, dass sie mich verpfeifen würde. Dann würde alles ans Licht kommen: dass ich doch bloß eine Kurzzeitarbeitslose war. Dass ich kein Recht hatte, mich hier aufzuhalten.

Die anderen sahen von ihren Ratgebern auf. Kein Laut drang aus dem Glaskabuff. Alle Augen auf uns gerichtet. Ich erhob mich schwankend.

Ritus interruptus, ein Unglück.

»Hopp, hopp«, sagte die Frau. Im Gegensatz zu ihrer äußeren Erscheinung war ihre Stimme unangenehm kratzig.

Um mich in der *Gangway* zu etablieren, helfe ich Frau Hiltrud bei der Farnpflege oder unterstütze sie bei der Zensurierung der *Frau im Glück*. Mein Ziel ist es, mich unentbehrlich zu machen.

»Fräulein Ruth, was reimt sich auf ›eingliedern‹?«

Seit Wochen arbeitet Frau Hiltrud an ihrem Siegfried-Pospischil-Gedenkgedicht. Dass sich auf »Pospischil« nichts reimt, hat sie bereits zur Kenntnis genommen.

»Anbiedern?«

Sie lacht. »Also, Fräulein Ruth, auf welche Gedanken Sie kommen! Was halten Sie davon? Von morgens bis abends ein einziges Ziel: Wiedereingliedern bedeutet dir viel.«

Sie duzt ihn, jetzt ist es amtlich. Jeder weiß, dass Frau Hiltrud den Chef persönlich gekannt hatte, und jeder rätselt, wie weit diese persönliche Nähe gediehen war, ob sie eventuell auch mit ihm unter einer Decke gesteckt habe, also wortwörtlich. Das ist insofern interessant, als Herr Pospischil seine zig Millionen in mehreren Stiftungen und Gesellschaften geparkt hatte, bevor er das Zeitliche segnete, und wohl auch Frau Hiltrud großzügig für ihren Einsatz an der Arbeitslosenfront belohnt hatte.

»Sehr schön«, sage ich. »Sie sind eine Dichterin. Herr Pospischil wäre stolz auf Sie.«

»Ach, Fräulein Ruth«, sagt Frau Hiltrud. »Eigentlich sollte es heißen: Wiedereingliedern bedeutet dir alles. Aber darauf will mir einfach kein Reim einfallen.«

»Nicht schlimm«, sage ich und tätschle ihre Hand. Eine winzige, weiche Babyhand mit zahllosen Altersflecken, jung und alt zugleich. Ich versuche, mir Frau Hiltrud und Herrn Pospischil im Bett vorzustellen. Hatten sie jemals Sex? Oder hieß es »sich zurückziehen«? »Komm, Trudi, ziehen wir uns auf mein Zimmer zurück.«

»Ich muss weitermachen, Kind«, sagt Frau Hiltrud und seufzt. Sie säubert die leeren Schalensessel mit Desinfektionsmittel. Es riecht nach Krankenhaus.

Eine nachlässig gekleidete Frau nimmt neben mir Platz. Wanda. Sie stellt zwei bis an den Rand gefüllte Einkaufskörbe vor sich ab. Sie keucht. Kaum, dass sich ihre Atmung beruhigt hat, kramt sie in den Körben, holt eine Salatgurke und einen Gemüseschäler heraus. Sie beginnt, die Gurke zu schälen. Die Schalen lässt sie in den Korb fallen.

»Wie oft hab ich ihm gesagt: Ich möchte nicht zurück ins Büro«, sagt sie, ohne von ihrer Arbeit aufzusehen. »Ich wollte bei mir daheim als Hausmeisterin arbeiten, der Posten war ja frei. Und wissen Sie, was mir gefehlt hat? Das richtige Parteibuch. Die Eixelsbergerin ist es geworden. Glauben Sie, dass die eine Ahnung hat von Hausreinigung? Keinen Tau. Und genauso schaut's aus. Dass es einer Sau graust.«

In der Rubrik *Reaktionen auf missglückte Wiedereingliederung* notiere ich: *Gurke schälen.* Der erste Eintrag, in dem Gemüse vorkommt. Die meisten Leute drohen damit, sich per Einschreiben an die Leitung zu wenden, um die »inakzeptablen Vermittlungsversuche, die nur ins Unglück führen« anzuprangern.

Wanda redet sich in Rage. Ich habe sie noch nie so aufgebracht gesehen. Eine gescheiterte Wiedereingliederung mobilisiert verborgene Kräfte.

»Wasser auf die Stiegen schütten, das kann sie. Letzte

Woche hätte das dem Hrdlicka fast das Genick gebrochen.« Wanda sticht mit der nackten Gurke in die Luft wie mit einem Säbel.

Plötzlich baut sich Herr Othmar vor uns auf, keine Ahnung, was er hier zu suchen hat, das ist doch gar nicht sein Revier. Ich vermute, dass er Wanda zur Raison rufen will, doch er nimmt eindeutig mich ins Visier.

»Na, wenn das nicht das Fräulein Ruth Barbara ist«, sagt er und grinst.

»Sie ist es«, sage ich.

»Gehören Sie denn hierher?«

»Natürlich nicht«, flüstere ich. »Ich hole nur jemanden ab.«

»Soso«, sagt er. »Wenn Sie mich für einen Moment in mein Zimmer begleiten?«

Schrecksekunde. Habe ich gegen den Ordnungskatalog der Gesellschaft verstoßen? Ich folge ihm mit gesenktem Kopf wie eine unartige Schülerin. Alle sehen mir nach, selbst Wanda unterbricht ihre Brandrede.

Wir betreten sein Zimmer, er schließt die Tür, sagt: »Bitte!«, und deutet auf den Stuhl. Ich setze mich an den Rand der Sitzfläche, bereit, jederzeit aufzustehen. Herr Othmar wiederum begibt sich nicht auf die Kommandobrücke (vor seinen Computer), sondern lehnt sich nur lässig an den Schreibtisch.

»Wir unterstützen Sie«, sagt er.

»Genau«, sage ich.

»Ich war noch nicht fertig. Wir – also die Gesellschaft – unterstützen Sie, falls Sie planen, sich selbständig zu machen.«

»Aha.«

Panik.

Ob ich denn schon einmal mit dem Gedanken gespielt hätte, fragt er.

»Nicht so richtig«, sage ich und traue mich nicht, ihm in die Augen zu sehen.

»Wir unterstützen die Initiative aktiver junger Frauen«, sagt Herr Othmar ein drittes Mal und meint damit offensichtlich mich. In der Selbständigkeit könne ich mich ausleben, sagt er und breitet die Arme aus.

»Aha«, sage ich. Ich wüsste nicht, dass in mir etwas verborgen ist, das hinauswollte.

»Der Markt wartet auf Sie«, ruft er aus. »Die Welt steht Ihnen offen! Und wir geben Ihnen Rückhalt. Für Fälle wie Sie wurde unser Unternehmensgründungs-Programm entwickelt.«

Das ist kein Vorschlag, das ist ein Ultimatum.

»Ich glaube nicht, dass der Markt auf mich wartet«, sage ich.

Herr Othmar überreicht mir eine Broschüre. Hochglanz, 270 Seiten. *Hurra, ich gründe!* Eine Frau im kleinen Schwarzen wirft jubilierend die Arme in die Luft, ihre Haare tanzen, alles an ihr ist Freude.

»Da finden Sie jede Menge Tipps und Ideen«, sagt er und klopft auf die Titelseite. »Sie können selbständige Beraterin für Silikonhaushaltswaren werden, ein spannender Job mit Zukunft! Oder selbständige Versicherungsmaklerin. Oder selbständige Beraterin für ein berühmtes Schweizer Reinigungssystem.«

»NUBA«, sage ich.

»Genau«, sagt er. »NUBA.«

9

Das Bad ist die Königsdisziplin jeder Putzamateurin. Die stumpfen Armaturen werden mit Gallseife eingeschäumt, die Fliesenfugen leuchten nach einer Bimssteinbehandlung wieder wie neu. Um verkalkte Badfliesen sauber zu bekommen, mische man Buttermilch mit Essig und Salz. Der Brei wird aufgetragen und wirkt ein paar Minuten ein. Die Handtücher lege man sorgfältig zusammen, Kante auf Kante, bis sie aussehen wie Hotelhandtücher. Fehlt nur der Aufkleber, der den Gast daran erinnert, die Handtücher auf den Boden zu werfen, wenn man frische wünscht. Raoul jedenfalls scheint unsere Wohnung mit einem Hotel zu verwechseln. Er wirft die Handtücher grundsätzlich auf den Boden.

Als es klingelt, bin ich gerade dabei, störrische Fliesenfugen mit einer alten Zahnbürste zu bearbeiten. Ich erwarte niemanden. Ich erwarte grundsätzlich nie jemanden, denn ich führe kein offenes Haus. Bei mir ist die Tür immer geschlossen.

Ein zögerliches Klingeln, das passt nicht zu Eberwein. Ich lege das Putztuch ins Waschbecken. Auf eine böse Überraschung habe ich keine Lust, deshalb luge ich durch den Spion. Eine Frau steht vor der Tür, und sie sieht Maja erstaunlich ähnlich. Zerzauster Bob, als sei sie durch den Sturm gelaufen. Jeans, adrettes Jäckchen.

Ich öffne die Tür einen Spalt. Tatsächlich, es ist Maja.

Ich küsse sie auf die Wange und ziehe sie in die Wohnung. Ich benötige einige Augenblicke, um mir ihres Widerstandes bewusst zu werden. Ihre Schultern sind steif, ihr Lächeln wirkt gekünstelt. Sie hat einen dunkelroten Lippenstift aufgelegt, ihr Mund leuchtet wie eine Wunde.

»Ist Raoul nicht da?«, fragt sie.

Aus ihrem Mund klingt der Name fremd und exotisch. Ich kenne keinen Raoul, will ich sagen.

»Wir haben einen Termin«, sagt sie, als sei es das Selbstverständlichste auf der Welt, sich mit meinem Freund zu verabreden.

»Davon weiß ich nichts«, sage ich.

»Vierzehn Uhr«, sagt Maja. »Wir hatten den Termin für vierzehn Uhr vereinbart.«

Ich sehe auf meine Armbanduhr. Es ist zwei.

»Tatsächlich?«, sage ich. »Raoul ist aber nicht da.«

»Ah«, sagt Maja.

Ich forsche in ihrem Gesicht nach Anzeichen von Enttäuschung.

»Komm doch herein«, sage ich. »Wir trinken ein Glas, während wir auf ihn warten.«

Maja setzt sich mit steifem Rücken an den Rand des Sofas, die Knie fest aneinandergepresst; wie jemand, der das erste Mal in dieser Wohnung zu Besuch ist.

»Er kommt sicher gleich«, sage ich.

Sie nickt. Alles an ihr wirkt verspannt. Eine Aura der Unnahbarkeit.

»Kaffee?«

»Danke, nein«, sagt sie. »Mein Herz.« Sie greift sich an die Brust.

»Was ist damit?«

»Ich muss aufpassen«, sagt sie. Mädchenhaftes Kichern. »Der Stress, weißt du.«

»Nein«, sage ich. »Weiß ich nicht.«

»Der neue Job, die vielen Termine.« Sie wedelt mit der Hand, als wolle sie ihre Worte verscheuchen. »Ich bin viel unterwegs. Das ist wahnsinnig anstrengend.«

»Ich mach uns einen Aperol«, sage ich.

»Um Himmels willen, keinen Alkohol während der Arbeitszeit!«

»Wasser?«

»Leitungswasser bitte«, sagt sie. »Mineralwasser tut meinem Magen nicht gut.« Sie legt ihre Hand auf den Bauch. Seit sie arbeitet, leidet sie offenbar ohne Unterlass an Unpässlichkeiten.

»Bin gleich wieder da«, sage ich und verschwinde in die Küche, um Raoul anzurufen. Mailbox. Verdammt.

»Möchtest du Saft in dein Wasser?«, rufe ich aus der Küche ins Wohnzimmer. »Wir hätten Ribiselsaft hier. Nur Ribisel, leider.« Ich fühle mich wie eine Kellnerin in einem schlecht sortierten Café.

»Ich brauche nichts«, ruft sie zurück. »Bitte bemüh dich nicht.« Wahrscheinlich hat sie Angst, dass ich ihr noch weitere Getränke anbieten könnte. Als ich ins Wohnzimmer zurückkehre, streicht sie nervös an ihren Haaren herum, doch der Bob bleibt zerzaust. Ich setze mich in Raouls Schreibtischsessel, um nicht mit ihr auf dem Sofa zu hocken, und fühle mich deplatziert in meiner eigenen Wohnung.

»Also läuft das Beratergeschäft gut?«, frage ich.

»Meine Zielgruppe ist potentiell unendlich groß«, sagt sie. »Im Prinzip fällt jeder rein, der sich auf dem freien Markt bewegt.«

»So wie Raoul«, sage ich.

»So wie Raoul«, sagt Maja.

»Ich biete im Grunde ein komplettes Rundumpaket für Jungunternehmer«, sagt Maja. »Inklusive Förderungen, Steuerrecht und Businessplan. Im Prinzip kenne ich mich überall aus.«

Maja spricht mit einer seltsamen, offiziellen Stimme, so habe ich sie noch nie sprechen hören. In jeden zweiten Satz baut sie ein *im Prinzip* ein. Ich bin so gebannt von ihrem Auftritt, dass ich vergesse, ihr weitere Fragen zu stellen.

Maja malt mit dem Zeigefinger ein Muster auf ihr Knie. Dann sieht sie auf ihre Uhr: »Kommt Raoul heute noch? Im Prinzip habe ich noch zwei weitere Termine.«

»Entschuldige mich einen Moment«, murmle ich.

In der Küche versuche ich erneut, Raoul zu erreichen. Er hebt nicht ab. Zwanzig Minuten nach zwei. Der Sekundenzeiger der Küchenuhr schleppt sich vorwärts, und ich fühle mich ebenfalls erschöpft und kraftlos.

»Wolltest du nicht auch einen Termin, Ruth?«, ruft Maja.

Ich geselle mich wieder zu ihr, sie blättert in ihrem Kalender. »Weil wir grad dabei sind: Ich kann dir den kommenden Dienstag anbieten.«

Sie bietet mir einen Tag an wie ein Stück Kuchen. Was erwidert man darauf? Ist ein neues Leben auch Teil deines Portfolios?

»Oder kommenden Donnerstag, zehn Uhr.«

»Ich kann dir nichts versprechen«, sage ich, als sei Maja auf meine Versprechen angewiesen. Sie buhlt um einen Termin, denke ich, und dass sich das gut anfühlt. Mein erstes förmliches Rendezvous mit Maja.

»Glaubst du, dass Raoul heute noch kommt?«, fragt sie.

Ich springe dienstbeflissen auf und kontrolliere in der Küche das Display meines Handys. Kein Anruf in Abwesenheit, keine Kurznachricht, keine Langnachricht. Nichts. Ein Stechen in der Magengegend. Es wird ihm doch nichts passiert sein? Raoul ist sonst immer zu erreichen, er telefoniert zwar nicht gerne, doch er schaltet sein Handy nie aus. Es hängt an seiner Gürtelschlaufe in einem lächerlichen Etui wie ein nach außen verlagertes Organ. Ich öffne eine neue Kurznachricht, schreibe, »Komm schnell, du hast Besuch«, und drücke auf »senden«.

Als ich dieses Mal ins Wohnzimmer zurückkehre, ist die alte Ordnung im Raum zerstört. Das Sofa ist verwaist, und über dem Couchtisch wölbt sich ein jeansblauer Hintern. Maja kniet auf allen vieren vor der Couch, den Kopf gesenkt wie ein Schaf auf der Weide, während sie mit der rechten Hand den Boden abtastet. Ich möchte sie warnen, ich habe dort heute noch nicht gewischt, es könnte staubig sein! In wenigen Schritten bin ich bei ihr, sie aber stoppt mich mit der Hand und fleht: »Bitte nicht weiter, keinen Schritt!«

Sie spricht wieder mit ihrer alten, ein wenig schrillen Maja-Stimme, und das nährt meine Hoffnung, doch da ist immer noch eine Distanz zwischen uns, die mir Sorgen bereitet.

Ihrer Position nach zu urteilen, hat Maja ihre Kontaktlinse verloren.

»Ich helfe dir«, sage ich, und während wir den Boden abtasten, suche ich zugleich nach der alten Maja, die ich nicht verlieren will, und ich erinnere mich an die Zeit, als sie noch eine Brille trug und unglücklich darüber war, dass ihre Augen versagten, wo doch alles andere an ihrem Körper überdurchschnittlich gut zu funktionieren schien. Ich sah ihr regelmäßig dabei zu, wie sie die Linse auf der Kuppe ihres Zeigefingers platzierte, wie das Auge die Linse förmlich ansaugte, wenn sie nur den Finger nah genug dran hielt. Ein seltsamer magnetischer Effekt, der nie aufhörte, mich zu faszinieren. Wie sie blinzelte und sagte: »Ich sehe dich«, und dann lachten wir beide, und ich bekam eine Gänsehaut, denn dieses »Ich sehe dich« klang beinahe wie ein »Ich liebe dich«.

»Ich darf sie nicht verlieren«, jammert Maja, ihr schönes Gesicht ist verschoben vor Verzweiflung, und ich denke nur: Ja, auch ich will dich nicht verlieren. Vorsichtig tastend schieben wir uns auf Knien in Zeitlupe vom Sofa zum Couchtisch und wieder zurück.

Wie ihre Kontaktlinse aussehe, frage ich, ob sie durchsichtig sei, und sie sagt, nein, die Linse sei blau getönt, hellblau, auf weißem Untergrund könne man sie gut erkennen. Der Laminatboden hier sei allerdings ein Hindernis, weil er so unruhig gemasert sei, und ich sehe meinen Boden mit einem Mal mit neuen Augen, denn eine Maserung ist mir noch nie aufgefallen, schon gar keine unruhige.

Ich sage Sprüche wie: »Mach dir keine Sorgen, wir finden sie bestimmt« und »Ich spüre, dass wir sie gleich haben«, obwohl ich gar nichts spüre, nur meine Knie, die auf dem Boden scheuern, und ich wünsche mich zurück in mein Badezimmer zu den blauen Fliesen mit ihrer ruhigen Oberfläche, ein in der Bewegung erstarrtes Meer.

Plötzlich schließt jemand die Tür auf, es ist Raoul, wer sonst, und schon steht er im Wohnzimmer, und kühle Luft weht herein.

»Keinen Schritt weiter!«, ruft Maja, und Raoul erstarrt an der Schwelle.

»Hast du nicht etwas vergessen?«, frage ich ihn, und er sieht von Maja zu mir und wieder zu Maja und sagt: »Was ist hier los?«

In seinem Gesicht kann ich eine dreifache Fassungslosigkeit

erkennen. Dass Maja hier ist – bestimmt hat er die Nachricht auf seinem Handy noch nicht gelesen –, dass er unvorbereitet mitansehen muss, wie zwei schlecht gelaunte Frauen auf dem Boden herumkriechen. Und dass er am Betreten seiner eigenen Wohnung gehindert wird.

Ich stehe auf und bemühe mich, nur auf bereits untersuchtes Terrain zu treten. »Wir müssen systematisch vorgehen«, sage ich zu Maja. »Es wird am besten sein, wir kennzeichnen die Stellen, an denen wir schon gesucht haben. Und wir markieren die Grenzen, innerhalb derer wir überhaupt suchen. Wie weit springt eine Kontaktlinse?«

Maja antwortet nicht, sie seufzt nur.

»Sie hat ihr Augenlicht verloren«, sage ich zu Raoul.

Er schiebt sich an der Wand entlang und an uns vorbei in die Küche. Ich höre, wie er die Kaffeemaschine anwirft, und folge ihm.

»Könnt ihr nicht woanders spielen?«, zischt er. »Ich habe zu arbeiten.«

»Sie ist doch wegen dir hier!«, sage ich. »Hast du deine Termine nicht im Griff?«

»Das kann nicht sein«, gibt er zurück. »Unser Termin ist morgen.«

Als Beweis hält er mir das Display seines Handys vor die Nase, aber ich kann nur die Uhrzeit lesen. Vierzehn Uhr fünfundvierzig.

»Wir haben auf dich gewartet«, sage ich. Betonung auf *wir*.

Schon läuft er aus der Küche, und ich höre ihn zu Maja sagen: »Mach dir keine Sorgen, Maja.«

Ich höre, wie sie Möbel verrücken, es quietscht, etwas schleift auf dem Boden. Ich verberge mich hinter der Küchentür, um ihre Worte zu belauschen, doch sie sprechen nicht. Die Neugier zwingt mich dazu, mein Versteck zu verlassen. Maja und Raoul haben mit den Möbeln einen Absperrring gebildet.

»Da drin muss sie sein«, sagt Maja und deutet in den Ring.

»Es ist höchst wahrscheinlich, dass wir sie hier drin finden«, sagt Raoul.

»Es sei denn, sie hat sich an unsere Kleider geheftet, aber das glaube ich nicht«, sagt Maja.

»Das glaube ich auch nicht.« Raouls Stimme ist jetzt mild und weich, vielleicht liege ich ja richtig, vielleicht ist alles ein abgekartetes Spiel, um Maja als bemitleidenswerte Figur in unserem Leben zu positionieren, als eine, um die *Mann* sich kümmern muss.

»Wir werden da nicht hineintreten«, sagt Raoul zu mir und deutet in die Mitte des Möbelkreises. Er ist gerade erst zur Tür hereingekommen und bestimmt bereits, was getan werden darf und was nicht.

Wenig später ist das Taxi da. Raoul kehrt verborgene Gentleman-Qualitäten hervor und bietet Maja wie selbstverständlich seinen Arm an. Maja klammert sich daran fest, einen gut geübten Ausdruck des Leidens im Gesicht. Ihr selbstbewusster Bob sitzt wie eine verrutschte Krone auf ihrem Kopf.

Während der Liftfahrt wird ihr Raoul beruhigende Worte zuflüstern, vielleicht wird er seinen Arm um ihre Schultern legen, und nachdem er die Wagentüre für sie geöffnet hat, wird er sie auf die Wange küssen.

Ich bleibe zurück, betrachte die eingezäunte Tabuzone, die beinahe die Hälfte des Raumes einnimmt, ein Sperrgebiet mitten in der Wohnung, und frage mich, wie um alles in der Welt es nur so weit kommen konnte.

10

Als ich aufwache, ist zunächst alles schwarz, dann schält sich eine gelbgrünlich schimmernde Scheibe aus der Finsternis. Der Neon-Wandteller meines Vaters. Achilles, der Fersenmann, tut so, als wollte er aus dem Teller springen. Bedrohlich. Dabei kann ich es mit Achilles durchaus aufnehmen. Im Gegensatz zu seiner Ferse ist meine nämlich unverwundbar. Unverwüstlich wie ein Panzer, zerklüftet wie der Bryce Canyon. Früher hatte ich Bedenken, dass meine Fersen jeden Mann abschrecken könnten. Ich badete und salbte sie ausführlich, doch sie dankten es mir nicht. Kaum einen Tag nicht gehätschelt, verwandelten sie sich über Nacht wieder in elefantöses Gewebe zurück. Schließlich beugte ich mich der Physiologie und betete zum Allmächtigen, dass er mir keinen Fußfetischisten schicken möge.

Meinem Wunsch gemäß interessiert sich Raoul nicht für meine Füße. Ihm zufolge sind einige Körperteile der Notwendigkeit geschuldet, andere der Ästhetik. Ihn faszinieren die kleinen Schwimmhäute zwischen den Fingern, der Bereich in den Ellenbeugen, wo die Adern hervortreten, der Nabel, der nach der Geburt jede Funktion eingebüßt hat.

Als ich Kind war, glaubte ich, dass der Nabel zu einer im Inneren des Körpers verborgenen Tasche führte, eine Höhle, in der man kleine Gegenstände deponieren könnte, ähnlich einem Kängurubeutel. Ich hing dieser Vorstellung noch lange nach, und als ich Raoul kennenlernte, wünschte ich mir, ich könnte seine Briefe so klein zusammenfalten, dass es gelänge, sie in der Nabeltasche mit mir herumzutragen, als Vorrat für jene Zeit, da er mir keine mehr schreiben würde.

Ziehende Schmerzen im Rücken. Ich versuche, mich im Bett zu dehnen. Es wird Zeit für ein Bett, denke ich, ein richtiges Bett mit Lattenrost und mehrschichtiger Matratze, wie man es in anderen Wohnungen auch vorfindet.

Raoul schläft wie ein Baby. Keine Ahnung, warum ich immer diejenige bin, die nicht schlafen kann, er hat doch mindestens ebenso viele Sorgen wie ich.

Nach der Verfrachtung von Maja war Raoul schweigsam. Er wirkte nachdenklich und ging auch außerhalb der Tabuzone auf Zehenspitzen durch die Wohnung. Ich wusste nicht, wie ich ein Gespräch anleiern sollte, und sagte: »Ich hoffe, dass alles gut wird«, und Raoul antwortete nicht, kein Wort, nicht einmal ein Nicken. Ich wusste nicht, wofür er mich bestrafte, und fühlte mich schuldig für etwas, das außerhalb meines Einflussbereichs lag. Ich verkroch mich ins Bad, weil ich hoffte, das warme Wasser würde meine Enttäuschung lindern.

Irgendwann klopfte er und sagte: »Ruth, wir müssen reden«, in einem wehmütigen Ton, den ich von ihm nicht gewohnt war. Ich stieg aus der Wanne, schloss auf und verkroch mich wieder im warmen Wasser. Raoul lehnte sich an die Waschmaschine und betrachtete mich. Ich kreuzte automatisch die Arme vor der Brust, ich diskutiere nicht gerne, wenn ich nackt bin.

»Ich komm zu dir ins Wasser«, sagte er und zog sein Shirt über den Kopf, öffnete den Gürtel, streifte die Jeans ab und stieg aus seinen Boxershorts. Ratlos stand er vor der Wanne und sah auf mich herab.

»Rutsch rüber«, sagte er.

Ich zog die Beine an und schuf Platz für maximal eine Badeente. Vollkommen aussichtslos, Raouls 192 Zentimeter unterzubringen. Als wollte er den Naturgesetzen trotzen, setzte er einen Fuß ins Wasser, dann zog er den anderen nach. Ich kauerte mich zusammen, die Knie unter dem Kinn. Meine Oberschenkel fixierten mich an beiden Seiten der Wanne.

»Na, siehst du: Wenn man will, geht alles«, sagte Raoul und ging vorsichtig in die Hocke, die Beine gespreizt. Sein Schwanz hing im Badewasser wie ein lebensmüder Nacktmull. Keiner konnte sich mehr rühren. Beste Voraussetzungen für ein Verhör.

»Seit wann bist du eigentlich mit Maja in Kontakt, also geschäftlich?«, fragte ich und bemühte mich um Leichtigkeit in der Stimme.

»Ich wollte eigentlich etwas Wichtiges mit dir besprechen«, sagte Raoul und tätschelte mein Wadenbein. »Die Sache mit Willi. Das funktioniert nicht so, wie ich dachte.«

Stille. Willi interessierte mich keinen Deut. Raoul konnte programmieren, mit wem er wollte, das war eindeutig Ruth-freie Zone.

»Willi wollte investieren, weißt du.«

»Ja – und?«

Raoul legte seine Hand auf mein Schienbein. »Wir brauchen Geld, um das Projekt abschließen zu können. Wir sind so knapp davor.« Er legte Daumen und Zeigefinger aufeinander.

»Und?«

»Ich dachte, dass du Herrn Walter fragen könntest.«

Er grinste. »Den feschen Herrn Walter.«

»Was fragen?«

»Ob seine Bank in unser Projekt investieren möchte. Wozu ist er schließlich dort Direktor?«

Jetzt war es also plötzlich *unser* Projekt.

»Du meinst, ich soll ihn in deinem Namen anpumpen?«

Raoul winkte ab. »Wie du das sagst … Das ist eine große Chance, dabei kann viel Geld herausspringen!«

»Und wieso tut es das nicht gleich, das Geld? Wieso springt es nicht gleich heraus?«

Raoul gab einen Unmutslaut von sich und klatschte mit der Handfläche aufs Wasser.

»Soll ich dir erklären, wie die Wirtschaft funktioniert? Wir sind in der Entwicklungsphase einer Innovation. Das wird einschlagen wie eine Bombe. Aber dafür braucht es Geld. Das kostet einfach. Also: Machst du's?«

»Ich glaube nicht, dass Herr Walter freihändig Gelder verteilen kann.«

»Du willst ihn nicht fragen.«

»Ich hab nicht gesagt: Ich will nicht. Ich habe nur gesagt, dass ich nicht glaube –«

»Schon in Ordnung.« Er richtete sich auf und stieg aus der Wanne. Bis auf die Unterschenkel war der ganze Mann staubtrocken, dennoch rubbelte er sich mit einem Badehandtuch Kopf, Rücken und Arme ab. In letzter Zeit hatte er etwas zugelegt um die Mitte, nichts Irreparables, nur das Ergebnis von zu viel Blutwurst und zu wenig Bewegung.

»Frag Maja«, sagte ich. »Das ist doch ihr Metier, oder etwa nicht? Ich dachte, sie berät dich.« Ich fand meinen Schachzug großartig. Jetzt musste er antworten.

»Genau das«, sagte er und klopfte gegen die Wanne, »hat sie mir geraten.« Augenblicklich schwand mein Restrespekt, den ich ihrer Beratungstätigkeit entgegenbrachte. Wie kam sie dazu, meine Familie zu instrumentalisieren? Und was hatte Raoul ihr von mir und meinem Umfeld erzählt? Ich zitterte vor Wut. Und weil das Wasser mittlerweile kalt geworden war.

Drei Uhr zwölf. Ich schließe die Augen. Du schläfst ein, du schläfst ein, du schläfst ein. Entspannt durch die Nase atmen. Die Schulter juckt. Der Fuß auch. Allergie? Parasiten? Ich knipse die Leselampe an, um meinen Fuß zu betrachten. Rote Striemen dort, wo ich gekratzt habe. Sonst keinerlei Auffälligkeiten. Licht aus. Sichere Seitenlage. Der rechte Arm schläft ein. Immerhin, ein Teilerfolg. Besser wieder umdrehen. Entspannte Rückenlage. Wenn Extremitäten schnell einschlafen, kann das ein Zeichen für Wirbelblockaden sein. Halswirbelsäule im Eimer. Augen zu, Augen zu. Morgen ist auch noch ein Tag. Ist morgen noch ein Tag?

Drei Uhr dreizehn. Auf Zehenspitzen durchs Wohnzimmer. Mist, mitten durch die Tabuzone. Egal. Ich bin hellwach, deutlich klarer als am helllichten Tage. Das Brummen des Kühlschranks beruhigt mich. Ich öffne ihn und schließe ihn wieder. Ich überlege, einen Nervenkeks von der heiligen Hildegard zu essen. Aber ich halte mich rigoros an das Nachtnaschverbot, besser den Magen nicht aufwecken.

Hinüber zur Toilette. Raoul hat wieder vergessen, den Deckel zu schließen. Ich schiebe die Klorollen beiseite, Fenster auf. Am Himmel parken dicke schwarzblaue Wolken. Die Wohnungen unter mir sind dunkel, auch die der Wesselys. Ihr Schlafzimmerfenster ist geöffnet, der Wind bauscht die Vorhänge. Ich kneife die Augen zusammen, bemühe mich, Schatten, Umrissen, Silhouetten auszumachen. Gespensterfernsehen. Doch da ist nichts, sie scheinen zu schlafen, ein leichter

Schlaf bis auf Widerruf, bis Moritz sich meldet und mit seinem Heulen die Stille vernichtet.

Ich war lange Zeit eifersüchtig auf Judith Wessely. Auf ihren Mann mit dem bürgerlichen Beruf, auf ihre bürgerliche Haarpracht, ihre Karriere im Management, die sie für das Kind unterbrach, auf das Kind, selbst als es sich als Schreibaby entpuppte. Man weiß ja vorher nie, was man bekommt.

Wir hatten uns vorgenommen, zeitgleich schwanger zu werden. Bei Judith klappte es sofort. Sie wartete, bis ich am Fenster erschien, dann hielt sie mir den Schwangerschaftstest entgegen. Damals hatten wir die Fenster-zu-Fenster-Kommunikation perfektioniert. Es war Judiths beste Zeit, sie strahlte, wann immer ich ihr begegnete.

Ich erwartete jeden Augenblick, ebenfalls schwanger zu werden. Insgeheim hoffte ich darauf, dass Judith mich anstecken würde. Als die Ansteckung ausblieb, beschloss ich, meine Gebärmutter mit der Kraft der Psyche zu unterstützen. Der Babysupermarkt erschien dafür der ideale Ort. Maja begleitete mich zur moralischen Unterstützung. Der Ablauf war immer derselbe: Ich füllte den Einkaufswagen mit Babydry-Windeln, Rasseln, Stilleinlagen, Strampelanzügen, einem Happiness-Alphabet, einer Schaukelwippe, einem Babyklavier, auf dem man tatsächlich spielen konnte. Wir sprachen wenig und suchten – kaum war der Wagen voll – eine stille Ecke auf, meistens verschanzten wir uns hinter den billigen Polyesterlätzchen aus Taiwan. Während Maja Wache schob, breitete ich meine Arme über die Waren, bettete meinen Kopf auf eine Pippi Langstrumpf aus ökologischer Baumwolle und wiederholte den Satz *Ich heiße dich willkommen* wie ein Mantra. *Ich heiße dich willkommen. Ich heiße dich willkommen.* Danach brachten wir alle

Teile wieder zurück an ihren Platz und verließen den Babysupermarkt mit leeren Händen.

Manchmal sagte Maja: Behalte doch ein paar Dinge. Das Happiness-Alphabet zum Beispiel: bunte Buchstaben aus einem undefinierbaren flauschigen Material, groß wie Kleinkindunterschenkel. So was könne man immer brauchen, sagte sie. Die Buchstaben haften auf allen glatten Oberflächen, daraus lassen sich Worte bilden: Ruth. Raoul. Baby. Zum Beispiel. Oder Neid. Missgunst. Sogar ein Fragezeichen gab's, damit ließe sich »Warum?« schreiben.

Warum Judith und nicht ich? Weshalb bekommen immer diejenigen ein Geschenk, die es nicht richtig würdigen können? Ich schließe die Tür zur Toilette. Die Wesselys schlafen, da ist nichts zu machen. Ich könnte die Kaffeemaschine entkalken, ich könnte die hellblauen Fliesen auf der Toilette einzeln putzen oder ein Kreuzworträtsel lösen. Wer nicht schläft, hat doppelt so viele Entscheidungen zu fällen wie einer, der nur tagsüber wach ist. Im Namen des Achilles entscheide ich mich schließlich dafür, die Hornhaut an den Fersen abzuhobeln. Der Hornhauthobel liegt in der Bürstenschublade. Ich setze mich auf den Rand der Badewanne. Meine Füße sind grau und staubig. Herr Othmar hatte mir einmal eine Fußpflege-Ausbildung angeraten, und als ich ablehnte, war er wie gewöhnlich fassungslos: »Wieso denn? In den Füßen versteckt sich ein Viertel aller Knochen des menschlichen Körpers. Ein Wunderwerk der Natur!«

An der Sohle klebt ein Glassplitter. Ich entferne ihn mit Daumen und Zeigefinger. Als ich auf den Weg zum Mülleimer genauer hinsehe, sticht mir seine perfekte Symmetrie ins Auge. Das ist kein Glassplitter: Es ist Majas Kontaktlinse.

11

»Und? Wie fühlt es sich an?«, fragt der Mann.

Er sieht zu mir herüber. »Verehrtes Fräulein, bin ich Ihrer Meinung nach zu nah an Ihnen dran?«

»Gerade richtig«, sage ich aus Verlegenheit. Ich verfüge über keinerlei nennenswerte Doppelbett-Erfahrung.

Der Mann sprach mich in der Bettenabteilung an und bat mich, für einen Moment seine Frau zu vertreten und mich in gebotener Distanz zu ihm ins Doppelbett »Halma« zu legen. Auf der rechten Seite wohlgemerkt, denn er sei »ein Linkslieger«, sagte er. Immer links, andernfalls könne er nicht schlafen. Ich bräuchte nichts Besonderes tun, »einfach nur daliegen«.

Ich streckte mich auf meiner rechten »Halma«-Seite aus und begann sofort zu träumen. Wenn wir in eine größere Wohnung zögen mit einem separaten Schlafzimmer, könnten wir dieses Bett in die Mitte des Raums stellen und rundherum mit Farn dekorieren, eine Traumfabrik inmitten des Dschungels.

»Nehmen wir mal an, Sie wollten ein wenig – nun: kuscheln«, tönt es von meiner linken Seite. »Wie machen Sie das üblicherweise? Greifen Sie einfach hinüber? Oder gehört das verehrte Fräulein zu den Anschleicherinnen, die warten, bis der Partner ihnen den Rücken zudreht, um sich wie ein Rucksack an ihn dranzuhängen?«

»Das ist mir jetzt zu nah«, sage ich.

»Also doch«, seufzt der Mann und richtet seinen Blick an die Decke. »Herta will getrennte Betten, Twin-Betten wie in amerikanischen Hotelzimmern, hat sie gesagt, doch getrennte Betten sind für mich der Anfang der Ehezerrüttung. Zunächst getrennte Betten, dann essen wir an unterschiedlichen Tischen, zuletzt lässt sie ein zweites Bad einbauen. Mir kann es nicht nah genug sein. Was halten Sie davon, Fräulein?«

»Ich war noch nie in Amerika«, sage ich.

»Twin-Betten«, sagt er, »sind der Anfang vom Ende. Ein harmloses Wort für eine Erfindung des Teufels. Zuerst driften die Gedanken auseinander, dann die Körper. Ich suche das ideale Doppelbett, Fräulein, ein Bett, in dem man auch zu zweit alleine ist. Wenn meine Frau das wünscht, soll es so sein.«

Durch die Bewegung auf der Matratze ist das Hemd des Mannes hinaufgerutscht, ich kann seinen behaarten Bauch sehen.

»Schön, dass Sie mir helfen«, sagt er. »Eine bessere Wahl hätte ich nicht treffen können.« Er stützt sich auf seinen Unterarm auf. »Bevorzugen Sie eine feste Matratze oder mögen Sie es, so richtig einzusinken?«

»Ich mag es lieber härter«, sage ich.

»Ach«, sagt der Mann. »Ich verstehe. Wenn Sie so freundlich wären: Darf ich Sie noch für ein letztes Experiment missbrauchen?«

Er zieht ein Tuch aus seiner Hosentasche und schwenkt es vor meinem Gesicht, als wolle er mich auf einen Zaubertrick vorbereiten.

»Wenn es schnell geht«, sage ich. »Ich bin verabredet.«

»Ganz schnell«, sagt er. »Bitte reichen Sie mir Ihre Hand. Ganz entspannt daliegen. Und nicht erschrecken.«

Er schlingt das Tuch zunächst um mein Handgelenk, dann um eine Sprosse des Betthauptes und knotet es fest.

»Und jetzt rufen Sie bitte: ›Nein, Gerhard, aufhören.‹ Ich heiße nämlich Gerhard.«

»Nein, Gerhard, aufhören«, sage ich.

»Lauter«, sagt er. »Meine Frau ist lauter. Deutlich lauter.«

»Ich muss jetzt wirklich weiter«, sage ich.

»Nur einmal noch«, fleht er. »Bitte.«

»Binden Sie mich los, Gerhard«, sage ich mit Nachdruck. »Jetzt sofort!«

»Das war schon ganz gut«, sagt der Mann.

Ein Gesicht beugt sich über mich. »Ruth? Was ist los!«

Es ist Maja. Schick sieht sie aus mit ihrer Brille.

»Was machen Sie mit meiner Freundin?« Sie wendet sich an Gerhard mit ihrer strengsten Stimme. Das *meine Freundin* fühlt sich warm und gut an, und ich bin schon wieder bereit, ihr alles zu verzeihen, wenn sie nur öfter sagte: *Was machen Sie mit meiner Freundin.*

Wir kichern noch, als wir die Küchenabteilung durchqueren und durch eine schmale Tür in die Schreibtischabteilung schlüpfen. Wir kennen alle Abkürzungen. Noch zweimal abbiegen, dann sind wir in unserer Musterwohnung angelangt: 47 Quadratmeter, Hochbett mit integriertem Schreibplatz, Eckcouch, Bad, Mini-Küche, Teppiche mit psychedelischem Muster.

Die Sache mit dem Möbelhaus war meine Idee. Täglich ins Café, das kann ich mir nicht leisten. Maja war sofort Feuer und Flamme. »Wie wunderbar schräg!«, rief sie aus. »Du bist meine Sparmeisterin, meine Geiz-Prinzessin!«

Üblicherweise bringen wir Thermoskannen mit Kaffee und Tee mit, im Sommer kalte Getränke. Ein einziges Mal hatten wir ein Picknick veranstaltet, mit Sandwiches und Kuchen. Die Möbelhaus-Kunden glaubten an ein Happening, die

Möbelhaus-Mitarbeiter nicht, und sie komplimentierten uns hinaus. Seither halten wir es wie eine Untergrundorganisation und wechseln regelmäßig unseren Aufenthaltsort.

»Deine Zahlen bitte«, sagt Maja, nachdem wir es uns bequem gemacht haben.

»Welche Zahlen?«

»Der Businessplan.«

»Businessplan?« Ich sehe in meine leeren Hände.

Sie rückt ihre Brille zurecht. »Einverstanden, fangen wir anders an. Erzähl mir von deiner Geschäftsidee. Was. Hast. Du. Vor?« Sie redet mit mir wie mit einer Begriffsstutzigen.

Ich gehe gedanklich die Geschäfte in der Przewalskistraße durch.

»Ich dachte an Schmuckimport aus einem Schwellenland«, sage ich. »Afrikanische Ketten, asiatische Zehenringe, so was in der Art.«

»Hmhm«, sagt Maja. »Sehr ausgereift scheint die Idee nicht zu sein.«

Ich zucke mit den Schultern. »Ich dachte, ich fange erst einmal an. Dann sehe ich ohnehin, ob es einschlägt.«

»So geht das aber nicht«, sagt Maja streng und droht mit dem Zeigefinger. »Selbständigkeit ist kein Ponyhof, da will alles gut überlegt sein. Im Prinzip musst du heute schon wissen, was du in drei Jahren verdienen wirst.«

Ein abstruser Gedanke. »Ich weiß nicht, was ich in drei Stunden essen werde – wie soll ich da wissen, was ich in drei Jahren verdiene?«

»Siehst du, das ist der Unterschied zwischen dir und mir«, sagt sie und schüttelt ihren Bob. »Ich weiß sehr wohl, was ich in drei Stunden essen werde.«

Ich taste nach dem Päckchen, das ich im Seitenfach meines Beutels verstaut habe. Die Kontaktlinse, gut verwahrt in einigen Schichten Papiertaschentuch. Ob ich Maja die Linse aushändige, mache ich vom Ergebnis des Gesprächs abhängig.

»Wie läuft es eigentlich mit Raouls Projekt?«, frage ich. »Wie oft trefft ihr euch? Und wieso rätst du ihm, Bekannte meiner Eltern anzupumpen?«

»Im Prinzip sind das viele Fragen auf einmal«, sagt Maja. »Lass uns doch über dich reden. Es geht um dein Projekt. Deine Zukunft. Was du brauchst, ist eine Portion gesunden Egoismus. Wo möchtest du in fünf Jahren stehen?«

Darüber habe ich mir noch nicht den Kopf zerbrochen. Von mir aus kann es immer und immer so weiter gehen, je weniger Überraschungen mein Alltag bereithält, umso besser.

»Raoul«, sagt Maja, »möchte in fünf Jahren drei Angestellte haben. Was möchtest du?«

Ich sehe vier Männer vor ihren Bildschirmen in unserem Wohnzimmer herumlungern und sage: »Ich möchte das nicht.«

»Du möchtest also keine Angestellten«, sagt Maja.

»Ich möchte nicht, dass Raoul Angestellte hat«, sage ich. »Wo sollen wir die alle unterbringen?«

Das Existenzgründergespräch deprimiert mich jetzt schon. Vielleicht sollte ich auf meine Berufserfahrung zurückgreifen und meine Dienste als selbständige Todesanzeigen-Poetin anbieten. Individuelle Traueranzeigen-Lyrik jenseits der Zeitungsfloskeln. Krisenfest und Small-Talk-frei.

Maja zeigt auf ein Bücherbord in Birkennachbildung. »Passt perfekt in eure Wohnung. Da kannst du deine Buchhaltung unterbringen und Raoul die seine. Und bald steht da auch dein Businessplan, wetten?« Siegessicheres Lächeln.

Eine Jungfamilie mit Kleinkind betritt die Musterwohnung. Der Mann rüttelt am Hochbett, das sofort gefährlich zu wanken beginnt. Immer wieder äugt er zu uns herüber.

»Kümmern Sie sich nicht um uns«, sagt Maja. »Wir gehören quasi zur Einrichtung.«

Der Jungfamilienpapa sieht verstört zu Boden, seine Begleiterin starrt Maja offen an. Ich versuche es mit einem Ablenkungsmanöver.

»Das Bett ist sicher in Ordnung«, sage ich. »Sie dürfen nicht erwarten, dass hier alles stabil montiert ist.«

Maja prustet heraus. »Lässt sich hier überhaupt irgendetwas stabil montieren?« Maja steht auf abgefahrenes dänisches Design, auf großgemusterte finnische Stoffe und Kommoden aus Zebrano-Holz. In ihrer Villa im Speckgürtel der Stadt wurde rein gar nichts mit einem Inbusschlüssel zusammengeschraubt. Wenn Maja ihre ökonomische Überlegenheit hervorkehrt, macht sie es schwer für mich, sie zu mögen. Bevor sie Georg heiratete, war sie doch auch nichts und hatte nichts. Wir teilten ein gemeinsames Schicksal, die Nicht-Aufnahme in die Selma-Bande, und manchmal unser Pausenbrot.

Der Jungfamilienpapa hat sich daran gemacht, die Ausmaße von Wohnwand und Hochbett mit einem Metermaß aus Papier auszumessen. Er ruft seiner Frau die Zahlen zu. Sie notiert sie mit einem Bonsai-Bleistift auf einem der Notizblätter, die das Möbelhaus ausgibt. Das Kind wälzt sich währenddessen auf einem grünen Langflorteppich, der so aussieht, als könnte er kleinen Tieren dauerhaft Unterschlupf bieten. Das Kind trägt eine Brille, eine Seite ist abgeklebt: Miniaturpirat. Das Kind reißt dem Teppich einige Haare aus und steckt sie in den Mund.

»Könnte passen«, sagt der Jungvater, zufrieden mit dem Ergebnis seiner Messungen. Er trägt ein Holzfällerhemd und schwitzt stark.

Maja klopft auf ein Kissen. »Möchten Sie auch das Sofa testen? Wir stehen gerne für Sie auf.«

Der Mann lächelt das erste Mal. »Wenn Sie drauf sitzenbleiben, nehme ich es.« Bestimmt der frechste Flirtversuch, den er jemals gewagt hat. Auf jeden Fall der frechste in Gegenwart seiner Frau. Als er das selbst registriert, errötet er bis über beide Ohren. Seine Frau reißt ihm das Metermaß aus der Hand.

»Hast du es nicht gesehen? Pauli isst den Teppich auf! Und wer kann wieder mit ihm in die Notaufnahme fahren? Wer?« Die Frau zieht das Kind hoch und schleift es aus der Musterwohnung. Der Mann folgt den beiden mit einigem Sicherheitsabstand. Als er Maja einen Abschiedsblick zuwirft, hebt sie nur bedauernd die Schulter, Marke *Jeder ist für sein Unglück selbst verantwortlich.*

»Ich rate dir dazu, einen kleinen Schreibtisch zu besorgen«, sagt Maja. »Der Schreibtisch ist dein Büro, dort verstaust du deine Unterlagen. Du solltest einen Ort haben nur für dich und deine Arbeit.«

Der einzige Schreibtisch, der mir je exklusiv zur Verfügung stand, war jener in der Todesanzeigenredaktion. Er stand in einer dunklen Kammer, das einzige Fenster ging in einen schmutzigen Innenhof. Die Herausgeber der Zeitung dachten wohl, Todesanzeigen benötigten keinen Glamour, und eine freundliche Umgebung könne sich kontraproduktiv auf das Gemüt der Hinterbliebenen auswirken. Wann immer ein Angehöriger an die Tür der Kammer klopfte, kauerte ich mich innerlich zusammen und schämte mich im Voraus für die schäbige Umgebung. Dabei achteten sie meistens gar nicht darauf. Sie diktierten mir mit zittriger Stimme die Koordinaten der Verstorbenen, viele nahmen nicht einmal auf dem dafür vorgesehenen Stuhl Platz, sondern blieben auf der Schwelle stehen, wohl aus Angst, dass die Trauer sie bei Nachlassen der Körperspannung überwältigen könnte.

Nach der Arbeit ging ich oft ins Möbelhaus und setzte mich an einen der jungfräulichen Schreibtische in der Büromöbelabteilung, um ein bewusstes Gegengewicht zu schaffen zum tristen Interieur, das ich gerade verlassen hatte. Möbel ohne Geschichte, danach sehnte ich mich.

»Wenn's sein muss«, sagt Maja, »kann ich dir das Geld borgen. Für den Schreibtisch.«

»Niemals«, sage ich. Soweit kommt's noch.

Maja überreicht mir einen Zettel, darauf steht:

Geschäftsidee
Abgrenzung zum Mitbewerb
Alleinstellungsmerkmal
Positionierung
Zielgruppe
Marketingmaßnahmen

»Das füllst du aus bis zum nächsten Mal«, sagt sie. »Deine Hausaufgabe. Im Prinzip muss ich gleich zum nächsten Termin.«

Ich sehe auf das Blatt und sage die magischen Worte leise vor mich hin, ich sage *Marketing* und *Geschäftsidee* und *Positionierung*, und erst als Maja schon im Labyrinth der Gänge verschwunden ist, fällt mir ein, dass ich vergessen habe, ihr die Linse zurückzugeben.

12

Ich muss wohl eingenickt sein, denn als sich etwas Spitzes in mein Schulterblatt bohrt, schrecke ich hoch. Eine Waffe? Ich drehe mich um und stelle mit Erleichterung fest, dass es sich um eine Tasche handelt. Eine Lacktasche mit scharfkantig abgenähten Rändern, und sie hängt in der Armbeuge einer alten Frau. Die Frau ist mindestens neunzig Jahre alt, in den Furchen ihres Gesichts hat sich der Staub aus mehreren Kriegen eingelagert. Gebeugt steht sie da und hält sich an der Lehne meines Sitzes fest. Rücken und Unterkörper bilden beinahe einen rechten Winkel, ihr Kopf ist an einem dürren Hals befestigt und ragt aus ihrem Blusenpanzer hervor wie der Schädel einer Schildkröte. Wann immer die Straßenbahn bremst, bohrt sich ihre Tasche in meine Schulter.

Die Alte erwidert meinen Blick mit einem missbilligenden Kopfschütteln, und ich frage mich, ob ich mir etwas habe zuschulden kommen lassen. Mit einem Mal weiß ich es: Sie fordert ihr Recht auf einen Sitzplatz ein. Du sitzt und sie steht – ein Skandal. Ich habe den Gedanken noch nicht zu Ende geführt, da springe ich schon auf und gebe meinen Platz frei. Als ich zufällig aus dem Fenster sehe, merke ich, dass ich ohnehin aussteigen muss, und dränge zur Tür. Aus dem Augenwinkel kann ich erkennen, dass die alte Frau immer noch steht. Weshalb setzt sie sich nicht?

Die Straßenbahn hält vor dem Anatomie-Institut der Medizinischen Universität mit seiner pathologischen Fassade: abblätternde Farbe, trauriger Stuck, blinde Fenster. Ich biege in die Wotangasse ein und erwarte einen modernen Bürokomplex mit Glasfassade, doch die Nummer 17 ist ein in die Jahre gekommenes Wohnhaus, das aussieht, als würde es von den Nachbarhäusern gestützt.

Ich lese die Namen an der Gegensprechanlage.

Maja Preblauer/Coaching ist eingezwängt zwischen *Kallinger* und *Böck*. Ich läute kurz, so wie man es macht, wenn man eigentlich nicht stören will. Es ist halb sechs. Vom Arbeitspensum einer Existenzberaterin habe ich keinen blassen Schimmer. Stille. Ich halte mein Ohr an die Gegensprechanlage, aber da ist nichts, kein Ton. Ich läute noch einmal, diesmal mit Nachdruck.

Mit einem Mal wird die Tür von innen geöffnet, ein Mann im leichten Sommermantel hält die Tür auf. »Möchten Sie hinein?«

Ich zögere, was habe ich im Haus verloren, wenn Maja nicht da ist? Doch ich beschließe, drinnen auf sie zu warten und mich gleich ein wenig umzusehen.

Der Hausflur ist eng und dunkel. Es riecht nach Hund. An den Türen hängen Kränze aus verwelkten Blüten, vor den Schwellen liegen verfilzte Matten. Alles wirkt nachlässig, an der Grenze zum Schäbigen. Dieses Haus sieht Maja nicht ähnlich.

Im zweiten Stock versperrt ein voluminöser Kinderwagen den Weg. Der Wagen steht vor einer sperrangelweit geöffneten Tür. Ich erahne den Schnitt der Wohnung: ein Flur, von dem alle Zimmer abgehen. Erste Tür rechts bestimmt die Toilette, dann das Bad, geradeaus das Wohnzimmer, ich sehe den Zipfel eines grauen Langflorteppichs, das Eck einer Wohnwand, den Rücken einer jungen Frau, die einen Einkaufskorb abstellt.

Ich versuche, den Kinderwagen ein wenig beiseite zu schieben, doch er lässt sich nicht bewegen, die Bremsen sind arretiert. Ich werfe einen Blick hinein und erwarte ein schlafendes Baby vorzufinden, so still ist es im Stiegenhaus, doch das Kind sitzt aufrecht im Wagen und mustert mich. Obwohl wir Ende August haben, ist es vermummt wie im Dezember. Es trägt eine Mütze, eine Daunenjacke und Fäustlinge. Seine Wangen sind dunkelrot und glänzen, bestimmt schwitzt es. Ein Anblick, der mir Unbehagen bereitet, am liebsten würde ich es sofort ausziehen, ihm die Mütze herunterstreifen, es von den Fäustlingen befreien. Weil das nicht geht, lächle ich das Baby an. Es lächelt zurück.

»Psst!«, mache ich und versuche, mich an der Wand entlang am Wagen vorbeizuschieben, doch der Zwischenraum ist lächerlich, viel zu schmal für eine Frau mit meiner Konfektionsgröße. Wir sind uns jetzt sehr nahe, das Kind und ich, es folgt aufmerksam jeder meiner Bewegungen. Ich fühle mich durchschaut.

Gerade, als ich merke, dass ich eingeklemmt bin, stürzt die Frau aus der Wohnung. »Einen Moment, ich befreie Sie!«, ruft sie und lacht, entriegelt die Bremse mit einem geübten Tritt auf ein verstecktes Pedal und rollt den Wagen zurück.

Ich sage: »Sie haben eine wunderbare Tochter«, und sie fühlt sich geschmeichelt, so als sei das Kind ein verlängerter Körperteil von ihr.

Sie ist bestimmt etliche Jahre jünger als ich, ihr Gesicht ist prall, ihre Haut makellos. Sie sieht aus wie eine französische Filmschauspielerin, deren Name mir stets entfällt. Francoise,

Nicole, Marie – egal, ich bin wegen Maja hier, erinnere ich mich und gehe zu der Treppe, die hinaufführt.

»Bitte warten Sie einen Moment!«

Ich drehe mich um, sie winkt.

»Können Sie mir einen Gefallen tun?« Sie müsse Mineralwasserflaschen aus dem Auto herauftragen, sagt sie. Es dauere keine Minute, ob ich währenddessen auf Fanny aufpassen könne?

Fanny. Ich betrachte das Baby und denke: Ja. Sie sieht tatsächlich aus wie eine Fanny.

»Natürlich«, sage ich. »Gerne. Wir haben uns ja schon kennengelernt.«

Fanny lacht wie zur Bestätigung.

Schon läuft die Frau die Treppen hinunter, und ich bleibe unschlüssig neben dem Kinderwagen stehen.

»Na, du«, sage ich.

Das Baby lacht und zeigt mir zwei schneeweiße Schneidezähne. Das ermutigt mich, ich streichle über seine Backen. Heiße Haut, frisch aus der Produktion. Und dann überlege ich nicht lange, es ist wie ein Reflex, und ich streife Fanny die Strickmütze vom Kopf. Im selben Moment brüllt sie los, so als risse ich ihr die wenigen blonden Haare einzeln aus. Erschrocken stülpe ich ihr die Mütze wieder über den Kopf, doch es ist zu spät, der Schalter ist umgelegt. Ihre Ärmchen zittern, aus ihren Augen kullern Tränen, sie wendet ihr Gesicht von mir ab und der Wand zu, so als erhoffe sie sich von dort Rettung.

Ihre Mutter muss gleich zurückkommen, sie wird entsetzt sein über mein Unvermögen, ihr Kind einen Augenblick lang zu hüten. Ich versuche es mit einem alten Trick, verberge mein

Gesicht hinter meinen Händen, ziehe sie dann ruckartig weg und rufe »Guckguck!«, Fanny verstummt tatsächlich für die Dauer eines Atemzugs, doch sie holt nur Luft, um sogleich mit größerer Vehemenz weiterzubrüllen.

Ich müsste abhauen, einfach auf dem Absatz kehrtmachen und die Treppen hinunterlaufen, hinaus aus diesem Haus, doch dann höre ich Schritte und nehme wieder Aufstellung neben dem Kinderwagen. Fanny ist glühend rot im Gesicht, aus ihr spricht das ganze Elend der Existenz. Ich lehne mich an die Wand, ratlos, und betrachte das Baby und das kahle Stiegenhaus, und dann macht es *plopp*, und ich sehe mich plötzlich mit einem Baby die Wotangasse entlangspazieren. Mit meinem Baby. Mein Baby, das gluckst, sobald ich mich über es beuge, und das mir die Ärmchen entgegenstreckt, das ich hochnehme, das sich in meine Halskuhle kuschelt, warm und weich, das nach Milch riecht und nach frischer Hoffnung. Schon füllen sich meine Augen mit Tränen. Alles in mir ist eine einzige ungestillte Sehnsucht, und ich zwinge mich, die Tränen hinunterzuschlucken und an etwas anderes zu denken, an die Wurststückchen im Jasminstrauch der Eberweins, an Samsons Rinderfilets, an Lindas dummes Gesicht in der Boutique Monique, aber es hat keinen Sinn, es ist, als stürze eine Mauer ein. Und dann weinen wir beide, ein gut aufeinander abgestimmtes Duo der Enttäuschungen, und im Stiegenhaus verlöscht das Licht, als schäme es sich für uns.

Ich weiß nicht, wie lange sie schon vor mir stand, jedenfalls spüre ich mit einem Mal eine Hand auf meiner Schulter, und eine warme Stimme sagt: »Es wird alles gut, alles wird gut.«

Ich öffne die Augen und blicke in das freundliche Gesicht

der jungen Frau. Das Baby muss sich schon vor einiger Zeit beruhigt haben, von Tränen keine Spur.

»Jetzt kommen Sie erst einmal mit hinein«, sagt die junge Frau. Sie stellt die Mineralwasserflaschen ab, hebt ihr Baby aus dem Wagen und trägt es in die Wohnung. Ich folge ihr wie hypnotisiert und bin froh, dass sie mir sagt, was ich tun soll.

An den Wänden im Flur hängen Poster hinter Glas. Schwarze Katzen auf weißen Mauern, Meer, Himmel. Alles wirkt aufgeräumt und geordnet. Die Frau bittet mich in ihre Wohnküche. Sie setzt Fanny in den Hochstuhl und deutet auf die Sitzecke.

»Ich mache uns Kaffee«, sagt sie, und ich freue mich, dass sie nicht entsetzt ist über meinen Auftritt, sondern mich voller Fürsorge behandelt, fast wie ein zweites Kind.

»Zucker, Milch?«, fragt sie und lacht: »Ich bin übrigens Simone.«

»Ich heiße Ruth.«

Sie nickt und sagt: »Ruth, was für ein schöner Name.«

»Das höre ich nicht oft«, sage ich, und sie sagt: »Ruth bedeutet Freundschaft, kann es einen schöneren Vornamen geben?«

Sie setzt sich zu mir. »Das hast du übrigens gut gemacht mit Fanny, das muss man dir lassen«, und dann lachen wir alle drei, sogar Fanny gluckst und klopft mit ihren Händchen auf den Tisch.

Ich fühle mich aufgehoben und beschützt, sehe dieser jungen Frau zu, die mit größter Selbstverständlichkeit in ihrer Küche hantiert, und frage mich, ob sie mit derselben Selbstverständlichkeit ihr Leben ordnet, sogar den Kaffee rührt sie zugleich elegant und entschieden um.

»Wohnst du hier im Haus?«, fragt Simone.

»Ich bin nur auf Besuch«, antworte ich, und dann fällt mir wieder ein, weshalb ich überhaupt hier bin, und ich frage sie, ob sie eine Frau Preblauer kenne, die kürzlich im Haus ein Büro für Gründerberatung eröffnet habe.

Simone überlegt. »Die hübsche Dunkelhaarige aus dem dritten Stock mit diesem –?« Sie hält die Handflächen an ihre Ohren.

»Bob«, sage ich.

»Sie scheint nett zu sein«, sagt Simone.

Simone sieht nicht aus, als interessiere sie sich für Gründerberatung. Ich vermute, dass sie ein Studium abgebrochen hat, irgendwas Philanthropisches, Psychologie oder Pädagogik.

»Was machst du so im Leben?«, frage ich.

Simone zeigt auf Fanny: »Darf ich vorstellen? Mein Beruf.« Sie lacht.

»Und davor?«

»Davor? Davor habe ich mich auf das Kind vorbereitet. Mein Leben lang habe ich mich auf dieses Kind vorbereitet. Klingt verrückt, ich weiß.«

»Klingt gar nicht verrückt«, höre ich mich sagen. Und dass ich mich doch auch selbst auf ein Kind vorbereite, lange schon, und dass irgendwas an meiner Vorbereitung falsch sein müsse, schließlich hätte ich bis heute kein Kind, auch wenn es fast einmal soweit gewesen wäre. Ich lache, doch es ist ein zerbrochenes Lachen. Simone nickt, fährt sich durch das Haar und mustert mich, als suche sie nach verborgenen oder verschleppten Krankheiten.

»Komm mit«, sagt sie plötzlich und hebt Fanny aus dem Kinderstuhl.

Ich folge den beiden ins Wohnzimmer, in einen Raum, der offensichtlich als Wohnhöhle dient. Überall sind Tagesdecken und Kuscheldecken ausgelegt, sogar auf dem Langflorteppich. Simone legt Fanny bäuchlings auf eine babyblaue Decke und setzt sich daneben auf den Boden.

Sie sieht zu mir hoch. »Das ist mein Geschenk an dich«, sagt sie. »Sieh genau hin.« Sie arrangiert ihre Beine zu einer Art Knoten und legt ihre Hände mit den Handflächen nach oben auf ihre Knie. So bleibt sie sitzen, unbeweglich, und auch Fanny ist still und betrachtet die Fäden des Teppichs.

Ich sehe genau hin, komme aber nicht dahinter, was sie meint. Simones Augen sind geschlossen, ihre Gesichtszüge entspannt. Ich taste unvermittelt nach dem Stofftaschentuch in meiner Hosentasche. Alles noch da. Vielleicht sollte ich mich rasch verabschieden, der Friede in dieser Wohnung ist kaum zu ertragen.

Simone aber öffnet bereits die Augen und klopft mit der Hand auf den Teppich.

»Setz dich«, sagt sie, »jetzt bist du dran.«

»Womit?«

Ich knie mich umständlich auf den Boden und Simone sagt: »Sehr gut.« Es will mir nicht gelingen, meine Beine so zu verknoten wie sie, also begnüge ich mich mit dem Schneidersitz.

»Ich zeige dir die Glücksatmung«, sagt Simone. Sie sitzt kerzengerade da, wie mit der Wasserwaage austariert. »Das geht so: Du atmest ein, ganz bewusst. Stell dir vor, dass du Schmerz einatmest.«

»Schmerz? Welchen Schmerz?«

»Den der anderen. Den Schmerz eines Freundes oder einer Bekannten, ganz gleich. Du kannst, wenn du willst, auch den

Schmerz der ganzen Welt einatmen, aber das rate ich dir nicht. Als Anfängerin solltest du dich auf einfache Dinge konzentrieren. Alles klar?« Sie blickt auf meinen Bauch.

»Tief einatmen«, sagt sie. »So ist es gut. Entscheide nun, an wen du denken möchtest.«

Ich fühle dieselbe Schwere in der Herzgegend wie vorhin auf dem Gang, als ich auf Fanny aufpassen musste. So als läge eine Metallplatte auf meiner Brust, ich muss gegen diese Platte atmen, die alles niederdrückt, und als ich fast platze, sagt Simone: »Und beim Ausatmen atmen wir Glück in jene Person, deren Schmerz du vorhin eingeatmet hast – und gleichzeitig hin zu allen, die dasselbe Schicksal erleiden.«

Ich lasse die Welt außen vor, ich denke nur an mich, mich, mich, und Simone sagt, die Atmung heiße *Tonglen*, und *Tonglen* sei das Leben und weitere Dinge dieser Art. Das sei alles, was ich wisse müsse, sagt sie, und ich freue mich, dass es so einfach ist. Ein und aus. Wobei ich mir unter Glück nicht das Geringste vorstellen kann. Ich kenne das Nicht-Unglück, das vorsichtige Balancieren an der Kante, kurze Momente des Friedens. Als könne sie meine Gedanken lesen, sagt Simone, dass Glück nicht fassbar sei, ich solle mir vielmehr eine Situation in Erinnerung rufen, in der ich mich ohne Einschränkung wohl und eins mit mir selbst gefühlt hätte. Ich suche nach dieser Erinnerung, wie man einen abgelegenen Ort auf einer Landkarte sucht, und steuere bekannte Bezugspunkte an – einen Berg, eine größere Stadt, eine Autobahn.

Und mit einem Mal sitzt Raoul mir gegenüber, er lächelt mich an, ich sehe mich um, wir sind in einem chinesischen Restaurant, *Lu Chang* steht in gewundenen Lettern auf der Speisekarte, rote Lampions baumeln von der Decke, es ist Winter, draußen liegt Schnee, der Raum ist überheizt. Zwischen uns schwimmt eine Ente in süß-saurer Sauce, wir haben sie noch nicht angerührt, dafür legt Raoul meine Hand vorsichtig in seine. Obwohl ich erst hungrig war, fühle ich mich schon gesättigt und möchte meinen Kopf auf den Tisch legen, so müde bin ich plötzlich. Wäre die Ente nicht gewesen, hätte ich es auch getan.

Ich solle mich nicht anstellen, hatte der Arzt am Vortag gesagt, als das Urteil feststand: Die Schwangerschaft ist beendet. Keine Katastrophe, hatte er gesagt, die Natur sortiere eben manchmal Unbrauchbares aus, die Guten ins Töpfchen, die Schlechten – na, Sie wissen schon, Frau Amsel. Froh solle ich sein. Froh und glücklich, dass alles so glimpflich verlaufen sei. Er hatte tatsächlich »Unbrauchbares« gesagt, so als hätte ich versucht, ein Kernkraftwerk aus Seidenpapier zu basteln, als hätte ich mir etwas vollkommen Absurdes angemaßt, von dem von vornherein feststand, dass es schief gehen musste.

Die Diplome an den Wänden verliehen ihm die Autorität, über meinen Körper zu urteilen, ihm ein Nichtgenügend zu verpassen, nicht zufriedenstellend, kein Aufstieg in die nächsthöhere Klasse.

Hinter dem Vorhang zog ich meinen unfähigen Körper wieder an, ich bedeckte ihn mit jenen Textilien, die ich zuvor dort zurückgelassen hatte, und wischte meine Tränen in den Vorhangstoff, in den dünnen, beinahe transparenten Volant mit seinen verlogenen Blümchen, ich fragte mich, wie viele Frauen schon in den Stoff geweint hatten, er musste doch mittlerweile tränengesättigt sein.

Im Chinarestaurant ist es klebrig warm, eine Höhle, ausgekleidet mit schweren Stoffen, selbst die Kellner tragen Uniformen, die an Tapisserien erinnern. Wir sprechen kaum, aber Raoul besetzt meine gesamte Wahrnehmung, als hätte er sich ausgedehnt in alle Richtungen, wie ein Marshmallow, das man ins Wasser tunkt.

Es ist ein kein Glück, das ich fühle, doch es ist auch kein Unglück, es ist etwas anderes, Schwereloses. Wir trinken Reiswein, bis die Tapisserien an der Wand vor meinen Augen zu einem blutroten See zerfließen. Raoul umfasst mit seiner Hand meinen Ellenbogen, ein fester, dennoch sanfter Griff, und ich schließe die Augen. Wieso muss dem Glück immer ein Schmerz vorangehen, denke ich, und als Raoul fragt: »Wie geht es dir, Ruth«, bin ich irritiert, mit seiner Stimme ist etwas nicht in Ordnung, vielleicht ist es der Reiswein, vielleicht hat er sich vorhin erkältet, als wir durch den Schnee zum Restaurant gestapft sind.

Und dann öffne ich die Augen, und da sitzt diese Frau neben mir, die aussieht wie eine französische Schauspielerin, und blickt mich aus grauen Augen an, und es ist ihr Arm, der meinen Arm umfasst. Ich brauche einen Moment, um zu mir zu kommen: Da liegt dieses Baby auf der Decke und tut es seiner Mutter gleich, vier Augen, die auf mich gerichtet sind, und dann ist alles wieder da. Maja, die Kontaktlinse, die Wotangasse.

»Ich muss gehen«, sage ich und beeile mich aufzustehen, und Simone sagt: »Alles in Ordnung?«

»Danke für die Übung«, sage ich.

»Das ist immer schon in dir gewesen«, sagt Simone. »Alles Wissen war immer schon in dir.«

Simone begleitet mich zur Tür und hält mich dabei am Arm fest, als sei ich gebrechlich, und ich habe tatsächlich Lust, mich mit meinem ganzen Gewicht auf sie zu stützen und dorthin zu gehen, wohin sie geht.

»Wir freuen uns über deinen Besuch«, sagt sie, »du bist jederzeit willkommen.«

Ich nicke.

Sie sagt: »Ich meine das ernst, Ruth«, und ich will sagen, dass auch mein Nicken ernstgemeint war, aber etwas hindert mich am Sprechen, ich winke nur unbeholfen.

Das Ganglicht schmerzt in den Augen. Mit Leichtigkeit könnte ich nun am ordnungsgemäß geparkten Kinderwagen vorbei in den dritten Stock steigen und bei *Preblauer / Coaching* läuten, doch es ist, als zöge mich jemand an einer unsichtbaren Schnur die Treppen hinunter.

Die Wotangasse ist voller hoffnungsfroher Studenten, die ihre Skripte unterm Arm tragen, und ich reihe mich ein in den Strom, als sei ich eine von ihnen.

13

Raoul müsste eigentlich daheim sein, wieso stehen seine Schuhe dann nicht vor unserer Tür? Ich ziehe den Schlüssel aus der Tasche und sperre auf. In diesem Moment streckt Frau Eberwein ihren weißen Lockenkopf durch ihre Tür.

»Es ist was passiert«, sagt sie.

»Guten Abend«, sage ich und schlüpfe aus den Schuhen.

»Mit dem Herrn Gemahl ist was passiert«, sagt Frau Eberwein.

»Das tut mir leid«, sage ich.

»Mit *Ihrem* Herrn Gemahl«, sagt Frau Eberwein.

Ich zögere an der Schwelle.

»Was soll mit ihm passiert sein?«

»Der Notarzt war da. Und hat ihn mitgenommen.« Frau Eberwein ist sichtlich zufrieden, dass sie mir die schlechte Botschaft überbringen kann.

»Zwei junge Männer haben ihn hinausgetragen. Auf einer Bahre. Ich hab ihm noch nachgerufen, ob er etwas braucht. Aber er hat nicht geantwortet.«

»Wie – nicht geantwortet. Was meinen Sie?«

»Er war ganz fahl im Gesicht, ganz fahl. Aber regen Sie sich nicht auf, Fräulein.«

Ich betrete die Wohnung ohne ein weiteres Wort. Eine Stimme in mir sagt: Das kann nicht sein. Sie will sich bloß für den Wurstangriff rächen. Ich gehe auf Zehenspitzen durch die Wohnung, vorsichtig und aufmerksam, so als besichtigte ich sie das erste Mal. Keinerlei Anzeichen eines überhasteten Aufbruchs. Im Gegenteil – Raoul hat in meiner Abwesenheit die alte Ordnung wiederhergestellt, alles ist an seinem Platz: der Couchtisch, die Kissen, die Handtücher, mit denen wir die Tabuzone eingezäunt hatten. Keine Spur eines Kampfes oder Zusammenbruchs. Kein verschütteter Wein, keine Blutspuren am Boden oder auf dem Sofa. Ich gehe in die Küche, öffne den Kühlschrank und schließe ihn wieder. Ich fahnde in den Küchenkästen und auf dem Fußboden nach Hinweisen, ich wende Polster und Decken. Die Wohnung tut so, als sei nichts geschehen, und vielleicht hat sie ja recht, und es ist ein falscher Alarm, ein Missverständnis.

Ich wähle Raouls Nummer. Es tutet dreimal, dann springt die Mailbox an. *Das ist der Anschluss von Raoul Litzka. Bitte hinterlassen Sie eine Nachricht nach dem –*

Ich lege auf und setze mich an seinen Schreibtisch, um meine Gedanken zu ordnen.

In der Früh zeigte ich ihm noch die Kontaktlinse, und er lachte und sagte, dass Maja sich glücklich schätzen könne, Freunde wie uns zu haben, schließlich sei die Kontaktlinse nur dank seiner umsichtigen Einzäunung des Tatortes und dank meines guten Auges wieder aufgetaucht. Und dank meiner Ferse, fügte ich in Gedanken hinzu. Raoul bot an, Maja die frohe Botschaft samt Linse zu überbringen, ich lehnte ab, da ich sie ohnehin treffen würde. An mehr erinnere ich mich nicht. Keinerlei Auffälligkeiten. Raoul rauchte noch zwei Zigaretten auf dem Balkon, bevor er seine Computertasche packte. Ich versuche, mich an Details zu erinnern. Ob er angekündigt hatte, besonders spät nach Hause zu kommen, ob er eine Verabredung mit Willi hatte.

Ich rufe bei den Barmherzigen Brüdern an und bei den Barmherzigen Schwestern. Ich rufe im Allgemeinen Krankenhaus der Stadt Wien an, im Rudolfiner-Krankenhaus, in Lainz, im Hanusch-Krankenhaus, im Goldenen Kreuz und im Göttlichen Heiland. Niemand hat von einem Raoul Litzka gehört. Als ich in der Magenbuch-Klinik anrufe, habe ich mich schon wieder beruhigt, und auch als die freundliche Stimme am Telefon bestätigt, dass ein Raoul Litzka heute eingeliefert wurde, bin ich davon überzeugt, dass es sich um nur ein Missverständnis handeln kann.

»Sind Sie sicher?«, frage ich. »Raoul Litzka? Nicht etwa Paul?«

»Raoul Litzka«, sagt sie. »Heute eingeliefert.«

»Gibt es mehrere Raoul Litzkas? Ist das ein häufiger Name? Werden öfter mal Raoul Litzkas eingeliefert?«

»Das kann ich mir nicht vorstellen«, sagt sie.

»Sind Sie da ganz sicher?«

»Fühlen Sie sich wohl?«, fragt die Frau am anderen Ende der Leitung.

Womöglich kommt sie noch auf die Idee, mich mit dem Zentrum für seelische Gesundheit zu verbinden. Ich lege rasch auf.

Abends gehe ich nicht gerne durch den Kaminsky-Park. Die Bäume sind Gerippe, die in den Himmel wachsen, und auf den Bänken rotten sich Obdachlose zu Weißweinpartys zusammen. Ich laufe am Café Kurbel vorbei. Die Stühle sind mit Eisenketten an die Tische gefesselt. Der Krankenhauspark liegt verlassen da.

Ich war erst einmal in der Magenbuch-Klinik drin, und das

ist lange her. Ich wurde von meinen Eltern genötigt, Frau Weinzierl zu besuchen. Das sei ich ihr schuldig, sie habe ja mit viel Geduld und Glauben die Grundlagen meines Klavierspiels gelegt, sagte meine Mutter. Der Segen des Papstes hatte offenbar aufgehört zu wirken. Die anderen Schüler und ich, wir schritten mit gesenktem Kopf durch die Gänge des Krankenhauses, jeder Einzelne von uns verkorkst durch die weinzierlsche Musikfolter. Den Krankenhausgarten in seiner heutigen Form gab es noch nicht. Nur eine Grube und einen Schotterberg, den wir von den Fenstern des Korridors aus betrachteten.

»Da werfen sie die Kaputten rein«, meinte einer.

Wir betraten das Krankenzimmer wie eine Kirche. Frau Weinzierl lag auf der zweiten Internen. Ich dachte, dass man den Patienten Schulnoten gab, je nachdem, wie sorgfältig sie dem Krankheitsgebot folgten. Frau Weinzierl war demnach ziemlich krank, zählte aber offenbar nicht zu den Sterbenden, sonst hätte man ihr die Bestnote gegeben und sie auf die erste Interne verlegt.

Jemand hatte ihr einen der Rosenkränze gebracht, die auf ihrem Klavier gelegen hatten, ich erkannte ihn sofort. Nun aber verblasste er neben der Schnabeltasse und dem Glas mit ihrem Gebiss. Wir stellten uns im Halbkreis um ihr Bett und sahen sie neugierig an. Eine Handvoll Klavierschüler waren wir, die meisten unbegabt. Frau Weinzierl hielt die Hände gefaltet, so als sei sie schon tot. Ihr Brustkorb bewegte sich unter der dünnen Decke in maßloser Anstrengung. Keiner sprach ein Wort. Wir standen nur da und hörten ihrem Keuchen zu, diesem Atmen, mit dem sie doch kurz zuvor noch ein scharfes »D-Dur ist das, D-Dur, Himmel!« einbegleitet hatte.

Das hier war nicht die Frau Weinzierl, die ich gekannt hatte. Ihr Kopf war geschrumpft, die voluminöse Frisur verschwunden, ein Vogelkopf war das, was da auf dem Kissen lag. Aus der Armbeuge von Frau Weinzierl ragte ein Schlauch, rund um die Einstichstelle hatte sich die Haut blauschwarz verfärbt. Der Oberarm hingegen war seltsam farblos und geschwollen. Über der Lehne eines Besucherstuhls hing eine lila Strickweste, die aussah, als hätte sie jemand in großer Eile darübergeworfen. Doch in diesem Zimmer gab es keine Eile. Überhaupt gab es keinerlei Bewegung. Nicht einmal die Luft zirkulierte.

Ich suchte mir ein neues Detail: Am Bettrahmen war die Fieberkurve montiert. *Brigitte Weinzierl* stand darauf. Ich las es noch einmal. *Brigitte Weinzierl.* Brigitte. Sie hatte also einen Vornamen. Bisher dachte ich, sie hieße Weinzierl, ohne was davor. Frau Weinzierl, das reichte allemal für eine Klavierlehrerin, dachte ich. Ich flüsterte »Brigitte« vor mich hin. Brigitte. Brigitte. Durch den Vornamen gewann die Szene an Dramatik. Ich wünschte mir, die Ärzte könnten sie retten, damit ich Gelegenheit bekäme, sie neu zu betrachten. Fortan würde ich ihren Vornamen mitdenken, so wie ich zuvor den Papst bei ihr mitgedacht hatte.

Allerdings änderte der plötzlich aufgetauchte Vorname nichts am Verlauf ihrer Krankheit. Kurze Zeit später erhielten wir ein schwarz umrandetes Kuvert. Es lag einige Tage auf dem Küchentisch, keiner traute sich, es zu öffnen. Schließlich ging meine Mutter dran, schlitzte es mit dem guten Fleischmesser auf und entfaltete eine Todesnachricht. Zwei betende Hände. *Unsere Toten sind nicht abwesend, sondern nur unsichtbar. Sie schauen mit ihren Augen voller Licht in unsere Augen voller Trauer. (Augustinus)*

Meine Mutter sagte: »Gott sei Dank nur die Weinzierl«, und ich verstand nicht, warum sie »nur« sagte und sich dafür beim lieben Gott auch noch bedankte.

In der Todesnachricht stand sogar noch ein zweiter Vorname: Brigitte Eleonore Weinzierl. Ich versteckte den Brief in meinem Bücherregal, zwischen *Fröhliche Tage für Hanni und Nanni* und *Hanni und Nanni gründen einen Club*.

Daran erinnere ich mich, als ich nach so vielen Jahren, in denen ich immer den nötigen Sicherheitsabstand bewahrt habe, vor den Haupteingang trete. Ein gläsernes Maul, das sich artig öffnet. So oft hatte ich die äußere Schale dieses Gebäudes betrachtet, die Anordnung der Fenster, die Geometrie der Schatten an den Wänden, den Krankenhausgarten, der im Mondlicht seine romantische Seite hervorkehrt.

Hart und kalt hingegen ist die Innenbeleuchtung der Klinik. Ich erwartete eine Lobby, zumindest eine Pforte, einen Informationsbereich, doch ich finde mich in einem gekachelten Gang wieder, der gepflastert ist mit Verbotsschildern: *Telefonieren verboten*, *Essen verboten*, *Ballspielen verboten*. Dazwischen ein Ölbild, das Johann Magenbuch zeigt, Mediziner und Leibarzt im fünfzehnten Jahrhundert, offensichtlich verbittert ob der vielen Verbote in seiner unmittelbaren Nachbarschaft.

Vom Gang führt eine Stiege ins Souterrain, dort befinden sich Radiologie, Pathologie, Labor. Im ersten Stock sind Interne I und II untergebracht, Chirurgie, Unfallchirurgie, Kinder- und Jugendheilkunde, HNO, die Ambulanzen.

Endlich ein Glaskasten, und er ist besetzt, zum Glück.

»Raoul Litzka«, sage ich. »Dringend. Wo liegt er?«

»Ich bin in Ausbildung«, sagt eine sehr junge Schwester. Sie sieht aus wie elf.

»Litzka«, wiederhole ich. »Ludwig, Ida, Theodor, Zeppelin, Konrad, Anton.«

Sie drückt auf der Computermaus herum.

»Der Computer ist eingeschlafen«, sagt sie.

»Dann wecken Sie ihn auf«, sage ich.

»Wie sagten Sie? Lischka?«

»Litzka.«

»Geboren?«

Wann ist Raoul geboren?

»Egal«, sage ich. »Hier geht's nicht um einen neuen Pass. Ich brauche nur die Zimmernummer.«

Sie sieht mich ratlos an.

»Ich benötige aber –«

»Hören Sie mal«, sage ich. »Wenn Sie nicht sofort die Zimmernummer rausrücken, dann –« Ich überlege kurz. *Dann schlage ist alles kurz und klein* klingt nicht glaubwürdig. *Dann beschwere ich mich beim Patientenanwalt* schon eher. Doch noch bevor ich etwas sagen kann, seufzt sie und sagt: »Interne eins, Zimmer vierhundertfünfzehn, folgen Sie der blauen Linie auf dem Boden.«

Schon laufe ich den Gang entlang und sehe Raoul vor mir, wie er sich über das Würstchenwasser beugt, wie er mich lächelnd vom Balkon in die Wohnung zieht, Begehren im Blick, wie er zu mir sagt: *Du bist meine Familie*, seine Worte hallen in meinem Kopf, und im Rhythmus meiner Schritte flehe ich: Bitte, bitte, lass es nichts Schlimmes sein, bitte, bitte, nur nichts Schlimmes, bitte, bitte.

Raoul liegt unter einem großen rechteckigen Fenster, das einen Ausschnitt des Kaminsky-Parks einrahmt. Ich steuere sofort auf sein Bett zu. Wie ist es möglich, dass er so abgemagert und schmal wirkt? Vor wenigen Stunden sah er noch aus wie das blühende Leben und verschlang mit großem Appetit drei Brote und ein kernweiches Ei.

Als er meine Schritte hört, öffnet er die Augen.

»Ruth.« Seine Stimme ist brüchig.

»Raoul, was ist passiert?«

»Meine Haut«, sagt er schwer atmend, »meine Haut brennt.«

»Deine Haut?«

Ich greife nach seinem Arm, der kraftlos auf dem Laken liegt. Ich scanne die freiliegenden Partien, seinen Hals, das Gesicht.

»Ich kann nichts sehen, hast du dich verbrannt?«

Er schüttelt den Kopf. »Nicht verbrannt.«

»Was dann?«

Er hebt die Hand, lässt sie erschöpft auf das Bett fallen.

»Sie wissen es nicht.«

»Wer – sie? Die Ärzte?«

»Sie können nichts entdecken.«

Sie können nichts entdecken? Ich schwanke zwischen Erleichterung und Sorge.

»Hast du Schmerzen? Wann haben sie dich geholt?«

Er antwortet nicht, atmet aber ruhig, seine Augen sind geschlossen.

Mir ist übel und schwindelig, ich sehe mich nach einem Stuhl um. Jetzt erst bemerke ich die anderen Patienten. Ein alter Mann schläft, er hat das Laken beinahe ganz über den Kopf gezogen und schnarcht. Der andere sitzt aufrecht in seinem Bett, zwei Kissen im Rücken, und grinst mich an. Seine Haut ist gelb, ein schwarzer Haarkranz klebt an seinem Eierschädel.

»Na, Fräulein? Sie können sich gerne zu mir setzen.« Er klopft auf seine Matratze. »Hier ist noch Platz.«

Ich laufe an den Betten vorbei, hinaus auf den Gang. Wo haben sich die Ärzte versteckt? Der Gang ist wie leergefegt. Die Notbeleuchtung glimmt. Eine Putzfrau wischt das Treppenhaus. Die Richtungsstreifen am Boden glänzen. Der rote führt in die Ambulanz. Der schwarze in die Aufnahme. Der gelbe zur Diagnosestraße.

Ich folge dem schwarzen Pfeil und gelange zu einem Schalter mit Glasfenster. Alles fest verschlossen. Versuchshalber klopfe ich an das Glas. Keine Reaktion. Was macht man bloß, wenn man in der Nacht krank wird?

Im Halbdunkel entziffere ich die Aufschrift auf einer Tür. *Schwesternzimmer.* Ich schöpfe Hoffnung und drücke vorsichtig die Klinke herunter. Mehrstimmiges Lachen schlägt mir entgegen. Rauchwolken wabern durch den Raum. Um einen Ecktisch sitzt ein Dutzend Schwestern und trinkt Sekt aus langstieligen Gläsern. Als sie mich sehen, frieren ihre Bewegungen ein. Eine Schwester ist gerade dabei, eine hohe Torte mit einer Art Skalpell anzuschneiden. Sie sieht mich feindselig an. Totenstille.

»Entschuldigung«, sage ich leise.

»Ja?« Eine dralle Schwester mit kurzen blonden Haaren wendet sich mir zu.

»Einen Arzt, ich suche einen Arzt«, sage ich.

Sie zieht an ihrer Zigarette. »Hier bei uns?«

Kichern.

»Es geht um meinen Freund. Er liegt auf Zimmer –«

»Morgen früh«, sagt die Dralle. »Heute werden sie keinen mehr finden.«

Ich schließe beschämt die Tür. Ein Krankenhaus hatte ich mir anders vorgestellt.

Im Zimmer 415 läuft der Fernseher. Auf Zehenspitzen trete ich an Raouls Bett. Er hat sich zur Fensterseite gedreht. Ich berühre ihn an der Schulter.

»Raoul?«, flüstere ich.

»Schläft tief und fest«, sagt der Mann in Gelb. »Aber Sie können sich gerne mit mir unterhalten.«

Ich beachte ihn nicht. Der andere Patient ist zwischenzeitlich aufgewacht und hat neben seinem Bett Aufstellung genommen. Er drückt auf einer Fernbedienung herum, die er in Richtung des Bildschirms hält. Zwischen dem spindeldürren Oberkörper und den Zahnstocherbeinen ist ihm ein enormer Bauch gewachsen, kugelrund wie eine längst überfällige Schwangerschaft.

»Sie halten uns hier fest«, deklamiert er mit der Stimme eines Oberleutnants, seine Gesten sind ebenso hart und abgehackt wie seine Worte. »Haben Sie das gewusst?« Er sieht mich an. »Sie knebeln uns in den Betten, um uns fernzuhalten von der Gesellschaft.«

»Verschone uns mit deinen Verschwörungstheorien«, sagt der andere. »Bin ich geknebelt? Bist du geknebelt, hä?«

Der schwangere Alte zielt mit der Fernbedienung auf mich. »Hören Sie nicht auf Hugo, Fräulein«, sagt er. »Glaubt, er ist auf Erholungsurlaub hier. Läutet mitten in der Nacht nach der Schwester, nur um ihr in den Ausschnitt zu glotzen. Hortet den Nachtisch im Nachttisch, jawohl! Um Schwester Adelheid zu bezirzen. Na, Schwester Adelheid? Darf ich Ihnen meinen

Wackelpudding antragen? Seine Leberwerte sind unterirdisch, schauen Sie ihn nur einmal an.«

»Ach, hol dich doch der Teufel«, sagt Hugo und blättert in einer bunten Tageszeitung. »Und Fernseher leise drehen, sonst wecken wir noch unseren neuen Freund auf.« Hugo zeigt auf Raouls Bett.

Es bereitet mir Bauchschmerzen, Raoul hier inmitten des Wahnsinns liegen zu sehen. Ich beschließe, mir die Hände zu waschen, eine simple, aber effektive Methode, ein Zuviel an Verzweiflung loszuwerden.

Das Bad, das vom Flur des Krankenzimmers abgeht, ist nur halb so groß wie das unsrige in der Przewalskistraße und bis an die Decke verfliest. Eine Vorsichtsmaßnahme, wie ich annehme. Falls Blut spritzen sollte oder andere Körperflüssigkeiten. Innen an der Tür hängen Altherren-Frottee-Bademäntel. Ich kann Raouls elektrische Zahnbürste nicht entdecken, offenbar ist er nicht einmal dazu gekommen, eine Tasche zu packen. Vielleicht war's doch ein Notfall, womöglich etwas mit dem Herzen. Ich schrubbe meine Hände dreimal mit desinfizierender Seife und lasse siedend heißes Wasser darüber laufen, bis die Haut rot und wund ist, dann klappe ich den Toilettendeckel herunter, um ein paar Augenblicke zu rasten.

Wie kann ein Tag, der so gut begonnen hat, so schlecht enden? Haben sich Raouls gesundheitliche Probleme abgezeichnet? Ich versuche, mich zu erinnern, wann er das letzte Mal krank war. Er ist der robustere von uns beiden, zäh wie ein skandinavischer Holzfäller.

Die Zimmertür wird geöffnet. Schritte, am Bad vorbei. Ich schrecke auf. Ein Arzt, wunderbar. Ich höre Rascheln und Lachen. Raoul lacht, tatsächlich. Und dann ist da noch eine Kaskade hellen Lachens. Eine Ärztin? Ich öffne die Badezimmertür einen Spalt – und pralle zurück. Vor Raouls Bett steht Maja, einen Blumenstrauß in der Hand. Raoul sitzt aufrecht im Bett und plappert, als sei nichts vorgefallen. Ich schließe mich rasch wieder ins Bad ein und presse das Ohr an die Tür. Ich kann die Wortschnipsel »Ameisen«, »schmerzhaft« und »Ambulanz« hören. Maja sagt, sie habe mit Kronauer gesprochen – oder sagte sie Krobauer? Er habe ihr bestätigt, dass. Unverständliches Gemurmel.

Ich öffne die Tür einen Spalt.

»… versucht, dich zu erreichen«, sagt Maja. »Ich hab mir Sorgen gemacht.«

»Ich weiß«, sagt Raoul.

»Umschalten, jetzt kommen die Nachrichten!«, ruft Hugo.

Nächste Woche sei er bestimmt wieder auf dem Damm, dann holten sie es nach. »Wir holen alles nach«, sagt Raoul, »alles«, und Maja sagt: »Ich freue mich darauf.« Wortwörtlich. Ich freue mich darauf.

Meine Hände zittern. Ich sehe mich hinausgehen, sie von hinten an den Haaren packen und aus dem Zimmer schleifen. Ich sehe mich, wie ich sie zu Boden werfe und ihre Augen mit desinfizierender Seife spüle. Die Wut ist eine rotierende Flipper-Kugel, die gegen die Gedärme prallt. Ohne lange zu überlegen, greife ich in die Hosentasche und entfalte ein Taschentuchpäckchen. Da ist sie, die Linse, klein und hart, staubtrocken. Ich klappe den Toilettendeckel hoch und lasse sie in die Schüssel fallen. Ein kurzer Triumph. Die Linse ist blau getönt, sie schwimmt im Porzellanbecken wie ein winziger exotischer Fisch. Ich überlege, noch drauf zu pinkeln, doch die Blase ist leer, nichts zu machen. Also spucke ich zweimal in die Schüssel, bevor ich die Spülung betätige.

Als das Rauschen verklingt, höre ich Raoul sagen: »Im Badezimmer ist eine Vase.«

Verdammt, sie sucht ein Gefäß für ihr blödes Gestrüpp.

Im nächsten Augenblick drückt sie bereits die Klinke herunter und sagt enttäuscht: »Besetzt«, und Hugo ruft: »Bei mir ist noch frei, schönes Fräulein!«

Irgendwann geht Maja, ihre Stöckelschuhe morsen eine Botschaft auf den Linoleumboden. Ich warte einige Augenblicke, dann schlüpfe ich aus dem Bad. Multiples Schnarchen. Schon stehe ich wieder auf dem gottverlassenen Krankenhausflur mit seinen nutzlosen Richtungspfeilen, als mich eine tiefe Erschöpfung überfällt, und als ich das verwaiste Bett hinter dem Mauervorsprung entdecke, beschließe ich, mich für eine Minute auszustrecken. Eine Minute nur, sogar meine Schuhe lasse ich an, schließlich muss ich nach Hause, das Laken ist frisch und riecht nach porentiefer Sauberkeit, nach riesigen Waschtrommeln, in denen sich die Wäsche des Krankenhauses dreht, und im nächsten Moment tauche ich ein in ein elastisches Dunkel, das mich umwickelt wie eine Mullbinde.

14

Wir stehen auf einer Anhöhe, Raoul und ich, über uns die Sonne wie ein zerlaufenes Eidotter. Der Wind trägt das Läuten der Kirchturmglocken zu uns herüber, in Sichtweite grasen Schafe; eine Landschaft wie aus dem Katalog.

Raoul trägt einen Weidenkorb. Ich sage: Hier ist der ideale Platz für unser Picknick. Wir setzen uns, das Gras ist warm und kuschelig. Raoul köpft eine Flasche Wein. Ich strecke mich aus. Der Himmel ist ein blaues Tuch. Ameisen krabbeln über meine Hand. Ich schüttle sie ab. Plötzlich ein Gefühl, als sänke ich ein. Unter mir: Treibsand. Ein Strand, menschenleer. Die Wellen lecken an meinen Zehen. Raoul ist verschwunden. Ich will nach ihm rufen, doch aus meiner Kehle dringt nur ein heiseres Stöhnen. Ein Schiff steuert direkt auf mich zu. Hafenpolizei. Eine schwarzhaarige Frau in Uniform lässt sich in einem Ruderboot an Land bringen. Sie will meine Liegegenehmigung sehen. In der Hand hält sie einen Schlagstock. Es ist Maja. Ich habe furchtbare Angst und versuche zu fliehen. Sie legt mir Handschellen an.

»Wo ist die Genehmigung?«, schreit sie immer wieder.

Maja lässt mich auf das Polizeiboot bringen. Es schaukelt bedrohlich, mir wird übel. Ich beschließe, mich ins Meer zu stürzen, trotz der Handschellen. Nur weg. Ich springe. Glücksatmung, denke ich. Die Glücksatmung muss auch unter Wasser funktionieren, ich schlucke Wasser und schlucke und schlucke. Ich will nicht ertrinken. Huste!, sage ich mir vor. Huste. So lange, bis ich wirklich husten muss.

»Alles in Ordnung?«

Vor mir ein junger Mann in Weiß. Lächelt. Bin ich an Land? Gerettet?

»Ich habe keine Liegegenehmigung«, flüstere ich.

»Dachte ich's mir doch«, sagt der Mann.

Ich setze mich auf. »Sind Sie Arzt?«, frage ich schnell.

»Tut mir leid. Damit kann ich nicht dienen.«

Auf Höhe der Brust ist sein Name eingestickt: *Pawel Pini. DGKP*.

DGKP?

»Ich bin Pfleger«, sagt er. »Guten Morgen.« Er lächelt.

»Wie spät ist es?«

»Fünf.«

Fünf? Da ist etwas vollkommen aus dem Ruder gelaufen, weshalb bin ich nicht in meinem Bett?

»Ich brauche einen Arzt«, sage ich schnell. »Dringend.«

»Vor sieben werden Sie keinen finden«, sagt er. »Bis auf Malik, den Turnusarzt. Empfehle ich Ihnen aber nicht, der übt noch. Haben Sie Schmerzen? Ich begleite Sie in die Ambulanz.«

Ich springe aus dem Bett. »Es geht nicht um mich«, sage ich. »Ich wollte nur zwei Minuten ausruhen.«

»Schon gut.« Er zieht das Laken straff. »Dafür sind die Betten doch da.«

Ich laufe den Gang hinunter, noch ist nicht alles in meinem Kopf wieder am richtigen Platz, und als mir der Pfleger »Ich wollte Sie nicht verscheuchen!« nachruft, drehe ich mich um und winke. Und da steht er, lässig an die Wand gelehnt, und winkt zurück.

Die Luft ist glasklar, die Vögel zwitschern vor einem orangefarbenen Himmel, der sich für den Tag bereitmacht. Tau auf dem manikürten Rasen im Kaminsky-Park. Unter anderen Umständen hätte ich mich an diesem Morgen sattgesehen, so aber laufe ich mit gesenktem Kopf durch den Park, durch die Palffygasse, durch die Bertagasse, durch die Przewalskistraße zum Bruno-Kreisky-Hochhaus.

Es war der Straßenname, der mich zuerst erobert hatte; eine Erinnerung aus jener Zeit, als ich noch in der lichtlosen Kammer neben der Eingangstür schlief. Mein Vater erzählte mir eines Abends die rätselhafte Geschichte der Przewalski-Pferde. Diese mongolischen Wildpferde, sagte er, verschwanden von einem Tag auf den nächsten vom Erdboden, und keiner hat sie mehr gesehen. Während er erzählte, saß er nicht an meinem Bett, sondern blieb im Türrahmen stehen. Ich lag bereits unter der Bettdecke, als er zu seinem Vortrag ausholte. Ihren unaussprechlichen Namen, sagte mein Vater, verdankten die Pferde dem russischen Offizier und Forschungsreisenden Nikolai Przewalski, der sie das erste Mal beschrieben hatte. Offenbar besiegelte bereits dieser Name die Vorläufigkeit ihrer Existenz. Das sagte mein Vater zwar nicht, doch ich frage es mich noch heute: Ob die Bürde eines komplizierten Namens nicht das Schicksal herausfordert. Ob ich meine Kinder nicht Anna und Karl nennen sollte. Oder Maria und Franz.

Wenn man von Przewalski-Pferden träume, sagte mein Vater, dann bedeute es, dass etwas Wichtiges im Leben verloren gehe oder etwas Großen hinzukomme, das hinge ganz von der Situation ab. Daran hatte ich auch denken müssen, als wir uns mit dem Makler vor dem Bruno-Kreisky-Hochhaus getroffen hatten. Kurz zuvor waren die Wildpferde durch die Steppe meiner Träume galoppiert, und ich dachte, dass sich die Prophezeiung nun erfülle, er hatte die Wahrheit gesagt, etwas Großes trat in mein Leben: ein Hochhaus.

Der Aufzug hat mich noch nie enttäuscht. Leise schnurrend trägt er mich in den zwölften Stock. Das ganze Haus scheint noch zu schlafen. Nur der Zeitungsbote war bereits hier. Die Zeitungen liegen auf den Fußabtretern, dick wie Bücher, aus allen Ritzen quellen bunte Werbebeilagen. Nur vor meiner Tür liegt keine Zeitung, ich habe mich immer dagegen gewehrt, das Unglück der Welt schon vor dem Frühstück in unsere Wohnung einzuladen.

Duschen, Umziehen, Ausruhen, das ist der Dreischritt der nächsten beiden Stunden, danach werde ich mich wieder ins Krankenhaus begeben, wie eine Mutter, die ihren kranken Sohn nicht aus den Augen lässt.

Als ich aus der Wanne steige, läutet das Telefon.

»Hallo«, sagt Raoul.

»Wie geht es dir«, frage ich und bin selbst erstaunt über meine kühle Stimme.

»Hänge an einer Infusion«, sagt er. »Kochsalzlösung.«

Ich habe große Lust, mir eine Zigarette anzuzünden und tief zu inhalieren. Die Anspannung wegrauchen, so wie früher. Ich sehe ihn vor mir in seinem elektrisch verstellbaren Krankenhausbett, während die beiden Verrückten einander anbrüllen und Schwester Agathe mit dem Pudding anrückt. Er will bestimmt mein Bedauern hören, aber ich spüre kein Bedauern, vielleicht sitzt Maja in diesem Moment an seinem Bett, vielleicht sitzt sie sogar *auf* seinem Bett, vielleicht hat er für sie die Bettdecke zurückgeschlagen, damit sie es bequemer hat, vielleicht berührt sie unter der Decke seinen Schenkel, oder er berührt ihren.

»Und deine Haut«, sage ich, »was ist damit?«

»Erzähl ich dir später«, sagt er. Seine Stimme klingt fern, so als trennten uns Tausende Kilometer.

»Hallo, hallo?«, macht er. »Scheiß Verbindung.«

»Hattest du gestern noch Besuch«, frage ich.

Stille.

»Du warst da.«

»Und sonst?«

»Sonst?« Er zögert. »Maja hat vorbeigeschaut.«

»Tatsächlich«, sage ich. »Das ist aber freundlich von ihr.«

»Terminverschiebung«, sagt Raoul. »Die gestrige Beratung ist ja entfallen.«

»Entfallen«, sage ich.

»Ist da irgendwo ein Echo?«

Stille.

»Wann wirst du entlassen?«

»Sie machen noch ein paar Untersuchungen«, sagt er.

Ich sage, dass ich später noch mal vorbeikommen werde, um mit einem Arzt zu sprechen. Ich möchte fragen, ob auch Maja einen Besuch angekündigt hat, mein hämmerndes Herz nimmt die Aufregung vorweg, aber Raoul bricht das Gespräch ab.

»Ich muss jetzt aufhören, ich bin noch müde.« Er gähnt.

Meine Müdigkeit hingegen ist verflogen. Ich beschließe, mich für den nächsten Besuch im Krankenhaus besonders schön zu machen, und schminke mich, wie ich es sonst nie tue, dunkelblauer Lidschatten bis zu den Augenbrauen, Make-up, sogar ein Rouge finde ich im Bauch der Kosmetik-Lade, eine Wimpertusche, einen Kajal und einen Lippenkonturenstift, und als ich mich im Spiegel betrachte, sehe ich nicht Ruth Amsel, sondern das siebte Flittchen. Ich freue mich bereits auf Raouls erstaunten Blick, auf seine Vorfreude, die ihn heilen wird, zuverlässiger als jede ärztliche Kunst.

Ich ziehe meinen einzigen langen Rock an, ein Batik-Rock mit Pailletten, bunt und schillernd. Im Geiste spreche ich mit Raouls Mutter. Gertraud, sage ich, ich bin deinem Sohn eine gute Frau, ich lasse ihn nicht im Stich, so wie du ihn im Stich gelassen hast, sondern füttere unsere Beziehung mit Überraschungen, Aufmerksamkeit und Trost. Ich stelle mir vor, dass Gertraud uns ihren Segen gibt, sie steht an der Start-Ziellinie auf der Aschenbahn und winkt uns mit ihrem sehnigen Arm zu. Wir werden es schaffen, Gertraud, ich werde Raouls Familie sein und ihn an meiner Brust nähren, keine andere wird dazwischenfunken, auch Maja nicht, denn Raoul weiß insgeheim, dass ich ihm guttue, besser als jede andere Frau auf dieser Welt.

Ich drehe mich um meine eigene Achse, der Rock fliegt, und plötzlich ist die Wohnung erfüllt von meiner Bewegung, und alles scheint sich mitzubewegen, die Vorhänge zittern in der Morgensonne, die Luft flimmert, und der Staub tanzt graziös in den schmalen Lichtsäulen. Es fühlt sich kribbelig an und unerhört lebendig, wie beim allerersten siebten Flittchen.

Ein Blick hinüber auf das Schütte-Lihotzky-Hochhaus offenbart, dass die Wesselys bereits wach sind. Aus dem offenen Fenster dringt das beleidigte Plärren des Kindes, und dann sehe ich Judith im Morgenmantel, die sich aus dem Fenster beugt und gierig an einer Zigarette saugt. Sie wirkt hohlwangig und ausgezehrt, und obwohl ich schon so lange nicht mehr mit ihr gesprochen habe, schmerzt es mich, sie so zu sehen. Phil ruft ihr etwas zu, sie zuckt mit den Schultern und raucht weiter, dann sehe ich eine Hand auf ihrer Schulter, er zieht sie vom Fenster weg, sie schreit etwas, ich kann es nicht verstehen. Du hast die Macht, diesen Streit zu beenden, denk ich. Los, ruf an. Ich wähle Judiths Nummer und bleibe am Fenster stehen.

Es läutet zwei Mal. Ich bin nervös, seit Moritz auf der Welt ist, haben wir kaum mehr als ein paar Worte gewechselt. Dass sie ein Kind bekommen hat, und ich nicht, fällt mir immer noch schwer zu akzeptieren.

»Ruth«, sagt Judith. Sie ist atemlos.

»Judith«, sage ich.

Ich höre das Weinen des Kindes durch den Hörer.

»Warte«, sagt sie, »ich gehe ins Bad, dort kann ich reden.«

»Wollt ihr uns nicht besuchen«, sage ich schnell, »natürlich mit Moritz.« Ein spontaner Vorschlag, den ich mir vorher nicht überlegt hatte, der mir jetzt aber ganz natürlich erscheint.

»Mit Moritz?« Es klingt, als ob sie es kaum glauben könne.

»Natürlich mit dem Kleinen«, sage ich.

»Wie schön«, sagt sie.

»Und sonst«, sage ich, »alles in Ordnung?« Obwohl ich weiß, dass nichts in Ordnung ist.

»Es geht so«, sagt Judith. »Ich weiß nicht, ob du's mitbekommen hast, aber Phil ist arbeitslos.« Sie seufzt. »Seit drei Monaten hängt er zu Hause herum, immer schlecht gelaunt.«

»Oh nein«, sage ich, tatsächlich aber freue ich mich, dass es nicht nur mich erwischt hat.

»Raoul ist im Krankenhaus«, sage ich schnell, um ein Gleichgewicht des Schreckens herzustellen. »Sie wissen nicht, was ihm fehlt. Die Unsicherheit ist am schlimmsten zu ertragen.« Eine Floskel, die sich pelzig anfühlt im Mund.

»Oh, mein Gott«, sagt Judith und ich kann hören, wie sie vor Schreck die Luft einzieht. Ich bin dankbar für so viel Mitgefühl, das hätte ich ihr gar nicht zugetraut.

Judith fragt, in welchem Krankenhaus er liege, im Allgemeinen Krankenhaus, im Göttlichen Heiland oder in Lainz, und ich erwidere, »in der Magenbuch-Klinik«, und sie zieht wieder die Luft ein und sagt: »Oje.«

»Wieso oje?«

»Ach, nichts.«

Sie habe Moritz dort entbunden, sagt sie nach einer Weile. Und dass man ihr trotz unerträglicher Schmerzen eine Epiduralanästhesie verweigert hätte. Der Arzt habe sie immer wieder vertröstet, später, später, es müsse noch die Blutprobe ausgewertet werden, und plötzlich sei der Zeitpunkt verstrichen gewesen, an dem man die Spritze hätte verabreichen können – stattdessen seien die Presswehen gekommen und bald darauf das Kind. Am langen Arm habe man sie verhungern lassen, sagt sie. Ich versuche, nur mit halbem Ohr hinzuhören, werfe immer wieder *jaja* ein, damit sie nicht nachfragt, ob ich noch dran bin.

Es gelingt uns, einen Termin zu vereinbaren. Donnerstag, drei Uhr. Die Verabschiedung ist ein Desaster. Früher haben wir gesagt: Ich umarme dich. Oder: Ich küsse dich. Nach der langen Sendepause kommt das nicht mehr in Frage. Ich spüre, dass Judith ebenfalls unschlüssig ist. Um das Schweigen zu brechen, sage ich: »Auf Wiederhören.« Das ist einfach lächerlich, so als telefonierte ich mit dem Einwohnermeldeamt. Ich lege schnell auf.

Dieses Mal empfängt mich das Krankenhaus bereits wie eine alte Bekannte. Ich schlüpfe durch das gläserne Tor, schlängle mich durch die Menschentrauben. Ich spüre Blicke, die mich abtasten, eine seltsame, süße Macht, und ich bemühe mich, gerade zu gehen, stolz, die Schultern durchgedrückt. Ich trage einen Strapsgürtel und feine Strümpfe, gut verborgen unter dem Paillettenrock, der bei jedem Schritt verführerisch knistert wie Schokoladenpapier.

Schon von weitem erkenne ich, dass die Tür zum Zimmer 415 offen steht, gleich kann ich Raoul überraschen, nur noch wenige Schritte, doch zu meiner Enttäuschung ist das Zimmer leer, niemand da, der mich begrüßt. Alles ist wieder an seinem Platz: Die Besucherstühle, die Fernbedienung, selbst die Fernsehzeitungen liegen sorgsam gestapelt auf Hugos Nachttisch. Von Raouls Tisch geht ein beißender Verwesungsgeruch aus, es sind Majas Lilien, die gesamte Abstellfläche ist vom Blütenstaub orange gesprenkelt, und ich habe große Lust, die Blumen in den Abfall zu werfen. Stattdessen setze ich mich auf Raouls Bett, ganz vorsichtig, um das frisch gespannte Laken nicht zu zerknittern.

Draußen vor dem Fenster erstreckt sich eine triste Krankenhauskulisse; betonierte Wege, ein überdachter Müllplatz, eine Krankenwageneinfahrt. Wie soll man gesund werden, wenn doch alles, was man zu sehen bekommt, krank ist. Sofort fühle ich mich schwer, die Müdigkeit, mein Herz, das in einem wirren Rhythmus klopft, vielleicht bin ja ich es, die krank ist, und nicht Raoul.

Eine Krankenschwester betritt den Raum, Hugo humpelt hinterher. Was haben sie nur mit ihm gemacht? Gestern Abend blätterte er noch fröhlich in der Programmzeitschrift, heute ist er ein Menschenbündel, das kaum aufrecht gehen kann. Als er sich nähert, sehe ich, dass es gar nicht Hugo ist, es ist ein anderer Mann, ein neuer Hugo, der sich seufzend auf das Bett gegenüber setzt und die Pantoffel abstreift. An seinen Waden schlängeln sich blauschwarze Venen die Beine hinauf. Das Krankenhaus-Nachthemd raubt ihm den letzten Rest seiner Würde.

Die Krankenschwester nimmt einen Bogen und einen Stift zur Hand und beginnt mit dem Verhör.

»Wie hat es angefangen«, fragt sie und sieht ihn streng an.

»Wie, was«, sagt der neue Herr Hugo und verzieht den Mund.

»Wie es angefangen hat«, wiederholt die Krankenschwester lauter und betont jede Silbe.

»Hier«, sagt der neue Hugo und fasst sich an die Seite.

Wie es angefangen hat, denke ich und sehe aus dem Fenster.

Wie es angefangen hat.

Eines Tages stand er in der offenen Tür. Schlaksig, Jeans, blaues Polohemd mit aufgestelltem Kragen. So hat es angefangen. Werden Sie auch notieren, was er als Erstes gesagt hat, Schwester?

Ob er hier richtig sei, hat er gefragt. Und einen schwarz umrandeten Zettel in die Höhe gehalten.

»Bin ich hier richtig?«

»Genau richtig«, sagte ich.

Es war in meiner ersten Woche in der Todesanzeigenredaktion. Ich war hungrig und müde, die Anzeigen mussten bis vierzehn Uhr in die Bildbearbeitung.

»Hubert Osterloh«, sagte er.

»Ruth Amsel«, sagte ich und deutete auf den Stuhl. »Nehmen Sie bitte Platz.«

»Nein«, sagte er. »Hubert Osterloh ist der Tote.«

Er legte die Todesnachricht auf meinen Schreibtisch.

Tief erschüttert geben wir Nachricht, dass OStR Hubert Osterloh (1945) nach kurzer, schwerer Krankheit heim zum Herrn gerufen wurde.*

Wir verabschieden uns von unserem lieben Hubert und so weiter.

»OStR bedeutet Oberstudienrat?«

Nicken.

»Ein Freund der Familie«, sagte er. »Zungenkrebs.«

Ich öffnete ein leeres Dokument und füllte die Stammdaten aus.

»Geboren?«

»Zürich.«

»Gestorben?«

»Wien.«

»Was halten Sie von einem Spruch? Oder einem kurzen Gedicht? Sieht dann nicht so nackt aus.« Ich drehte den Bildschirm in seine Richtung.

Er zuckte mit den Schultern.

Ich löste einen Zettel von der Pinnwand und las vor: »›Ich höre auf zu leben, aber ich habe gelebt‹ – Goethe. Oder Thomas Mann: ›In jedem Ende liegt ein neuer Anfang. Die Bande der Liebe werden mit dem Tod nicht durchschnitten‹. Von Augustinus ist: ›Unruhig ist unser Herz bis es Ruhe findet in Dir, O Gott.‹«

»Das passt nicht«, sagte er.

»Möchten Sie ein Foto hinzufügen? Macht dreißig Euro Aufschlag.«

Er sah mich an. Dann öffnete er seine Brieftasche und entnahm ihr eine Visitenkarte, die er mir über den Tisch zuschob.

Ich las *Raoul* und dachte: Wie schön, ein Franzose.

»Von Ihnen«, sagte er und sah mich an. »Von Ihnen hätte ich gern ein Foto.«

Ich lebte damals mit Johannes in einer fortschrittlichen Wohngemeinschaft. Jeder hatte sein eigenes Zimmer. Jeden Mittwoch trafen wir uns um zwanzig Uhr im Wohnzimmer, um das zu tun, was man »Casual Sex« nennt. Als Paarungsvorbereitung breitete Johannes auf dem Alcantara-Sofa eine Decke aus, die mich an eine Baby-Kuscheldecke erinnerte. Ich erwartete jedes Mal, eine Rassel oder Babypuder darauf vorzufinden und nicht ein rotglänzendes eingeschweißtes Kondom.

Wir teilten uns den Platz auf dem Babydeckchen wie zwei zu groß geratene Krabbelkinder, die das Spiel der Erwachsenen nachahmten. Ich hoffte, dass er seine Zurückhaltung ablegen würde, wenn wir uns erst besser kannten, doch je besser wir uns kennenlernten, umso unbeholfener wurde er. Nach einiger Zeit fiel mir auf, dass es ihm an Körperspannung fehlte. Wenn wir uns umarmten, fühlte es sich an, als hielte ich eine riesige gekochte Kartoffel im Arm, die jeden Augenblick auseinanderfallen konnte.

Wenn ich keine Gedichte für Todesanzeigen recherchierte, versuchte ich, mich in Johannes zu verlieben. Er war zweifellos der korrekteste Mann, den der Markt zu bieten hatte. Er rechnete seinen Nebenkostenanteil auf zwei Stellen nach dem Komma aus. Er berührte meine Brüste immer so, als würde er sie siezen. Er forderte niemals, dass wir gemeinsam in einem Bett schlafen sollten. Er, der einer angesehenen Anwaltsfamilie entstammte und die Tradition hochhielt, ließ mich bereitwillig in sein Leben eintreten.

Als ich Raoul traf, lief das Babydecken-Ritual aus wie eine Fernsehserie mit miesen Quoten. Die Frequenz sank auf zweimal im Monat, schließlich auf einmal im Monat. Als sich das Ende abzeichnete, achtete ich darauf, mittwochs um zwanzig Uhr außer Haus zu sein. Johannes spürte, dass ich ihm entglitt, und vervielfachte seine Bemühungen: Er bot mir Massagen an, Extra-Putzdienste, und schlug vor, die Wände zu streichen. Apricot. Ich ließ ihn arbeiten, ohne ihn an mich heranzulassen. Ich hatte mich in meiner Mittelmäßigkeit eingerichtet: Zum Leben reichte es, doch zu Hause fühlte ich mich nicht. Ich sehnte mich nach großen Gefühlen. Nach etwas, das mich packen und zu Boden schleudern würde.

Raoul stand am nächsten Tag wieder im Todesanzeigen-Kabuff. Er friemelte ein zerknautschtes Post-it aus seiner Hosentasche.

»Was sagen Sie dazu: ›Der Mensch ist erst wirklich tot, wenn niemand mehr an ihn denkt.‹«

Bert Brecht. Ich hatte den Spruch schon tausendmal gehört und bestimmt ein paar hundert Mal niedergeschrieben.

»Sehr schön. Aber vielleicht finden wir noch etwas anderes«, schlug ich vor. »Etwas, das Ihrem Freund besser entspricht. Etwas Individuelles.«

Er erzählte, dass es Huberts größter Wunsch gewesen war, einmal das CERN in Genf zu besuchen. Wegen des Teilchenbeschleunigers. Die letzten zehn Jahre seines Lebens habe er mit dem Studium der Urknall-Theorien und der Ausbreitung des Universums verbracht.

»Kennen Sie einen Spruch, in dem Teilchenbeschleuniger vorkommen? Oder der Urknall?«

Raoul faltete die Hände und legte die Fingerspitzen an die Lippen. Ich dachte, er mache sich über mich lustig. Andererseits wusste ich, dass man mit Angehörigen sorgsam umgehen muss, dass der Tod den Grenzstein zwischen Vernunft und Irrsinn verrückt.

»Wie war er als Mensch?«, fragte ich.

Raoul schien nachzudenken.

»Warmherzig«, sagte er dann, lehnte sich plötzlich vor und berührte meine Hand mit seiner Hand. So rasch, dass ich nicht einmal die Zeit hatte, überrascht zu sein. Wir saßen einander gegenüber, zwischen uns der Schreibtisch mit der braunen Tischplatte, einem Packen Todesanzeigen und dem Kalender, der immer noch die KW 9 anzeigte.

»Sie hätten ihn gemocht«, sagte er.

Am nächsten Morgen war Raoul vor mir da. Er wartete vor der verschlossenen Tür. Ich sah ihn schon von weitem. Irgendwas in mir drin machte einen Sprung.

»Ich hab's«, sagte er. »Hören Sie zu: ›Der Tod ist wie eine Kerze, die erlischt, wenn der Tag anbricht.‹ Das ist zwar ohne Teilchenbeschleuniger, aber Hubert mochte Kerzen.«

Er setzte sich wie selbstverständlich auf den Angehörigen-Stuhl, während ich den Computer hochfuhr. Ob man ihn an seiner Arbeitsstätte nicht vermisse, fragte ich ihn. Ob der arme Herr Osterloh keine anderen Bekannten gehabt hätte.

»Klingt, als ob Sie mich nicht mehr sehen wollen. Ist das so?« Er lehnte sich zurück und grinste.

Ich spürte, wie ich rot wurde, zuerst nur an den Wangen, dann an den Schläfen und schließlich an Hals und Dekolleté. Fliegende Hitze.

Ich beschloss, Johannes die Wohngemeinschaft aufzukündigen. Ich wollte weder meine Wohnung noch mein Leben mit jemandem teilen, der keinerlei Geheimnis vor mir hatte, vor dem ich im Gegenzug jedoch alles verbarg.

Es sollte der letzte gemeinsame Mittwochabend werden. Ich zog das dunkelblaue Kostüm mit den goldenen Knöpfen an, das ich am Vortag gekauft hatte, um Raoul zu beeindrucken. Maja sagte, ich sehe darin aus wie eine Stewardess, die es nicht in die Luft geschafft hat.

Johannes hatte einen Sekt geöffnet und Gulasch gekocht. Ich saß stocksteif auf dem Hocker in unserer Wohnküche und wünschte, der Abend wäre bereits vorbei, damit ich das Kostüm ausziehen und in einen tiefen Schlaf fallen konnte. Johannes hoffte, mich zu verführen, das war sofort klar: Als ich durch die geöffnete Tür ins Wohnzimmer lugte, erkannte ich, dass er die Babydecke bereitgelegt hatte. Sie lag zusammengefaltet auf dem Couchtisch, Kante auf Kante.

Du glaubst, immer im Recht zu sein, hatte mir Johannes vorgehalten, als er an einem viel zu heißen Frühlingstag noch einmal in die Wohnung zurückkehrte, um seine Sachen zu packen. Ich weiß noch, dass ich alle Fenster geöffnet und es nur so gezwitschert hatte. Ich sagte, wieso, wie er darauf komme, mit Rechthaben habe das absolut nichts zu tun, eher mit der Suche nach einem rechten Leben, er aber beharrte darauf: Du willst immer recht behalten. Er klimperte in seinem Zimmer mit den Kleiderbügeln, ein nervöses Geräusch, das in den Ohren schmerzte.

Unsere Babydecke lag noch auf dem Seitenarm der Wohnzimmercouch. Hin und wieder hatte ich sie zweckentfremdet, um damit meine Füße zu wärmen. Ich brachte ihm die Decke und sagte: »Nimm sie mit. Du wirst sie brauchen.« Als er sie entgegennahm, fing er an zu weinen. Da verstand ich, dass er in mich verliebt war, und wollte ihn trösten. Ich strich mit meiner Hand über seine Wange, sie war ganz nass. Er schluchzte, den Kopf gesenkt, in der Hand hielt er immer noch das Deckchen, ganz verkrampft, seine Fingerknöchel waren weiß vor Anstrengung.

Johannes war der erste Mann, den *ich* verlassen hatte. Zuvor war immer ich die Verlassene, die nicht verstehen konnte, weshalb sich die anfängliche Begeisterung der Männer schneller verflüchtigte als die Kopfnote von Chanel N° 5. Ich war davon überzeugt, dass Johannes' Rauswurf eine neue Zeitrechnung einläutete.

Ich nahm Raouls Visitenkarte zur Hand und rief an. Er hatte seit einer Woche nichts von sich hören lassen. Hubert Osterloh war längst unter der Erde. Das Telefon zitterte in meiner Hand. Raoul schien nicht sonderlich überrascht, und ich ärgerte mich über seine Selbstherrlichkeit.

»Das Fräulein von der *Morgenpost*«, sagte er. »Was verschafft mir die Ehre?«

»Vom *Anzeiger*«, korrigierte ich ihn und verlor augenblicklich die Lust weiterzusprechen.

Wir schwiegen.

Ich hörte, wie im Hintergrund etwas zu Boden fiel und zerbrach.

»Moment«, sagte er, dann klackte es.

Kurz darauf meldete er sich wieder. »Hast du morgen Nachmittag Zeit? Ich bin hier um fünf fertig.«

Er duzte mich wie selbstverständlich. Ich war versucht, ihn zu fragen, weshalb er mich wiedersehen wollte und warum er so sicher war, dass ich das auch wollte, aber anstatt zu fragen, sagte ich nur: »Gut.« Und dann nichts mehr. Meine Zunge klebte am Gaumen. Ich malte Kringel auf ein Blatt Papier.

»Na dann.«

»Na dann«, wiederholte ich.

Ich hätte mich ohrfeigen können.

Er legte auf.

Ich hielt den Hörer noch eine Zeitlang in der Hand.

So, genau so hatte es angefangen, Schwester.

Ich bemühe mich, den Kopf gerade zu halten. Nur kein Make-up auf dem Bettzeug verschmieren. Der neue Herr Hugo zählt indessen der Krankenschwester die endlose Liste seiner Medikamente auf. Da gäbe es auch so gelbe Kapseln, sagt er, die müsse er zweimal täglich schlucken, in der Früh und am Abend, jeweils nach dem Essen mit etwas Flüssigkeit, nur Milch dürfe es nicht sein, Milch sei verboten in Kombination mit den Tabletten, auch H-Milch und Kondensmilch. Die Krankenschwester fragt nach dem Namen der Tabletten, aber er kann sich nicht daran erinnern, auch nicht daran, wofür sie eigentlich gut seien oder wogegen, das wisse er nicht mehr. Er wisse nur, dass ihm einmal ganz übel davon geworden sei, dabei habe er gar keine Milch zu sich genommen.

»Keine Milch!«, wiederholt er, wütend, so als sei die Krankenschwester schuld an seiner Übelkeit, als hielte sie Anteile am Pharmakonzern, der die Tabletten herstellt. »Und sonst, was nehmen Sie sonst«, fragt die Schwester, und der neue Hugo sagt: »Keine Milch« und sie sagt: »Sonst, was nehmen sie sonst?« »Keine Milch«, erwidert er. Sie reden aneinander vorbei wie ein altes Ehepaar, das keine gemeinsame Sprache mehr hat.

Plötzlich steht ein Mann mit einem schwarzen Aktenkoffer im Raum, jetzt ist es so weit, endlich: ein Arzt. Ich setze mich auf und rufe »Herr Doktor!« und strecke den Arm in die Höhe, um auf mich aufmerksam zu machen.

Er steuert umgehend auf mein Bett zu, und erst, als er vor mir steht, fällt mir sein Hemd auf, ein seltsames Hemd, das er unter seinem weißen Kittel trägt, ein schwarzes Hemd mit einem leuchtend weißen Streifen unter dem Kehlkopf. Schon hält er mir seine Hand hin und sagt: »Ich bin Pater Gerfried, der Krankenhausseelsorger.«

Ich will sagen: Ich habe mich getäuscht, ich bin nicht krank, und auch mit meiner Seele ist alles in Ordnung. Sehen Sie mich an, ich trage einen Paillettenrock und kein Krankenhausnachthemd, ich trage Strapse statt Kompressionsstrümpfe, er aber hat bereits den Besucherstuhl zum Bett geschoben und sieht mich aufmerksam an. Lange dunkle Wimpern, auffällig dichte Wimpern für einen Mann, eine edle griechische Nase, und aus seinem Mund kommen nur freundliche Worte.

»Es freut mich, dass Sie mich gerufen haben. Ich biete Ihnen jederzeit ein Gespräch an«, sagt er leichthin.

»Worüber möchten Sie denn sprechen«, frage ich.

»Ich dachte eher daran, dass Sie mir was erzählen, ich höre gerne zu«, sagt er, und ich entgegne: »Ich höre auch gerne zu«, obwohl das nicht stimmt, kaum etwas fällt mir so schwer wie Zuhören.

Pater Gerfried räuspert sich, dann sagt er in der Manier des professionellen Menschenverstehers: »Eine Krankheit ist eine Beleidigung, nicht wahr? Sie katapultiert einen aus dem Alltag heraus. Eine Krankheit kränkt. Das Leben kränkt einen, und man weiß nicht, wie man dazu kommt – ist es nicht so?«

»Dazu kann ich nichts sagen, ich bin nicht krank«, sage ich.

»Natürlich, Ihnen geht es wie allen Kranken«, sagt er. »Wir wehren uns gegen die Krankheit, weil wir sie als unangemessene Prüfung betrachten. Aber seien Sie sich bewusst, dass sie nicht mehr tragen müssen, als Sie tragen können.«

Ich kapituliere. Vielleicht hat er recht. Vielleicht bin ich die wirkliche Patientin, und Raoul hat bloß das Krankenhausbett für mich vorgewärmt. Vielleicht sieht der Pater durch meine Verkleidung hindurch und hat bereits die verrotteten Anteile meiner Seele beziffert. Vielleicht ist es ein Naturgesetz, dass jene, die Kranke beobachten, am Ende selbst krank werden.

Ich lehne mich zurück und versuche, mich zu entspannen. Endlich ein richtiges Bett, eine hervorragende Matratze. Wenn du hierbleibst, sage ich mir, dann kümmern sie sich um dich wie um einen Säugling. Du wirst genährt, geschaukelt und herumgefahren, gemessen und gewogen, und du musst nicht selbst putzen, zweimal am Tag wird das Zimmer desinfiziert. Du arbeitest nicht für andere, sondern alle hier arbeiten für dich. Du muss nur kooperieren, den Mund öffnen, wenn sie es dir sagen, deine Blutgefäße zugänglich machen, sonst nichts.

»Welche Musik hören Sie gerne«, fragt Pater Gerfried.

»Franz von Suppé«, sage ich, auch wenn der einzige Ton, den ich bisher von ihm vernommen habe, das Gurren der Tauben war, die sich auf seinem Glatzkopf niederließen.

»Ah, eine Operetten-Liebhaberin«, sagt Pater Gerfried. Er scheint überrascht. »Ich dachte, Sie bevorzugen Rockmusik. Sie sehen aus, als würden Sie – nun, als würden Sie gerne tanzen.«

Ich deute ein Nicken an.

»Tanzen Sie«, begeistert er sich, »tanzen Sie, solange Sie noch können.« Er betreue zahlreiche Patienten, die es versäumt hätten zu tanzen. Nun sei es zu spät, sie lägen auf der Palliativstation, und dort werde nur noch gelindert, nicht mehr geheilt, schon gar nicht getanzt.

Vor einiger Zeit habe er dort eine junge Frau besucht, so jung wie ich, aber in fürchterlichem Zustand. Ihr Leben hing nicht einmal mehr am seidenen Faden, es war höchstens noch eine Faser, die sie mit dem irdischen Dasein verband. Auf ihrem Nachtkästchen stand ein Radio, daraus ertönte »Es lebe der Zentralfriedhof« von Wolfgang Ambros. Eine befremdliche Koinzidenz, sagt er, ein tödlicher Sarkasmus gewissermaßen, doch das habe ihn auf eine Idee gebracht.

»Ich möchte Ihnen etwas zeigen.« Er klappt seine Aktentasche auf.

»Der erste Palliativ-Sampler der Geschichte«, sagt er und legt mir eine CD auf den Bauch. »›Knocking on heaven's door‹, ›This is the end‹, ›If I saw you in heaven‹ – Songs zum besseren Einschlafen.«

»Es ist ein Experiment«, sagt er, als er meinen entsetzten Gesichtsausdruck bemerkt. »Wenn wir Embryos im Mutterleib mit Mozart bespielen, weshalb sollte es dann ein Frevel sein, dasselbe mit Sterbenden zu versuchen? Wäre es nicht schön, von Musik in den Himmel getragen zu werden?«

Neunzehn Euro neunzig koste die CD – normalerweise. Heute könne er sie mir ausnahmsweise für zwölf Euro anbieten. Weil Mariä Himmelfahrt gerade erst vorbei sei. Was seien schon zwölf Euro, sagt er. Einmal einen großen Kaffee mit Topfengolatsche, schon seien zehn Euro weg.

»Deswegen gehe ich nicht ins Café«, sage ich.

Die CD eigne sich überdies perfekt als Geschenk, sagt er.

Aber er wolle nicht betteln. Dass nicht alle Mitmenschen seine tätige Nächstenliebe mit Freude quittierten, kränke ihn schon genug, sagt er. Als Krankenhausseelsorger habe er ja einen viel intimeren Zugang zum Leid als seine Kollegen draußen in den Pfarren. Die hätten wenigstens die frohen Sakramente zu spenden; Taufe, Hochzeit, Firmung im Beisein des Bischofs. So etwas könne einen schon durch die schweren Zeiten tragen. Er hingegen arbeite täglich daran, dem Leid einen Sinn abzuringen, ein Ringkampf sei das mitunter. Ich könne mir ja nicht vorstellen, was er tagtäglich erlebe. Und immer dieselbe Leier: dass Gott ein grausamer Regisseur sei, der Familien auseinanderreiße und hoffnungsvolle Karrieren zerstöre, der Eltern von ihren Kindern trenne und Menschen von ihren Hoffnungen.

»Da ist was dran«, sage ich.

Pater Gerfried seufzt. »Ein amerikanischer Philosoph hat gesagt: Wenn du zu Hause in deiner Hundehütte deinen Bernhardiner suchst und keinen siehst, dann ist es vernünftig anzunehmen, dass er nicht da ist. Wenn du dagegen in deiner Hundehütte nach einem winzigen Lebewesen wie einem Bakterium suchst und keines findest, ist es nicht vernünftig anzunehmen, es sei nicht da.«

»Ein Bakterium ist doch aktiv«, wende ich ein. »Das tut was im Körper.«

»Wollen Sie sagen, dass Gott nicht wirkt?«

Gerade in der Musik, sagt er und klopft auf das Cover der CD. Wenn der Palliativ-Sampler gut laufe, könne er sich vorstellen, einen Sampler für die Intensivstation zusammenzustellen. Und für Wachkoma-Patienten. Er überreicht mir eine Visitenkarte. »Ein wenig Klassik kann nicht schaden«, sagt er. »Vielleicht fällt Ihnen ja eine Arie von Suppé ein, die man verwenden könnte.« Und weil *ich* es sei, sagt Pater Gerfried, könne er mir den Palliativ-Sampler heute sogar um neun Euro überlassen, neun Euro, ein sensationelles Schnäppchen.

»Aber ich sterbe doch nicht«, sage ich.

»Wir sterben jeden Tag ein bisschen, liebes Fräulein«, sagt er und steckt die CD mit einem beleidigten Seufzen zurück in die Aktentasche.

Ich betrachte die Visitenkarte, die er mir in die Hand gedrückt hat.

P. Gerfried Weberhofer, CRCV

Ich überlege, was die Buchstaben nach dem Namen bedeuten mögen, ein Ordenskürzel, aber von welcher Gemeinschaft? Ich rufe mir die Orden ins Gedächtnis, von denen ich schon einmal gehört habe, Kapuziner, Benediktiner, Jesuiten, Dominikaner, ich zerbreche mir den Kopf, vergesse vollkommen, was ich in diesem Krankenzimmer zu suchen habe, und erst als Raoul in seinem buntgestreiften Morgenmantel in der Tür steht, fällt es mir wieder ein.

15

Die Sonne hat abgenommen, schmal und schwach hockt sie in der Baumkrone. Der Weg, der durch den Krankenhausgarten führt, schlängelt sich an Bänken und Büschen vorbei, sogar ein Biotop gibt es, das hatte ich vom Kaminsky-Park aus nie gesehen. Der Teich ist mit orangefarbenen Baustellen-Absperrbändern eingezäunt. Wir bleiben vor der Abzäunung stehen und sehen auf die Seerosen, die auf der Wasseroberfläche schaukeln.

»Sie wollen mich loswerden«, sagt Raoul. Die Enttäuschung ist ihm ins Gesicht geschrieben. »Heute musste ich in die Abteilung für Psychosomatik. Die glauben, ich spinne. Aber sieh es dir selbst an!«

Er streift seinen Morgenmantel bis zum Ellenbogen hoch und präsentiert mir seinen Unterarm. Ein weißer Unterarm mit dunklen Härchen. Ich kann nichts Ungewöhnliches entdecken und drehe den Arm im Licht der müden Sonne, um ihn genauer zu betrachten.

»Knallrot und voller Pusteln«, sagt Raoul.

»Wo?«

»Gestern Abend«, sagt er, »war es so. Glaubst du mir auch nicht? Es brannte wie die Hölle. Ich wollte mir die Haut abziehen. Beinahe hätte ich mir mit dem Messer hineingeschnitten.«

»Ich glaube dir«, sage ich und streiche mit meinem Zeigefinger sanft über seinen Arm, male fremde Zeichen auf die

Haut, Zeichen der Hoffnung, vielleicht hat auch unsere Liebe eine Chance, möglicherweise ist sie nicht dem Tod geweiht wie jene junge Frau auf der Palliativstation.

Ich lasse Raouls Arm los, und er sieht mich an wie ein kleiner Junge. So als wüsste ich, was jetzt zu tun sei. Du bist jetzt meine Familie, hat er gesagt. Ein Fluch. Doch selbst eine Mutter kann nicht verhindern, dass ihr Junge auszieht, wenn es ihm reicht. Vielleicht ist der Hautschmerz ja der Kitt, der uns zusammenhalten soll. Ein Gedanke, den ich sofort wieder verwerfe, noch ehe er fertig gedacht ist. Denn genauso gut kann er das Lösungsmittel sein, das uns endgültig trennt.

»Komm mit nach Hause«, sage ich und zupfe ihn an seinem Morgenmantel.

»Ich muss noch zwei Tage bleiben«, sagt er ernst. »Allergie-Test, MRT, großes Blutbild, Antikörper.«

Raoul ist bereits ganz der professionelle Patient, ich wundere mich, wie schnell diese Metamorphose vonstattenging.

»Und danach bist du rundumerneuert, und ich bekomme einen guten Preis für dich«, sage ich.

»Im Eine-Welt-Laden«, sagt er und lacht. Aber es wirkt bemüht, so als kämpfe sich das Lachen erst seinen Weg durch zahlreiche Schichten aus Schmerz und Qual. Täusche ich mich, oder sind auch die Fältchen rund um seine Augen tiefer geworden, sein Gesicht hagerer und härter?

Und dann traue ich mich und sage etwas, das ich eigentlich nicht sagen wollte. »Maja – was läuft da eigentlich? Sei ehrlich.«

»Laufen?« Er sieht mich erstaunt an. »Wovon sprichst du?«

Mir ist plötzlich flau im Magen, alles hier ist ansteckend,

sogar die Worte sind es. So schnell wird man vom Besucher zum Patienten.

»Wie siehst du überhaupt aus?« Er deutet auf mein Gesicht. »Wer hat dich so angemalt?« Da ist ein aggressiver Unterton in seiner Stimme, hat er das siebte Flittchen nicht erkannt?

Ich lasse nicht locker.

»Maja«, wiederhole ich. »Was läuft da? Wieso kommt sie dich im Krankenhaus besuchen?«

Er gestikuliert, während er nach Worten sucht.

»Weil ich nicht zum Beratungstermin gekommen bin, deshalb hat sie mich besucht. Was glaubst *du* denn?«

»Ich weiß nicht«, sage ich leise. »Ich weiß es nicht.«

»Wenn du es nicht weißt, verschone mich mit deinen Unterstellungen. Außerdem –«, er zögert, »ist sie überhaupt nicht mein Typ. Sie gefällt mir nicht, niemals würde mir eine Frau wie sie gefallen, hast du verstanden?«

Ja, ich habe verstanden.

»Und wer ist dein Typ?«

»Wer mein Typ ist?« Er starrt mich ungläubig an. »Höre ich richtig? Du fragst mich nach meinem Typ? Ist das dein Ernst?«

»Schon gut«, flüstere ich.

Mit einem Mal wirkt Raoul überhaupt nicht mehr krank. Forsch und mit großen Schritten betritt er den Flur des C-Traktes, stößt die Schwingtüren auf, ohne auf mich zu warten, und als ich nach ihm rufen will, stürzen sich die schweren Türen mit ihrem ganzen Gewicht auf mich.

Eine winzige Kammer mit einem schmalen Fenster, einer Arbeitsplatte mit einem Bildschirm, zwei Drehstühlen, einem

Bücherregal. Pawel Pini, der Pfleger, öffnet die Tür, just in jenem Moment, als ich daran vorbeigehe.

»Aber hallo!«, ruft er, »welch Glanz in unserer bescheidenen Hütte!«

Die ersten freundlichen Worte an diesem Tag. Ich lächle. Sein Blick bleibt an meinem Paillettenrock haften.

»Haben Sie sich erholt?«, fragt er.

»Danke«, sage ich. »Auch dafür, dass Sie mich nicht verraten haben.«

»Ach wo«, sagt er und lächelt ebenfalls. »Ich freue mich über jede Patientin, die so schnell aus dem Bett springen kann wie Sie. Das sieht man hier nicht oft.«

Wir lachen beide, obwohl mir zum Heulen zumute ist.

»Warten Sie einen Moment, ich glaube, ich habe Neuigkeiten für Sie.« Er verschwindet in seiner Kammer.

»Wie heißt ihr Freund?«, ruft er.

»Litzka«, sage ich. »Raoul Litzka. Ludwig, Ida, Theodor –«

»Hier«, ruft Pawel, »schon gefunden!«

In drei Schritten ist er wieder an der Tür.

»Einzelheiten bezüglich der Diagnose darf ich Ihnen nicht mitteilen, da müssen Sie mit seinem behandelnden Arzt sprechen, Dr. Cerny. Nach der Visite hat er bestimmt Zeit für Sie. Wie ich es überblicke, ist es nicht dramatisch. Ihr Freund wird bald wieder nach Hause dürfen.«

»Ich bin Ihnen ja so dankbar«, sage ich.

»Bei uns ist es manchmal – ein wenig unübersichtlich«, sagt Pawel. Er lehnt am Türrahmen, die Hände lässig in den Taschen seiner Jeans, der weiße Mantel ist aufgeknöpft, darunter trägt er ein weißes Leinenhemd.

Er sieht auf seine Armbanduhr. »Die Visite wird noch eine

gute halbe Stunde dauern, ich schlage vor, Sie besichtigen unsere Krankenhauskapelle. Schöne alte Fresken, das tröstet.«

»Danke«, sage ich, »mein Bedarf an Trost ist gedeckt.«

»Sonst kann ich Ihnen nur unseren schönen Garten anbieten.«

»Da komme ich gerade her.«

»Fein«, sagt er. »Dann kennen Sie ja den Weg.«

Folgsam gehe ich zurück in den Garten, vielleicht werde ich ja die nächsten Monate hier verbringen, zwischen Notbett, Krankenzimmer und Garten hin und her spazierend, immer in der Hoffnung, auf einen Arzt zu treffen. Möglich, dass ich auch noch hier bin, wenn Raoul schon längst entlassen ist und sein altes Leben wiederaufgenommen hat.

Diesmal gehe ich am Teich mit seinen verlogenen Seerosen vorbei.

Ich setzte mich auf jene Bank, auf der beim letzten Streifzug die Frau mit der Turmfrisur saß, und sehe aus dem Krankenhausgarten hinaus und in den Kaminsky-Park hinein. Nur ein schmaler Kiesweg trennt die beiden Grünflächen voneinander, doch es fühlt sich an, als säße ich auf einem fremden Stern. Die Luft schmeckt metallisch, der Boden fühlt sich hart an, der Himmel hat die Farbe von Desinfektionsmittel. Aus dieser Perspektive wirkt Franz von Suppés Hinterkopf monströs, von hinten habe ich ihn noch nie betrachtet, es scheint, als hätte sich der Künstler im Verhältnis von Kopf und Körper vertan. Kurz kommt es mir so vor, als sähe ich eine Frau in einem roten Sommerkleid hinter der Büste hervorlugen, doch genauso gut kann ich mich täuschen.

Um mich abzulenken, blättere ich in meinem Notizbuch. Ich zähle nach. In den vergangenen drei Monaten stand ich insgesamt elfmal hinter der Büste von Franz von Suppé. Der erste Eintrag in der Rubrik *Magenbuch-Klinik* datiert vom 23. Mai.

Krankenhausgarten am Kaminsky-Park.

17 Grad, leicht bewölkt.

3 ältere Frauen in scheinbar gutem Allgemeinzustand, 2 alte Männer, ein jüngerer Mann zwischen 25 und 30 mit Frau (Freundin?).

Garderobe: 4x gestreifter Morgenmantel, 1x Mal weiß, 1x Pyjama. Schuhwerk: 1x Crocs, 1x Birkenstock, Rest: undefinierbar.

Äußere Merkmale: 1x Venenkatheder, 1x Stent im Schulterbereich, 1x Verband im Halsbereich.

Gehhilfen: 1x Rollator, 1x Arm einer Krankenschwester.

Junger Mann und junge Frau streiten. Sie gestikuliert stehend, er sitzt unbeweglich auf Parkbank. Sie sehen sich keine einziges Mal an. Frau beginnt zu weinen. Zuerst wütend, dann verzweifelt. Mann steht auf, geht an ihr vorbei ohne ein Wort, zurück ins Gebäude. Frau setzt sich auf die Bank, schlägt Hände vors Gesicht, schluchzt.

Wie im Theater, nur ohne Ton. Eine Umwertung der Verhältnisse. Indem der junge Mann im Pyjama mit erhobenem Kopf an seiner Freundin vorbeiging, kehrt er die Rollen um: Sie bricht zusammen und wird zur Patientin, er hingegen wird zum zufälligen Besucher, der von der Aufregung der jungen Frau nicht betroffen ist.

Die Szene rührte mich, und ich glaube, dass dies der Moment war, als jene Nabelschnur wuchs, die mich seither mit dem Krankenhausgarten verbindet. Die weinende Frau sah aus, wie ich immer gerne ausgesehen hätte: dunkle

Locken, eine makellose Figur, schick bis in die Fingerspitzen. Dass sich daraus nicht automatisch das Glück speist, tröstete mich.

Als ich aufstehen will, um meinen Spaziergang fortzusetzen, schlurft tatsächlich die Frau mit der Turmfrisur heran. Sie trägt ihren pinkfarbenen Morgenmantel und nimmt ächzend am anderen Ende der Bank Platz. Aus dem Augenwinkel kann ich erkennen, dass sie deutlich jünger ist, als ich vermutet hatte. Sie wird in meinem Alter sein, vielleicht sogar noch jünger, doch da ist etwas an ihrer Erscheinung, das sie alt macht. Ich hätte Lust, sie offen anzustarren, um dem Geheimnis ihrer frühen Vergreisung auf die Spur zu kommen. Stumm sitzen wir nebeneinander, und ich kann ihren Krankenhausgeruch wahrnehmen, eine Mischung aus frischer Wunde und aufgewärmtem Kohl. Wir sitzen so weit voneinander entfernt, dass eine Krankenschwester in der Lücke zwischen uns Platz hätte. Ich fühle mich bemüßigt, etwas zu sagen.

»Schöner Park.«

Die Frau sieht mich entgeistert an. »Da waren Sie noch nicht im Agathen-Krankenhaus!« Ihre Stimme ist erschreckend hoch und quäkend. Eine Daisy-Duck-Stimme.

»Nein«, sage ich.

Sie breitet ihre Arme aus. »Dort ist der Park fünfmal so groß. Mindestens. Überall Blumen und Obstbäume. Und einen richtigen See gibt es auch. Nicht so einen mickrigen Teich wie hier.«

»Weshalb sind Sie dann nicht dort?«

Sie tippt sich an den Kopf. »Die Neurochirurgie hier ist mir lieber. Toller Primarius.«

Sie kramt in ihrem Morgenmantel und hält mir einen Zettel entgegen.

»Na los, lesen Sie!«

»Ich?«

»Sehen Sie noch jemanden hier?«

Wir berichten Ihnen über

Frau Gerlinde Kammerlander, geb. am 23.05.1980 in Wien

Diagnosen:

De-novo-Aneurysma (Grad 0) in der distalen Gabelung des nach dorsal gerichteten Mediahauptastes rechts (4 mm)

Reperfusion eines Pica-Aneurysmas proximal des Clipps (6 mm)

SAB mit Pica- und Mediaaneurysma, Coiling-Pica- und Mediaaneurysma 09/2004

Ich lege das Blatt auf die leere Stelle zwischen uns.

»Hirnblutung«, sagt die Frau. »Drei Wochen Intensivstation.«

Jetzt verstehe ich: Ihr Haarturm ist eine Perücke, die den kahlen Schädel und die Operationswunde verdeckt.

»Alles wird gut«, sagt sie. Als wolle sie diese Behauptung unterstreichen, holt sie im selben Atemzug ihre Zigaretten aus der Bademanteltasche.

Sie hält mir die Packung entgegen.

»Ich habe aufgehört«, sage ich.

»Sie können ja wieder anfangen«, sagt die Frau und zündet sich eine Zigarette an. »Solange man nicht unter der Erde liegt, kann man jederzeit neu anfangen. Ich habe zum Beispiel mit einer neuen Marke angefangen. Bin umgestiegen von filterlosen Gauloises auf Parisiennes mit Filter. Hauptsache, ich bleibe in Frankreich.« Sie quietscht vor Lachen.

»Ich liebe die Franzosen. L'amour, oui, oui. Obwohl ich damit nicht viel Glück habe. Sie?«

»Och«, sage ich.

»Wissen Sie«, sagt die Frau, »ich verrate Ihnen ein Geheimnis: Ich halte es nicht aus, wenn zwei glücklich sind. So richtig glücklich. Wenn sie nur sich sehen und sonst nichts. Widerlich ist das. Möchte ich nicht sehen. Sie?«

Sie wartet nicht auf meine Antwort. »Also mich widert das an. Liebe ist Schwäche. Hirnschwäche, Körperschwäche. Ich brauche niemanden, um zurechtzukommen. Denken Sie, ich bekomme Besuch hier im Krankenhaus? Kein einziges Mal. Blumen, Zeitungen, Postkarten? Nichts. Ich bin die Einzige, die auf der Intensivstation nicht besucht wurde.« Sie lehnt sich zurück, zufriedener Gesichtsausdruck. »Darauf bin ich stolz.«

»Aha«, sage ich.

»Aber nicht einmal hier ist man sicher vor den Frischverliebten. Ist wie eine Seuche. Gestern will ich im Park in Ruhe meine Abendzigarette rauchen, spaziert doch ein Paar andauernd vor mir herum. Er, die Hand auf ihrem Allerwertesten, sie, die ihre Hand in seinen Morgenmantel schiebt. Widerlich. Und geküsst haben die sich. Mit Zunge. Das konnten wir alle sehen. Der Biedermann kann's bezeugen. Und auch die alte Fröhlich war dabei. *Mit Zunge.* Ich brauche das nicht, und ich bin stolz darauf.«

Jetzt weiß ich es: Bestimmt ist es ihr Stolz, der sie so alt aussehen lässt. Falscher Stolz macht alt, weil er den Graben zwischen Selbstbild und Fremdbild vertieft. Der Startschuss für das Begräbnis. Irgendwann wird sich niemand mehr mit ihr unterhalten wollen. Auch darauf wird sie stolz sein.

Ihrem bösen Bericht höre ich nur mit halbem Ohr zu.

»… und einen Bademantel hatte der an … gestreift wie ein Papagei … laut gelacht … nur für … sicherlich, aber doch nicht … Gockel, der …«

Wie war das?

Ich unterbreche sie. »Was haben Sie gesagt? Wie hat der Morgenmantel ausgesehen?«

Sie zieht genüsslich an der Zigarette. »Wie von einem Warmen. Einem Homo, Sie wissen schon. Ganz bunt, alle Farben, auch rosa und lila. Und dazwischen goldene Streifen. Gold! Wenn er die Frau nicht geküsst hätte! Ja, dann.«

»Wer hatte diesen Bademantel an? Der Mann, der die Frau« – ich bringe es kaum über die Lippen – »geküsst hat?«

»Sag ich doch. So ein Gockel, dunkles Haar, schmales Gesicht, große Nase, also, mein Typ war er nicht.«

Ich frage sie, wer die Frau war, wie sie ausgesehen hatte, ob sie einen Bob trug, einen dunklen Bob.

Sie sieht mich erstaunt an und streift in Zeitlupe die Asche ihrer Zigarette ab. »Kennen Sie diesen Mann denn?« Sie rückt ein wenig ab.

»Nein«, sagt sie dann, »Bob hatte die keinen, sicher nicht. Sondern lange Haare, gewellte lange Haare, nicht unhübsch, eine hübsche Person«.

Ich weiß nicht wohin mit meiner Verzweiflung und stehe auf. Am liebsten würde ich diese Frau packen und ihr die Geheimnisse aus dem Leib schütteln. Wie klang die Stimme dieser Frau? Haben sie sich Schweinereien zugeflüstert? Haben sie gemeinsam gelacht? Hat er sie mit einem Kosenamen angesprochen?

Ich haste quer über den Rasen.

»Warten Sie!«, ruft mir die Frau nach. »Sie haben den zweiten Arztbrief nicht gelesen!«

16

Der Raum D1010 liegt hinter dem Gang der Langzeitarbeitslosen. Ein stickiger Raum mit niedrigen Decken und abblätternder Rosentapete. Wir stehen im Kreis und halten uns an den Händen wie Kindergartenkinder. Neben mir Maggie, ihre kleine Hand ist klebrig, nur mit Mühe kann ich meinen Ekel unterdrücken. An meiner rechten Hand hängt Olaf, der eine massive Essstörung überwunden zu haben scheint. Er ist dünn und langgliedrig wie ein Weberknecht. Sobald der Trainer sich abwendet, beißt er in ein gigantisches Salami-Baguette, das er in seinem Rucksack versteckt. Der Kurs nennt sich »Existenzgründer I«, und in der Tat sieht kaum einer in der Runde aus, als hätte er zuvor eine Existenz geführt, über die zu sprechen es sich lohnen würde.

Drei Schritte in die Mitte, alle Hände hoch und ein lautes: »Wir schaffen es!« Ich schreie nicht mit, ich bewege nur die Lippen, die anderen sind meine Synchronsprecher. Das gefällt mir. Ich möchte ein Synchron-Leben beantragen, das muss doch möglich sein. Ich darf nicht vergessen, Herrn Othmar nach dem Formular zu fragen. Jetzt, wo ich nichts mehr zu verlieren habe, kümmert mich nicht, was er von mir hält. Ich fühle mich abgetrennt von allem. Nicht der kleinste Faden, der mich mit den anderen im Raum verbindet.

In der Mitte des Kreises hat eine massige Endvierzigerin mit Hornbrille und Palästinensertuch Aufstellung genommen. Der Typ Frau, der sich immer freiwillig meldet. Der Trainer, sichtlich gelangweilt, fordert sie auf, ihre Geschäftsidee in einem Satz zu formulieren.

»Ich will –«, sagt die Frau.

»Nicht: Ich will. Ich werde«, unterbricht sie der Trainer. »Mit unseren Worten schaffen wir Wirklichkeit. Etwas zu wollen, ist nicht schwierig. Etwas zu tun, darum geht es hier. Das ist die Herausforderung.«

»Ich werde –«

»Ja?« Der Trainer krault seinen Fünftagebart.

»Ich werde anderen dabei helfen, erfolgreich zu sein.«

Die Frau nestelt an ihrem Tuch. Ihre Hose ist sehr eng. Alles an ihr platzt aus den Nähten.

Der Trainer klatscht in die Hände und sieht in die Runde.

»Nun, was halten wir davon?«

Betretenes Schweigen.

»Wie wollen Sie das erreichen, Frau –«

»Winter«, sagt sie.

»Frau Winter«, wiederholt er und blättert in seinen Unterlagen. »Ah, da haben wir Sie schon.«

Ich beobachte die Szene, unbeteiligt und nicht ohne Schadenfreude, während Olaf verschämt in sein Baguette beißt.

Seit zwei Tagen habe ich kaum etwas gegessen, einen Toast im Café Kurbel auf dem Weg ins Krankenhaus, ein Croissant auf dem Weg zur Gesellschaft für Wiedereingliederung, einen einsamen Joghurt, den ich im Kühlschrank gefunden hatte, das Ablaufdatum kaum überschritten.

Frau Winter erklärt, sie werde sich als eine Art Hebamme für Diplomanden nützlich machen, sie werde Studenten dabei helfen, ihr Studium abzuschließen. Es gebe da eine Krankheit, die mit der Unfähigkeit zusammenhänge, große Projekte abzuschließen, Atelophobie, und der Trainer fragt: »Davon wollen Sie leben? Wie stellen Sie sich das vor?«

Sie brauche nicht viel, sagt sie, außerdem entstünden durch die Unternehmensgründung keine Kosten, sie könne zu Hause arbeiten, im Wohnzimmer, sie habe ihr Büro auf den Knien, sagt sie, und alle lachen. Ein Büro auf den Knien!

Vorerst gehe es aber nicht um die Kosten, vorerst gehe es um den USP, sagt der Trainer und ritzt mit dem Finger die Buchstaben in die Luft. *Unique Selling Proposition.* Das Alleinstellungsmerkmal. Was sie denn von anderen Schreibkräften unterscheide, weshalb um alles in der Welt man sie buchen solle und nicht Lieschen Müller, was ihre Leistung einzigartig mache. Das alles will der Trainer wissen.

Frau Winter zuckt mit den Schultern, sie weiß nicht, was sie einzigartig macht oder warum man sie buchen soll. Die anderen wissen es auch nicht, also trottet sie zurück an ihren Platz.

Als der Trainer mich aufruft, bin ich zu meiner Überraschung ganz ruhig. Ich stelle mich in die Mitte des Kreises, ein Opferlamm, das der Meute den Hals darbietet, und als sich alle an mir festgestarrt haben, sage ich: »Ich weiß nicht, wie man erfolgreich wird, aber mit dem Gegenteil kenn ich mich aus. Ich werde ein Coach für Versager.«

Bleierne Stille. Bis eine herausprustet, es ist die Kleine mit den feuchten Händen. Dann lachen sie alle, bis auf den Trainer, der das Lachen mit einer radikalen Bewegung seiner Hand auslöscht.

»Wir sind nicht beim Kabarett, Frau Amsel«, sagt er. »Sie müssen uns nicht unterhalten.«

Ich mustere ihn, die dunklen Augen, die buschigen Augenbrauen, die randlose Brille. Ich fühle mich nicht gut, etwas stimmt nicht mit mir, ich lege meine rechte Hand auf den Bauch und kann meinen Herzschlag spüren, der einen ganz fremden Takt anschlägt, so als verschwöre sich mein Innerstes gegen mich.

Selma, Linda, Verena und die anderen stehen um mich herum, und obwohl sie kleiner sind als ich, sehen sie auf mich herab. Selma zupft an ihrem Seidenschal mit den Pferdehufen und sagt: Ich habe gesehen, wie dein Vater eine zerbeulte Getränkedose aufgehoben hat, die von einem Laster plattgewalzt worden ist, und Linda Wegrostek sagt, woher hast du diesen Pullover, aus der Altkleidersammlung? Die Münder der Mädchen sind geöffnet, ihre Lippen bewegen sich, doch es sind nicht sie, die sprechen. Es ist eine Synchronstimme, die den Ton liefert zu den Lippenbewegungen, und ich wundere mich, wie perfekt alles arrangiert wurde.

Selma sagt: Siehst du, das hast du davon, Raoul macht sich aus dem Staub, er interessiert sich nicht für dich, er hat dich schon längst vergessen, küsst eine andere, und das ist erst der Anfang. Eine Braunhaarige, hübsche, vielleicht auch mehrere, Blonde und Schwarze, denn er hat längst beschlossen, dich zu verlassen, eine neue Existenz zu gründen, eine richtige Existenz, mit allem Drum und Dran, während dein erbärmlicher Versuch gescheitert ist, noch ehe du in der Lage warst, das Wort »Existenzgründung« zu buchstabieren.

»Sie brauchen nicht zu weinen, alles ist gut«, sagt der Trainer und legt seinen Arm behutsam auf meinen. »So war das nicht gemeint.«

Ich greife an meine Wange, und tatsächlich: Sie ist nass. Woher kommen diese Tränen, wer produziert sie, wer pumpt sie vom Herz durch den Kopf und in die Augen? Der Trainer sieht bestürzt aus, seine Hände zittern. Bestimmt hatte er sich »Existenzgründung I« leichter vorgestellt, ohne Ausflug in die psychischen Randbezirke der Teilnehmer.

In den Augen hinter den Brillengläsern blitzt so etwas wie Mitgefühl auf, und er sagt – so leise, dass es die anderen nicht hören können: »Möchten Sie nach Hause gehen, Frau Amsel?«, und obwohl ich mich davor fürchte, in die leere Wohnung zurückzukehren, fürchte ich mich doch noch mehr davor, hierzubleiben. Ich frage den Trainer nach einer Seminarbesuchsbestätigung, für die Buchhaltung, für Herrn Othmar, in Hinblick auf meine künftige Existenz.

»Geht es Ihnen gut?«, fragt der Trainer noch einmal und hält mich am Ellenbogen fest. Ein Berührungsfanatiker. Ich weiß nicht, wo man so etwas lernt und wozu das gut sein soll.

»Ist nur ein wenig viel im Moment«, sage ich. »Mein Leben, wissen Sie.«

»Ja«, sagt er und nickt, »ich weiß.«

Olaf, der Weberknecht, trennt sich von seinem Baguette und krabbelt in die leere Mitte des Kreises. Er entfaltet umständlich einen Zettel, den er in der Hosentasche aufbewahrte. Ich warte, bis er salbungsvoll die ersten Worte spricht – »Für dieses Seminar habe ich mich lange vorbereitet« –, um auf Zehenspitzen den Raum D1010 zu verlassen. Ich laufe den Langzeitarbeitslosenflur entlang und durch das Wartezimmer, am Portier vorbei und hinaus auf die Straße, und halte die Seminarbestätigung mit beiden Händen fest wie ein Geschenk, das ich nicht verdiene und das man mir jederzeit wieder wegnehmen kann.

17

Über die Fassade des Hauses in der Wotangasse ziehen sich dunkle Flecken, ein Ausschlag, der bis in die oberste Etage metastasiert. Die Flecken sind mir bei meinem ersten Besuch nicht aufgefallen, heute aber schrecke ich vor ihnen zurück, nur mit großer Überwindung läute ich bei Kallinger.

Simone betätigt den Türöffner, ohne nach dem Namen zu fragen. Das erscheint mir nachlässig, unvorsichtig geradezu, doch es steht mir nicht zu, ihr Ratschläge zu erteilen. Ich schleppe mich in den zweiten Stock und halte mich am Geländer fest, wie wenig Kraft habe ich doch in meinen Armen.

Eine Stimme in mir sagt: Mach dich nicht lächerlich, wer weiß, wer sie war, die Brünette an Raouls Seite, vielleicht eine Schulfreundin oder eine Studienfreundin, wenn man sich nach langer Zeit wiedersieht, dann küsst man sich eben. Bestimmt gibt es eine gute Erklärung, und wenn nicht, gibt es immerhin noch eine schlechte, jede Erklärung ist gut genug. Durchaus möglich, dass die Frau mit der Turmfrisur in Rätseln sprach, in Zungen, benebelt von Medikamenten, und Dinge gesehen hatte, die nicht da waren.

Simone lehnt bereits im Türrahmen, Jogginghose, ausgewaschenes Shirt, ungeschminkt, die blonden Haare verstrubbelt.

»Du kommst zur richtigen Zeit«, sagt sie und geht vor in die Küche. »Ich habe Kaffee aufgesetzt.«

In der Wohnung ist es still.

»Wo ist Fanny?«, frage ich, und Simone sagt: »Beim Vater.«

Auf der Eckbank türmen sich Berge zerknitterter Babybekleidung.

»Wir haben uns getrennt«, sagt sie und stellt zwei altmodische Tassen mit verschnörkelten Henkeln auf den Tisch. »Es war das Beste, was mir passieren konnte. In der Beziehung war ich Alleinerzieherin und immer für alles zuständig. Seit der Trennung teilen wir uns die Verpflichtungen. Die Trennung hat uns erst zu Eltern gemacht, die beide zu gleichen Teilen ihre Verantwortung wahrnehmen, ist das nicht verrückt?«

Fannys Vater lebe nicht weit von hier, drei Straßen weiter, doch in Wahrheit sei er Lichtjahre entfernt, sagt Simone. Er führe mittlerweile ein neues Leben mit einer neuen Frau, und auch sonst habe er alles ausgetauscht in seinem Leben: seinen Beruf, seine Ziele, seine Frisur, einfach alles, sagt Simone. Früher sei er groß und stattlich gewesen, ein Bild von einem Mann. Heute sei er nur noch ein Schatten, sein eigenes Negativ. Werner, so heißt er, sei geschrumpft, alles an ihm habe sich zusammengezogen, als verdorre er innerlich, aber das scheint ihn nicht weiter zu kümmern, und auch seiner neuen Frau mache es nichts aus, im Gegenteil, denn auch sie sei mittlerweile so dünn, dass die Sonne an hellen Tagen geradewegs durch sie durchscheine. Dafür kümmerten sie sich beide umso liebevoller um Fanny.

Es ist schön, Simones Singsang zuzuhören, beruhigend zu sehen, wie sie in der Küche mit Besteck und Geschirr hantiert, und wenn ich die Augen schließe, dann finde ich mich in der alten Küche meiner Eltern wieder, als ich noch zu klein war, um Sorgen, zu jung, um einen Mann zu haben, ich schlief allein in einem schmalen Bett in einer kleinen Kammer, in die der Mond schien, und mein Vater erzählte mir von Przewalski-Pferden. Vielleicht sind sie verschwunden, weil keiner mehr an sie geglaubt hat, in einer Art sich selbsterfüllenden Prophezeiung. Womöglich verschwinden auch meine Sorgen, wenn ich nicht mehr an sie glaube.

»Fanny hat es gut«, sagt Simone. »Alle Liebe dem Kind, ist doch schön, oder?«

Und was ist mit deiner Liebe, will ich sie fragen. Steckst du sie auch in Fanny hinein, in diese Liebesspardose, damit sie später verschwenderisch mit ihrer Mitgift umgehen kann?

Ich beneide eine Einjährige und getraue es mir kaum einzugestehen. Weil sie so viel hat und nicht darum kämpfen muss, während ich meinen Eltern jeden Zipfel Anerkennung entreißen musste und am Ende mit leeren Händen dastand – wie die Kandidaten jener Fernsehshow, die in einer Röhre Geldscheine auffangen müssen, die von einer Windmaschine aufgewirbelt werden, und je hektischer sie nach dem Geld greifen, umso weniger bleibt ihnen am Ende.

Um Raouls Liebe hingegen habe ich nicht kämpfen müssen, er hat sie mir zum Geschenk gemacht. Unsere ersten Treffen außerhalb der Redaktionsräume verliefen enttäuschend. Während sich seine Vitalität noch erfrischend vom maroden Mobiliar der Traueranzeigenredaktion abhob, verblasste sein Glanz bereits im ersten Café, das wir gemeinsam betraten.

Er hatte das Café Fidelio gewählt und eine Eckbank, deren roter Kunststoffüberzug sogleich mit meinen nackten Oberschenkeln verschmelzen wollte. Es ekelte mich, und ich versuchte, so wenig wie möglich mit der Bank in Berührung zu kommen, während ich mich nach Raouls Berührung sehnte. Doch wir saßen drei Stunden da und beugten uns über ein Blatt

Papier, das er mit Computercodes füllte, und ich fragte mich, ob er ebenso schwer zu enträtseln war wie diese erste Botschaft.

Raoul versuchte, mir seinen Beruf näherzubringen, das Programmieren von Software. Für ihn war alles so klar und logisch, und in seinen Augen sah ich die Verwunderung darüber, dass ich es nicht nur nicht verstand, sondern dass ich mich auch nicht dafür interessierte. Ich wollte etwas erfahren über sein Leben, seine Ziele und Träume, und er sagte: »Die Weiterentwicklung der elektronischen Krankenakte, ein Meilenstein«, und malte die Initialen seiner künftigen Firma in die Luft: LSD. Ich lachte auf. LSD?

»Litzka Softwaredesign«, sagte er gekränkt, »was ist so lustig daran?«

»Nichts«, antwortete ich leise und fragte mich, ob es die richtige Entscheidung gewesen war, Johannes aus der Wohnung und aus meinem Leben zu werfen.

Doch ich hatte mich getäuscht. Raoul war vollkommen unmissverständlich in der Formulierung seiner Zuneigung. Er schien unsere Liebe zu definieren wie den Quellcode eines Computerprogramms.

Bevor wir zusammenzogen, gewöhnten wir uns an, einander täglich kleine Botschaften zu hinterlassen. Ich war früher auf den Beinen als er und trank noch stets einen schnellen Espresso im Fidelio. Bevor ich aufbrach, kritzelte ich eine Nachricht in eine der Tageszeitungen. Meist im Anschluss an eine Bildunterschrift, die mir gefiel. Unterhalb eines Titels, den ich interessant fand. Oder als Zusatz zum Fernsehprogramm.

20:00 Uhr, Wien bei Nacht. Romanze. In den Hauptrollen: Ruth Amsel und Raoul Litzka.

Am Nachmittag konnte ich seine Antworten empfangen.

Voll Vorfreude sammelte ich die Tageszeitungen ein, die auf dem Tisch neben der Vitrine mit den Kuchen auslagen. Weder die Erdbeertorte noch der Apfelstrudel konnten mich locken, ich war hungrig auf Raouls Repliken.

Es war ein Spiel, wie alles ein Spiel war in diesen Tagen, und wir konnten die Regeln täglich ändern, wie es uns gefiel, schließlich waren wir Spieler und Schiedsrichter zugleich.

Manchmal fand ich Fragen vor wie: *Wo möchtest du niemals leben? Was machst du sonntags am liebsten? Was war deine Lieblingsspeise, als du ein Kind warst?* Raouls Buchstaben waren nach rechts gebeugt, so als stemmten sie sich mit aller Kraft gegen den Wind. Ich antwortete: *An einem Fluss, denn ich habe Angst vor Hochwasser, Quizshows im Fernsehen schauen* und *Milchreis mit Zucker.* Ich bemühte mich, unsere aufkeimende Beziehung mit einer spielerischen Leichtigkeit zu betrachten und das Band zwischen ihm und mir nicht allzu fest zu knüpfen.

Wenn ich seine Nachricht auf keinen Fall übersehen durfte, schrieb er sie auf die Seite mit den Todesanzeigen. Die kontrollierte ich als allererstes, schon aus beruflichem Interesse. Eines Nachmittags stand unterhalb der Mitteilung, dass Rosa Amlacher (97) im Kreise ihrer Familie friedlich entschlafen war:

ich [node.balance = ,/;))
liebe (node.true)
dich (,_,)

Einen Monat später verabredeten wir uns mit dem Makler vor dem Hochhaus in der Przewalskistraße, und Raoul hielt meine Hand so fest, dass sie noch am nächsten Tag schmerzte.

Simone fegt mit der Hand Weißbrotkrümel vom Tisch. Die Sonne malt Kringel auf die Tischplatte. Es riecht nach Babypuder.

»Wann hast du gemerkt, dass es nicht mehr geht – mit dir und Werner?«, frage ich.

Sie setzt sich auf den Stuhl gegenüber, zieht die Beine an und legt den Kopf auf ihre Knie.

»Bei Fannys Geburt«, sagt sie. »So traurig das klingt. Als dieses vollkommene Kind auf meinem Bauch lag und Werner an das Bett trat, sah ich von ihr zu ihm und dann wieder von ihm zu ihr, und plötzlich war Werner nur noch ein Stückwerk aus Fehlern, Nachlässigkeiten und Versäumnissen. Ein Mensch, wie er unvollkommener nicht sein konnte. Glaube nicht, dass ich maßlos geworden bin in meinen Ansprüchen, Ruth, aber Fanny zeigte mir, was ich unbewusst schon lange fühlte und nur nicht zulassen konnte. Dass er nicht der Mann war, der mir zugedacht war.«

Zugedacht? Ich lache.

»Bestimmung«, sagt Simone. »Glaubst du nicht daran?«

Darüber hatte ich noch nicht nachgedacht.

»Ich will«, sagt Simone, »dass es einen Plan gibt. Für mein Leben. Für Fannys Leben. Nur, weil wir ihn nicht durchschauen, heißt es ja nicht, dass es ihn nicht gibt. Im Gegenteil. Vielleicht konzentrieren wir uns auf die falschen Details. Wir suchen Geheimnisse, wir wühlen in Verstecken, aber vielleicht liegt alles direkt vor uns und braucht nicht gesucht zu werden. Es ist doch sinnlos, sich ständig gegen das Schicksal aufzulehnen. Sich immerzu zu wehren.«

»Und du?«, sage ich. »Hast du dich nicht auch gewehrt?«

»Das ist etwas anderes«, sagt sie schnell. »Ich habe meinen

Gefühlen nicht getraut und bin viel zu lange bei ihm geblieben. Gegen das Gefühl bei Fannys Geburt habe ich mich nicht mehr gewehrt. Endlich hatte ich verstanden. Mit dem Kind wird das Schicksal geboren, nicht nur das des Kindes, sondern auch dein eigenes wird neu geboren.«

Ich nicke und schweige. Zum Thema Geburt kann ich nicht viel beitragen. Ich lege die Hand auf den Bauch unterhalb des Nabels, dorthin, wo die Kinder wachsen. Nur bei mir wächst nichts, der Bauch ist leer und schmerzt, und Simone fragt: »Hast du Hunger? Ich mache uns ein paar Brote.«

Sofort steht sie auf und öffnet den Kühlschrank und stellt französischen Käse und Parmaschinken auf den Tisch, Gurken, eingelegte Artischocken und süße weiße Zwiebeln. Schnell füllt sich der Tisch mit Köstlichkeiten, und ich esse, als hätte ich zwei Wochen nichts mehr zu mir genommen, so lange, bis das Feuer im Bauch verglimmt.

18

Lange habe ich nicht überlegt, ich wähle die Nummer des Krankenhauses, und als sich die Stimme am Empfang meldet, eine freundliche junge Stimme, sage ich: »Ich möchte bitte einen Pfleger sprechen, er heißt Pawel und arbeitet in der Internen.«

»Ich verbinde, bitte bleiben Sie in der Leitung«, flötet die freundliche Stimme und dann knackst es, und schon höre ich ein Atmen wie von weit her, und ein Mann sagt: »Hallo?«

Da verlässt mich der Mut, und was kürzlich noch wie eine rettende Idee klang, erscheint mir plötzlich absurd und bösartig. Ich hatte mir vorgestellt, Pawel zu meinem Verbündeten zu machen. Er würde für mich beobachten, wer in Raouls Krankenzimmer ein und aus ginge und mir davon berichten. Dann wäre ich meinen Zweifel los, so oder so. Gleichzeitig ist es ein sinnloses Unterfangen. Wie die Untersuchung des eigenen genetischen Materials: Wenn du herausfindest, dass du an einer Krankheit sterben wirst, für die es keinerlei Behandlung gibt, richtet die Erkenntnis nur Schaden an. Ebenso wenig nützt es mir, einen Beweis für Raouls Untreue in Händen zu halten, denn was hätte ich dann in der Hand, wenn nicht mein eigenes Unglück? Vielleicht sollte ich mich früh an den Gedanken gewöhnen, mich allein in der Przewalskistraßenwohnung einzurichten. Doch wenn Raouls Schreibtisch nicht mehr da wäre, keine Papierstapel mehr, bedruckt mit Computer-Hieroglyphen, wenn die Wohnung nur noch Spiegel von mir selbst ist, immer dieselbe Replik auf dieselbe Frage, werde ich dann überhaupt noch dort leben können?

»Ja? Wer ist da?«, fragt Pawel ungeduldig, und da fällt mir ein, dass ich es war, die angerufen hat, und sage schnell: »Pawel, ich möchte Sie sehen.«

»Ach ja?« Er lacht. »Und wer will mich sehen?«

Ich hatte vergessen, mich vorzustellen.

»Ruth Amsel«, sage ich schnell. »Sie waren so freundlich, mir den behandelnden Arzt meines Freundes zu nennen.«

»Ach, Sie sind's! Ich habe Sie im Garten gesucht! Wollte Sie zu Dr. Cerny bringen, als die Visite vorüber war. Ich dachte schon, Sie seien in den Teich gefallen.«

Es tue mir leid, sage ich. Und dass ich einen dringenden Termin gehabt hätte. Dass ich angerufen, ihn aber nicht erreicht hätte. Ich bin erstaunt, wie leicht mir die Lügen über die Lippen gehen, eine nach der anderen schlüpft aus meinem Mund, ohne mich zu verraten.

»Ich habe den Krankenbericht kopiert«, sagt er. »Wenn Sie wollen, können Sie einen Blick drauf werfen.«

Wir verabreden uns im Küchenstudio Visconti in der Billrotstraße.

»Ich werde da sein«, sagt Pawel.

Doch als ich das Küchenstudio betrete, ist er nicht da, und ich lasse mich durch die Räume treiben. Ausstellungsküchen geben mir Kraft, wenn ich erschöpft bin. Die lautlosen Schubladeneinzüge, die Zebrano-Fronten, die jungfräulichen Steinplatten, auf denen noch nie ein Essen zubereitet wurde, die Induktionsherde, die noch nichts gewärmt haben. Ein Ort der Möglichkeiten, der sinnlichen Versprechen, und wenn ich zwischen den ausgestellten Modellen wandle, kommt es mir so vor, als schlummerten auch in meinem Leben unzählige Chancen, und ich bräuchte nur den Deckel von einem Kochtopf zu heben, um den Geruch eines neuen Lebens einzuatmen.

Als Pawel schließlich erscheint, ist er größer, als ich ihn in Erinnerung hatte, vielleicht lässt ihn die Hektik im Krankenhaus schrumpfen, und erst außerhalb der Mauern dehnt er sich wieder auf die ihm zugedachte Größe aus. Er trägt ein gestreiftes Hemd, Jeans und Sneakers. Ohne weißen Kittel sieht er aus wie ein Student. Ich erwarte ihn an einer cremeweißen Küchenbar in einem der hinteren Ausstellungsräume. Als er mich entdeckt, erhellt sich sein Gesicht, und ich freue mich, weil er sich freut. Er sieht sich um und berührt die Front der weißen bulthaup-Küche, die in ihrer Arroganz beinahe die gesamte Breite des Raumes einnimmt.

»Möchte nicht wissen, was das kostet«, sagt er. »Ziehen Sie um?«

Ich sei dabei, mich selbständig zu machen, sage ich.

»Guter Geschmack«, sagt Pawel und lächelt. Für seinen Geschmack ausreichend Small Talk, denn er zieht bereits ein Papier aus seiner Hosentasche.

»Symptome: Hyperalgesie, Allodynie, Dysästhesie«, liest er vor und blickt auf. »Verstehen Sie das?«

Ich schüttle den Kopf. Bis zur Dermatologie habe ich es nicht geschafft.

»Hautschmerzen. Ihr Mann leidet an einem neuropathologischen Symptombündel.«

Die Formulierung *Ihr Mann* erschreckt mich beinahe ebenso wie der Begriff *Symptombündel.* »Wir sind nicht verheiratet«, sage ich schnell.

»Sie wirken so vertraut«, sagt Pawel, und ich frage mich, wie er das behaupten kann, er hat uns doch kein einziges Mal zusammen gesehen.

»Stellen Sie sich vor, ich würde Sie mit einem Wattebausch am Unterarm berühren«, sagt Pawel.

Ich denke: schön.

Pawel sagt: »Und sie schreien auf vor Schmerz.«

»Wirklich?«

»Wenn sie Allodynie hätten. Haben Sie ja zum Glück nicht.«

Eine Küchenberaterin im Missoni-Kleid, schmal und biegsam wie eine Weide, stöckelt an uns vorbei. Andachtsvoll tippt sie auf die Front einer offenen Schublade, eine zärtliche Geste mit Zeige- und Mittelfinger. Die Lade schließt sich mit einem sanften Plopp.

»Wetten, dass es Küchensounddesigner gibt«, flüstert Pawel. »Das war doch eindeutig ein G, haben Sie das auch gehört?«

Ich lächle. Der Mann hat Ideen.

»Sind Sie Italiener? Wegen ihres Nachnamens.«

»Sehe ich so aus?«

Tatsächlich sieht Pawel nicht so aus, an ihm ist alles hell: Das Haar, die Haut, ein cremefarbener Mann vom Scheitel bis zur Sohle, er passt exakt in diese Küche, er ist der Missing Link zwischen Produkt und Mensch, sie sollten ihn als Küchenkaufbeschleuniger einstellen.

»Ganz daneben liegen Sie nicht«, sagt er. »Meine Mutter hatte sich auf Sardinien verliebt.«

»Ihr Vater ist Italiener?«

»Südtiroler. Er hatte einen Ferienjob auf der Insel. Barkeeper.«

»Ist es schlimm?«, frage ich.

»Dass sich meine Mutter verliebt hat?«

»Die Krankheit. Allo…«

»Allodynie?« Er presst die Lippen aufeinander, setzt seinen professionellen Gesichtsausdruck auf. Pfleger Pawel, Notfall auf der ersten Internen.

»Schon möglich, dass es von allein wieder vergeht. Kann aber auch was Psychisches sein«, sagt er. »Dann ist es hartnäckiger.«

Ich nicke und weiß doch nicht mehr als zuvor. Wenn es etwas Psychisches ist, hat es etwa mit mir zu tun? Bin ich schuld an Raouls Symptombündel, weil ich mich geweigert habe, Herrn Walter um Unterstützung für sein Projekt zu bitten? Weil ich immer seltener beim siebten Flittchen mitspiele? Weil ich an seinem Leben zu wenig Anteil nehme?

»Sie machen sich Sorgen«, sagt Pawel. Eine Feststellung, keine Frage. »Das verstehe ich gut. Eine Krankheit betrifft vor allem die Angehörigen. Um den Kranken kümmert man sich ohnehin.«

Er erhebt sich, eine lange schlanke Gestalt, bewegt sich wie selbstverständlich in diesem Raum. Er betastet die Fronten der Objektküchen, die silbernen Abdeckhauben, die Arbeitsplatten aus Granit, seine Schulterblätter zucken unter dem Hemd wie gestutzte Flügel. Es bereitet mir Freude, ihm zuzusehen.

»Sehen Sie hier«, sagt er und deutet auf eine Multifunktionswand. »Auch diese Küche besteht aus mehreren Hautschichten.«

Er kniet sich hin, öffnet eine der Schubladen und inspiziert das Innere.

»Aufgerautes Holz«, sagt er. »Buche. Leicht körnige Oberfläche. Bestimmt schmutzabweisend.«

Er winkt mich zu sich. »Ich möchte, dass Sie das fühlen«, sagt er.

Ich klettere vom Barhocker und knie mich neben ihm auf den Boden. Fehlt nur, dass wir die Hände falten und ein Vaterunser sprechen für den Schöpfer des modernen Küchendesigns. Schon hat Pawel seinen Arm in die Schublade versenkt. Ich tue es ihm gleich.

»Spüren Sie das Holz auf der Haut? Fühlen Sie seine Wärme?«, sagt Pawel.

In der Tiefe der Lade treffen sich unsere Hände, ganz plötzlich, so als hätten sie sich ohne unser Wissen verabredet. Ich schrecke zurück, doch Pawels Hand setzt nach und greift nach meinen Fingern, noch bevor ich den Arm aus dem Schrank ziehen kann.

»Das wollte ich vom ersten Augenblick an«, flüstert er heiser, während er über mein Handgelenk streicht, und ich frage mich, von welchem Augenblick er spricht. Ich erinnere mich an jenen Moment, in dem ich aufwachte und mich im Notbett am Krankenhausgang wiederfand, und an seinen Kopf erinnere ich mich, als er sich über mich beugte, und an seinen weißen Mantel, aus dem ein buntes Sommershirt hervorblitzte.

Pawels Hand ist deutlich größer als meine, sanft bedeckt er meinen Handrücken mit seiner Handfläche. In meinem Inneren breitet sich eine dickflüssige Hitze aus, die meinen Bauch tränkt und durch die Adern kriecht, bestimmt ist auch das eine Krankheit, wenn man tut, was man nicht darf, und es sich dennoch richtig anfühlt. Pawel soll mir sagen, wie diese Krankheit heißt, denn was einen Namen hat, das kann man auch behandeln, und wenn ich gelbe längliche Tabletten schlucken muss, dann werde ich es tun, und wenn ich keinesfalls Milch dazu trinken darf, dann werde ich seinen Rat befolgen.

Aus einem fernen Raum des Küchenstudios dringen Lachen und das Klimpern von Gläsern zu uns herüber. Wir haben keine Zeugen bis auf die Armada an Maschinen: der Kühlschrank mit Crushed-Ice-Spender, der Geschirrspüler mit Kristall-Automatik, die Mikrowelle mit Sicherheitsverglasung, alle werden so tun, als hätten sie nichts gesehen.

»Wer die Haut berührt, der dringt in das Wesen ein«, flüstert Pawel. »Das Äußere ist zugleich das Innerste. Ich berühre deine Seele.«

Er hat *du* gesagt – und meine Seele, oder was immer er berührt, ist in Aufruhr. Was sieht dieser Mann in mir?

»Ich bin bei meinem Großvater aufgewachsen«, flüstert Pawel und zeichnet mit der Spitze seines Mittelfingers die Adern auf meinem Handrücken nach. »Bei meinen Eltern konnte ich nicht bleiben, sie wollten in Sassari eine Bar eröffnen. Mein Großvater band mich am Gitterbett fest, wenn er wegging. Er hat es nicht böse gemeint, aber das macht es nicht besser.«

Ein trauriger Monolog, den er an die Multifunktionswand richtet, und ich möchte ihn trösten, das Kind, das er war, in den Arm nehmen und wiegen, ich sänge ihm sogar ein Lied vor, wenn ich eines wüsste. Lässt sich das wiedergutmachen, möchte ich fragen. Auf dem Schrank, vor dem wir knien, ist ein Aufkleber befestigt. *Für mehr Fußfreiheit kann der Sockel versetzt werden.*

Pawel lässt meine Hand los, versenkt seinen Arm neuerlich in der Schublade. »Ganz hinten ist es wesentlich kühler«, sagt er. »Magst du auch?«

Er rückt zur Seite, ein Gentleman. Ich fühle mich wie eine

Krankenschwester, die in den Innereien eines Patienten wühlt. Die Rückwand des Schranks ist tatsächlich kühl, was hat er erwartet? Ich beobachte mich dabei, wie ich einen Unfug nach dem anderen nachmache, und dann sehe ich den Mann an, der das provoziert: helles, kurzes Haar, ein Durchschnittsgesicht, dessen Abweichungen nicht scharf genug herausgemeißelt sind, sein Kinn bloß ein wenig zu spitz, die Augen nur ein wenig zu nah beieinander, farblose Brauen über wässrigblauen Augen. Dennoch zieht er mich an, und für einen Augenblick überlege ich, wie es wäre, meinen Finger an seine blassen Lippen zu legen statt an den Unterschrank. Es ist mir bewusst, dass ich mit diesen Gedanken eine Schleuse öffne, denn er sieht mich plötzlich an, als begreife auch er, dass es nur noch eine Frage der Zeit ist, bis sich unsere Lippen finden.

Doch anstatt mich zu berühren, öffnet er eine schmale Schublade, deren Innenraum bereits für das Besteck vorgestanzt ist. Eine Einbuchtung für Löffel, eine für Gabeln, eine für Messer, eine kleine für Dessertgabeln, die kleinste für Mokkalöffel.

Vorsichtig fährt Pawel über den Rand der schmalsten Einbuchtung.

»Das ist es«, sagt er. Seine Hand zittert. »Ich weiß nicht, ob du das verstehen kannst«, sagt er, »aber du hast mich an den richtigen Ort gebracht.« Er legt Zeige- und Mittelfinger in die Mokkalöffelkuhle und sagt: »Wunderbar, hier kann ich rasten.« Dann greift er nach meiner Hand und legt meinen Zeigefinger zu seinem Zeigefinger, zwei Finger im Mokkalöffelbett, die einander näher nicht sein könnten, und flüstert: »Ich habe dich gesehen. Im Kaminsky-Park. Hinter dem Denkmal, immer wieder. Und im Krankenhaus sofort wiedererkannt. Ich hab dich gesehen und gedacht: Lass sie nicht krank sein. Bitte nicht. Lass sie einfach nur erschöpft sein. Und dann bist du aufgewacht. Meine Bitte wurde erhört.« Er lacht leise.

Er hatte mich die ganze Zeit beobachtet. Erschrocken ziehe ich die Hand aus der Besteckschublade.

»Deine Haut«, sagt er, »ist so weich wie in meiner Vorstellung. Ich habe dich oft berührt, öfter, als du ahnst.« Pawels Lippen dicht an meinem Ohr.

»Und ich hab alles notiert«, sagt er. »Ich schreibe auf, was mich berührt. Wie sich dieser Schrank anfühlt, die Besteckschublade, dein Zeigefinger, das notiere ich alles in einem Heft.«

Und da ist es, ganz ohne Vorankündigung: das Erkennen. Er ist wie ich. Ich bin wie er. Ich will es ihm sagen, doch ich bin unfähig zu sprechen, und in diesem Augenblick betritt die drahtige Verkäuferin den Raum.

»Wie kann ich Ihnen helfen?«, fragt sie in geschultem Küchenstudioberaterinnen-Tonfall. Sie fragt nicht, *ob*, sondern *wie* sie uns helfen kann, erwartet offenkundig eine Antwort.

Über dem Induktionsherd schwebt ein Beleuchtungs-Ufo mit Lamellen, die kleinen Flügeln ähneln. Ich deute darauf und frage: »Wozu sind die gut?«

»Das ist nicht nur Beleuchtung, das ist natürlich auch Dunstabzug«, sagt sie. »Natürlich«, murmle ich.

»Aerodynamische Formensprache, wie Sie sehen.«

In ihrer Stimme schwingt Stolz mit, so als hätte sie das Ding entworfen und eigenhändig zusammengeschraubt.

»Ich werde noch einmal darüber schlafen«, sage ich.

»Und was sagt der Herr Gemahl dazu?«, fragt die Verkäuferin.

»Kein Gemahl«, sage ich schnell, und Pawel sagt: »Ich bin Pfleger an der Magenbuch-Klink«, so als erkläre das alles.

»Aha«, sagt sie, und hinter ihrer Stirn drehen sich gut sichtbar kleine Rädchen. Ihr Missoni-Kleid ist so eng, dass sich ihre Hüftknochen abzeichnen, ich glaube sogar die Wölbung ihres Nabels zu erkennen.

»Darf ich Ihnen die Produktbeschreibung mitgeben?« Sie öffnet eine der Schubladen. Die Dunstabzugshaube mit den Flügellamellen heißt *Lightening Angel.* Sie überreicht mir einen Prospekt. Dann deutet sie auf die Tür. »Ich begleite Sie nach vorn«, sagt sie.

Ich wusste es: Sie wirft uns hinaus. Höflich, aber sie tut es.

Pawel greift wie selbstverständlich nach meiner Hand.

Im vorderen Verkaufsraum stehen mehrere Pärchen um eine Kücheninsel. Sie trinken aus langstieligen Gläsern und verstummen, als wir vorbeigehen.

»Danke für Ihren Besuch.« Aufgemaltes Lächeln. Schon stehen wir auf der Straße.

Du bist so wie ich, will ich zu Pawel sagen. Ich bin wie du. Seltsam wie du. Noch bevor ich den Mund öffnen kann, sieht Pawel auf seine Armbanduhr und sagt: »Es ist schon spät.« Der sinnloseste Satz der Welt. Und dann: »Ich muss in den Dienst.«

Hatte er nicht heute frei? So nahe ich ihm gerade noch im Küchenstudio war, so fremd ist er mir plötzlich an der frischen Luft. Ich bemühe mich, meine Enttäuschung hinunterzuschlucken. Er geht, ohne mich zu küssen, hebt nur kurz die Hand. Die kalte Verabschiedung drückt mich zu Boden, rund um mich ist es dunkel, und ich frage mich, wo er bleibt, mein Engel, mein Beleuchtungs-Engel, weshalb leuchtet er mir nicht.

19

Ich will weg, einfach nur fort, Sachen packen, Rucksack auf die zerschlissene Rückbank des alten Mercedes werfen. Das habe ich in einem Film gesehen, auf der Leinwand war das ganz simpel. Im richtigen Leben aber ist es unmöglich, zumindest in meinem, denn ich habe keinen Mercedes mit zerschlissener Rückbank, wir fahren einen alten Toyota, an dem alles zerschlissen ist bis auf die Rückbank, und wenn ich *wir* sage, meine ich Raoul.

Ich wüsste auch gar nicht, wohin mit mir, im Kino fahren sie durch die Wüste oder zumindest durch eine Steppe. Wo Wien ausfranst, gibt es nur das Marchfeld mit seinem Spargel oder hässliche Wassertürme in einer Mondlandschaft. Landstriche, in denen ich weder leben noch sterben möchte.

Was ich jetzt brauche, ist eine Überdosis fremdes Unglück. Weshalb gibt es das nicht auf Rezept? Herr Doktor, bitte schreiben Sie auf: ein Nervenzusammenbruch wegen Insolvenz, ein Ehefiasko auf offener Straße, vererbte Adipositas; dicke Mutter mit zwei dicken Töchtern, Beine wie antike Säulen, keiner, der freiwillig dazwischen fasst, nicht einmal sie selbst.

Das Rigoletto ist ein guter Ort für Beobachtungen. Ich trete ein, zwänge mich zwischen zwei Miniaturtischen hindurch. Ein Café für Hobbits, man sitzt quasi aufeinander, auf Sesselchen und Bänken, die mit einer quietschrosa Couverture bezogen sind.

Ich studiere die rosa Karte, es gibt Malakofftorte und Sachertorte, ich brauche etwas stark Gezuckertes, um den Geschmack der Enttäuschung zu übertünchen. In der Schule mussten wir einen Aufsatz schreiben über Wiener Mehlspeisen, Frau Professor Pollak war ein Feinspitz, sie hielt viel auf Tradition, und ich löschte mit dem Tintentod alle »r« heraus, bis nur noch *Malakofftote* und *Topfentote* übrig blieben. Der Aufsatz war gepflastert mit Mehlspeiseleichen.

Eine Rigoletto-Stewardess im rosa Outfit putzt die Tischchen mit Clin streifenfrei. Ich sehe ihr dabei zu, für ein Tischchen benötigt sie keine zwei Sekunden, der scharfe Putzmittelgeruch steigt mir in die Nase. Ich bestelle Apfelstrudel mit Vanillesauce. Für einen Kaffee reicht das Geld nicht, ein Glas Leitungswasser muss genügen, die Kellnerin schreibt es gelassen auf ihren Block.

Das Café ist mit Spiegeln ausstaffiert, überall begegnet man seinem eigenen Antlitz. Alle Frauen hier tragen Hüte, die mit ihren bläulichen Dauerwellen verwachsen zu sein scheinen. Sie nehmen die Hüte nie ab, wahrscheinlich nicht einmal im Bett, aus Angst, ihre Frisur könnte zerstört werden. Wenn man sich unbedacht umdreht, stechen einem die Hutspitzen ins Auge. Ich verstehe jedes einzelne Wort, das sie sprechen, so nah ist man sich hier. Sie berichten über die neuen Methoden der Varizen-Operation. Mit Hitze funktioniert das, die Krampfadern werden gewissermaßen verschmolzen, eingeschmolzen, man braucht sie nicht herauszuziehen, sie verkümmern im Körper, wie praktisch.

Nach der Gefäß-Konferenz beschwert sich jene mit der Taubenfeder an ihrem Hut über ihren Schwiegersohn. »Der Markus«, sagt sie immer. Der Markus wolle Malerei studieren, jetzt, mit 35, was für eine Schnapsidee, und die anderen Gefiederten schütteln den Kopf, was für eine Schnapsidee! Was er denn male, fragt eine, und die Taubenfederfrau sagt: Berge, der Markus male Berge, nur Berge, Felsen, Bergspitzen. Dabei gebe es doch in Österreich schon einen Bergmaler, den Brandl, da würde der Markus doch immer am Brandl gemessen werden und hätte zwangsläufig keine Chance, weil der Brandl sich doch bereits international einen Namen gemacht habe, der Markus aber bis jetzt lediglich als Installateur bekannt sei, und das nur in Simmering. Auch kenne der Markus die wenigsten Berge persönlich, die meisten habe er im *GEO* gesehen. Die Luise rede ihm ohnehin Tag und Nacht zu, er solle den Betrieb ja nicht aufgeben, die Kinder seien doch noch klein, der Markus aber sagte, sie solle sich nicht anstellen, mit der Malerei sei eine Menge zu verdienen, er tue gerade so, als hänge er bereits im Kunsthistorischen Museum.

Die Kellnerin bringt den Strudel, der in einem Vanillesaucen-See schwimmt, so muss es sein. Alles ist brennend heiß, der Fluch der Mikrowelle, aber gut so, ich mag es heiß. Die süße Sauce läuft mir übers Kinn, die Federfrauen beäugen mich misstrauisch. Das macht mir nichts aus, schließlich hab ich ihnen einiges voraus: Ich habe soeben einen Pfleger an der Hand berührt, der sie demnächst ins Bett hieven und ihnen die Leibschüssel unterschieben wird. Er wird versuchen, sie von ihrem Hut zu trennen, ganz vorsichtig, aber sie werden es bemerken und aufschreien, so wie Fanny aufgeschrien hat, als ich ihr die Wollmütze vom Kopf streifte. Dieser Pfleger hat mich berührt, wie er euch niemals berühren wird, denke ich, und das ist mir eine Genugtuung. Ich sehe der Federführenden frech in die Augen, und selbst als sie die Braue hebt, sehe ich nicht weg.

Die Vanillesauce legt eine süße Schicht über die letzte Stunde, die harten Konturen verschwimmen, wie schnell ändert sich der Blick auf das, was war. Wäre die Verkäuferin nicht plötzlich in den Raum getreten, hätten wir uns geküsst, zweifellos. Die beiden Finger im Mokkalöffelbett waren der Anfang, und das Ende ist offen. Vielleicht werden wir uns wieder am Krankenhausgang treffen, eine Reminiszenz an unser Kennenlernen, vielleicht werden wir uns lieben, dort auf dem Gang, und unser Stöhnen wird sich mit dem Stöhnen der Patienten in ihren Zimmern vermischen, und keiner wird unterscheiden können, was Lust ist und was Schmerz.

Der Markus sei doch sonst so ein Braver, sagt die Taubenfeder. Nie habe er die Luise betrogen, das sei ihm auch nicht anzuraten. Drohender ausgestreckter Zeigefinger. Nie! Die anderen pflichten ihr bei, so als lägen sie regelmäßig bei Markus unterm Bett.

Ich blicke auf mein Handy, und genau in diesem Augenblick wird es lebendig. Eine Nachricht von Raoul: »Ich vermisse Dich.«

Die Vanillesauce schmeckt plötzlich bitter. Ich lege den Löffel zur Seite. Habe ich mir etwas vorzuwerfen? Ich betrachte meine Hände. Sie sehen aus wie immer, aber vielleicht hat Pawel unsichtbare Fingerabdrücke hinterlassen, die unter Raouls genauem Blick wieder zum Vorschein kommen wie Zaubertinte.

Ich beschließe, zur Sicherheit meine Hände zu waschen, und dränge mich durch zwei Tischreihen auf die Miniaturtoilette. Die Vanillesauce liegt mir schwer im Magen. Ich streife eine der Gefiederten, ein Wasserglas schwappt über. Böse Blicke. Sie sehen mich an, als hätten sie mich durchschaut. Sie erkennen auf einen Blick, dass ich ein Fremdkörper bin, nicht nur hier im Rigoletto, sondern ein Fremdkörper in meinem eigenen Leben. Ein anderer hätte bestimmt etwas daraus gemacht, das wissen alle hier, ein anderer als ich hätte etwas Ordentliches aus diesem Leben gemacht, das ist so sicher wie das Amen im Gebet.

Ein winziger Vorraum empfängt mich, ein Puppenwaschbecken und eine Toilette, die besetzt ist. Ich drehe am Wasserhahn, um meine Hände von den verräterischen Spuren zu säubern. Sofort spritzt eine Fontäne über das viel zu kleine Waschbecken hinaus, und ich springe zurück, um meine Kleidung zu schützen. In diesem Moment spüre ich auch schon den Schlag, gefolgt von einem scharfen Schmerz in der Lendengegend. Die Frau aus der Toilette hat ruckartig die Toilettentür geöffnet und mir die Klinke in den Rücken gerammt. Der Schreck ist größer als der Schmerz, dennoch krümme ich mich zusammen, und die Frau weicht bestürzt zurück.

»Entschuldigen Sie, ich wusste nicht …«, flüstert sie, dabei ist sie doch unschuldig, wenn einer schuld ist, dann der Baumeister dieser Zwergenlokalität. »Hab ich Sie verletzt?«, fragt sie. »Haben Sie Schmerzen?« Sie trägt keinen Hut, und auch sonst ähnelt sie in keiner Weise dem Publikum auf der anderen Seite der Tür. Sie trägt hochhackige Pumps und ein Sommerkleid mit einem dünnen schwarzen Cardigan, viel zu elegant für das Rigoletto.

Ich winke ab.

»Es geht schon«, sage ich, »alles in Ordnung.« Ein verräterischer Satz, denn in Wirklichkeit ist nichts in Ordnung.

»Ich mache mir Vorwürfe«, sagt die Frau und berührt mich am Arm. »Ich sehe doch, dass Sie Schmerzen haben.«

Ja, ich habe Schmerzen, will ich sagen, aber die Ursache liegt nicht in diesem lächerlichen Unfall. Es sind meine Gefühls-Gefäße, die schmerzen, und kein Arzt in Griffweite, der sie verschmelzen kann, von mir aus darf er sie auch aus dem Körper ziehen, ich brauche sie nicht mehr. Ist es das, was das Leben bieten kann, ein ständiges Pendeln zwischen Überdruss und Unterversorgung?

»Viel Platz ist hier nicht«, seufzt die Frau und geht an mir vorbei zum Waschbecken.

»Passen Sie auf mit dem Wasser«, sage ich.

Sie lacht. »Ich kenne mich hier aus.«

Für einen Moment tauchen unsere beiden Gesichter in dem kleinen Spiegel über dem Waschbecken auf: ihre gepflegte Erscheinung, ein kleines, geschminktes Gesicht. Als sie den Blick senkt, sehe ich den farblich passenden Lidschatten auf ihren Lidern. Ich erkenne sie an der Narbe, die sich von der Schläfe über die Wange zieht. Corinna Neubusch.

Ich erinnere mich deshalb so gut, weil Neubusch der letzte Name war, den ich während meines Langzeitpraktikums in den Computer tippte.

Die Tote hieß Sylvie Neubusch. Eine Jugendliche, sechzehn Jahre alt. Sie wurde auf dem Meer vom Blitz getroffen. Das ist lange her. Corinna wurde drei Jahre später geboren, und die Eltern sorgten auf ihre Weise dafür, dass Sylvie nicht in Vergessenheit geriet. Egal, was Corinna tat: Sylvie hatte in den Augen der Eltern alles besser tun können, sie war hübscher, talentierter und vielversprechender gewesen als Corinna, die nur ein müder Abklatsch war, ein Schatten der toten Schwester, eine Nachgeburt.

Corinna Neubusch erzählte mit großer Offenheit von dem

verzweifelten Hass auf ihre Schwester. Bis sie begriff – zu diesem Zeitpunkt hatte sie schon eigene Kinder –, dass es der Hass war, der sie für immer an ihre Schwester ketten würde. An diesem Tag beschloss sie, ihre Schwester zu lieben.

Nun war sie es, die Sylvies Andenken hochhielt – auf ihre ganz spezielle Weise: Jedes Jahr an Sylvies Todestag gab sie eine Anzeige in der Zeitung auf. Sie überlegte genau, was ihrer Schwester gefallen hätte. Sie forschte nach, welche Musik Sylvie gerne gehört, was sie gelesen hatte, welche Kinofilme sie mochte, wie sie sich in der Schule gemacht hatte, kurz: Sie lernte ihre Schwester kennen, die auf diese Weise vom Himmel herabstieg und zu einem Menschen aus Fleisch und Blut wurde.

»Diese Todesanzeigen«, sagte Corinna Neubusch damals, »erlösten mich.« So kam es, dass ich mein Praktikum als Retterin beendete, nicht als Todesbotin.

Corinna Neubusch trocknet ihre Hände ab, lächelt mir zu. Sie hat mich nicht erkannt. Ich lächle ebenfalls. Als sie geht, hält sie mir die Tür auf, ich gehe ihr automatisch nach, und als ich mich durch die Tischreihen zwänge, bemerke ich, dass ich mit ungewaschenen Händen an meinen Tisch zurückkehre.

20

Die Wohnung hat sich tagsüber aufgeheizt, die Luft ist verbraucht, mir wird übel, als ich den Fuß über die Schwelle setze. Das Bruno-Kreisky-Hochhaus ist schlecht isoliert. Sobald ein paar Sonnenstrahlen den Weg in die Wohnung finden, köchelt das gesamte Mobiliar vor sich hin: Das Sofa, Raouls Schreibtisch, das Bett, jeder einzelne Gegenstand atmet schlechte Luft ein und aus, sogar die Farben verblassen, und das Foto von Raoul und mir und dem Berg wirkt plötzlich, als stamme es aus einer anderen Epoche. Der Stoffwechsel in der Wohnung stockt. In den Ausbuchtungen, wo sich Schlacken angesammelt haben, ist es noch wärmer als im Rest der Wohnung.

Maja sagt, man müsse in den Ecken klatschen, um die Energie zu aktivieren. Sie sagt auch: Ziehe nie in eine Wohnung, in der jemand unter ungeklärten Umständen gestorben ist. Niemals in eine Wohnung, in der es wüsten Streit gab. Immer die Nachbarn vorher befragen. Niemals in eine Wohnung, in der Vormieter pleite gegangen sind. Alles lebt in den Wänden fort, sagt Maja, und strahlt nach und nach auf die neuen Bewohner ab, da könne man machen, was man wolle. Ob man an diesen Vorgang glaube oder nicht, spiele überhaupt keine Rolle.

In der Ecke des Wohnzimmers, zwischen Bett und Anrichte, befindet sich ein ungenütztes Eck, das ich nur über das Bett erreichen kann. Der blinde Fleck der Wohnung. Ich klettere über Decken und Kissen, mit Müh und Not kann ich in der

Ecke aufrecht stehen. Wenn ich den Kopf ein wenig beuge, so als würde ich nicken, stoße ich mit der Stirn an die Wand. Tatsächlich fühlt sich die Luft hier noch unbewegter an, ein vernachlässigter Ort, wenn nicht der am meisten vernachlässigte überhaupt. Ich klatsche in die Hände. Ein dumpfer Ton, meine Handflächen brennen sofort. Ich berühre die Wand mit der Stirn. Die Kante des Bettes drückt in meine Kniekehlen.

»Pawel«, sage ich und lausche meiner eigenen Stimme.

Pawel. Pawel. Wie oft werde ich den Namen in meinem Leben noch aussprechen? Ich schmiege meine Wange an die Wand. Warme Lippen auf meinem Mundwinkel. Zuerst kleine Küsse, wie zerhackt, dann ein langer leidenschaftlicher Kuss, Lippen auf Lippen wie zwei Seiten eines Buches, die sich perfekt übereinanderlegen. Ich spüre, dass ich erröte, dass mein Herz schneller schlägt, obwohl hier niemand ist, der mich in Verlegenheit bringen kann. Die Wand umfängt mich wie eine Schwester, sie stützt mich, nennt mich bei meinem Namen. Die Wand sagt: Ruth, Ruth, Ruth, mit einem langen »u«, sie beruhigt mich, wie es meine Mutter nie getan hat, meine Mutter, die mir ihre geglättete Stirn zur Begutachtung hinhält, sie fühlt sich kühl an und gespannt wie die Lederhaut über einer Trommel.

In meinem Bauch ist es warm, der Apfelstrudel dreht seine Runden, und wieder fühle ich ein Echo von Pawels Berührungen, beides schmeckt süß und verboten, und ich frage mich, ob sich auf diese Weise eine neue Liebe ankündigt.

In meiner Vorstellung projiziere ich beide Männer auf die weiße Wand, Raoul, hoch und schmal, Dreitagebart und Tausendtagefrisur wie ein französischer Yuppie-Schriftsteller, der beim Koksen erwischt wurde. Daneben Pawel, fast noch ein

Kind, mit seiner hellen Haut, seinem traurigen Lächeln und seinen hungrigen Händen. Da fällt die Wahl schwer, die meisten würden sich wohl für keinen der beiden entscheiden oder zur Sicherheit für jenen, der die längere Zeit schon da war, wegen der erworbenen Schürfrechte und wegen des Alltags, den man sich gemeinsam zurechtgemeißelt hat.

Als die Beziehung zu Raoul noch frisch war, beobachtete ich andere Frauen auf der Straße. Nicht, um zu kontrollieren, ob Raoul ihnen nachsah, sondern um zu prüfen, ob sie ihn ansahen. Es war das Aufflackern des spontanen Interesses, nach dem ich fahndete und an dem ich nicht nur Raouls Marktwert, sondern auch meinen eigenen maß. Seit die Blicke der Frauen ihn nur noch streiften und nicht mehr hängenblieben, machte ich mir mehr Sorgen um mich als um ihn, denn was bedeutet es, mit einem Mann zusammenzuleben, der in den Augen der anderen Frauen keinen zweiten Blick wert war? Weshalb muss es immer so kommen mit den Geschenken, die dir das Leben macht: Sobald du sie fertig ausgepackt und von allen Seiten bewundert hast, beginnt der Zersetzungsprozess.

Als Maja anruft, will ich zunächst nicht abheben. Doch vielleicht kommt jetzt alles heraus, und ich erfahre, ob ich nun keine Freundin mehr habe und keinen Freund, ob mir gleich zwei Menschen mit einem Schlag abhandenkommen. Gut möglich, dass sie ein Geständnis ablegen möchte, und um ihr zuvorzukommen, sage ich ohne Umschweife: »Ich glaube, ich habe Raoul auch betrogen«, und hoffe, dass sie dieses *auch* aufnimmt und es endlich zugibt: Ja, Ruth, ja, es tut mir leid, ich wollte es ja nicht, aber.

Maja sagt zunächst gar nichts, so kenn ich sie gar nicht, ich höre sie nur tief atmen, und endlich sagt sie: »Soll ich dir jetzt gratulieren oder dich bedauern?« Und dann lacht sie laut auf, und ich lache sicherheitshalber mit.

»Sag schon, wer ist es?«

»Kennst du nicht.«

»Details, ich will Details hören!«

»Unwichtig.«

»Hattet ihr Sex?«

»Natürlich nicht!«

»Natürlich?« Maja lacht.

Ich höre das Klacken des Feuerzeuges, dann ein tiefes Einatmen.

Ich warte auf Majas erlösende Worte, als sie sagt: »Übrigens: Ich hab mich von Georg losgesagt, ich werde ihn verlassen«, und jetzt ist alles klar. Maja würde Georg niemals freiwillig verlassen, denn er hat das Geld, ihm gehört das Haus, ohne ihn kann sich Maja das Leben, das sie sich ausgemalt hat, vergessen. Georg ist der Schlüssel zu all jenen Dingen, die ihr wichtig sind.

»Hast du einen anderen?«, frage ich flüsternd, »du kannst es mir sagen, mir kannst du es doch sagen.«

»Ja«, sagt Maja. Ich sehe sie, wie sie den Rauch in Kringeln aus ihrem Mund bläst.

»Und Georg ist draufgekommen.«

»Ja, und das ist auch gut so. Ich brauche mehr Aufregung«, sagt Maja, »Felsspalten, reißende Wildbäche, so was. Mit Georg zusammen gehe ich nur immer wieder denselben Seniorenwanderweg auf und ab.«

Ich halte den Mund, obwohl ich sehr wohl etwas zu sagen hätte. In einer Felsspalte wäre Maja doch die erste, die nach dem Rettungshubschrauber ruft, was bringt Menschen bloß dazu, ihre mentale Grundausstattung dermaßen zu überschätzen?

»Ich habe mit Raoul gesprochen«, sagt sie, »das hat mir die Augen geöffnet. Ruth, ich muss dir etwas sagen.«

Jetzt ist es soweit.

Und schon platzt die Schale, faule Worte quellen aus allen Ritzen hervor, ihre Bekenntnisse will ich nicht hören. »Du bist keine Freundin«, sage ich. »Du nutzt alle aus, mich zu allererst, du missbrauchst mich, Georg, alle rund um dich! Du bist ein Blutsauger, du willst den anderen nichts Gutes! Und was hast du mit Raoul zu schaffen, lass die Finger von ihm, lass die Finger von meinem Leben, was glaubst du, wer du bist?«

Du. Du. Du. Erspare ihr nichts, sprich über dich, sag ihr, wie verletzt du bist, zeig ihr deine Narben, deine frischen Wunden.

»Wenn du eine Freundin wärst, hättest du –« Und dann stocke ich. Aus dem Hörer dringt nur *tuuut-tuuut-tuuut.*

Jetzt erst weiß ich, was man unter *Herzschmerzen* versteht. Jeder Schlag ein spitzes Stechen. Als ich zu meinem Platz in der Ecke des Zimmers zurückkehre, ist die Wand kalt und abweisend. Ich hauche noch einmal »Pawel«, aber ich komme mir lächerlich vor dabei, die Magie ist verbraucht.

Ich öffne die Balkontür. Während der Bezirk bereits im Schatten versinkt, badet das Schütte-Lihotzky-Haus noch im Nachmittagslicht. Die Sonne geht auf, und sie geht unter und kümmert sich einen Dreck darum, was sie bescheint. Da fällt mir ein, dass ich Judith Wessely und Moritz für morgen Nachmittag eingeladen habe, was für eine Schnapsidee. Ich muss noch Dosenobst für den Kleinen kaufen, Dosenananas, Dosenkirschen, Apfelmus im Glas. Wir haben selten Besuch, weil ich davon überzeugt bin, dass nichts gut genug ist, was ich auftischen kann, also kaufe ich gleich Minderwertiges. Auf diese Weise kommen die Gäste immer nur wegen mir, niemals wegen des Essens oder anderer Spitzfindigkeiten.

Gerade als ich in die Schuhe schlüpfen will, läutet wieder das Telefon, und ich atme tief durch, bestimmt ist es Maja.

Ich hebe ab und sage: »Sei ehrlich zu mir, mehr verlange ich nicht«, und eine sonore Männerstimme sagt: »Aber immer, liebes Fräulein.« Dröhnendes Lachen. Und nach einer Pause: »Hier spricht Walter Frohnleiten.«

Ich kenne keinen Walter, also warte ich ab, ungeduldig, den Einkaufskorb am Arm. Der Mann räuspert sich.

»Frohnleiten«, wiederholt er und zieht das »o« in die Länge. »Raiffeisenbank Stoldering.«

Ach, der gefräßige Herr Bankdirektor. Was will er? Sich von mir den Segen holen für seine unselige Beziehung? Ich habe Lust, sofort wieder aufzulegen, ein frustrierendes Telefonat am Tag reicht vollständig aus, er aber sagt schnell: »Geben Sie mir eine Sekunde.«

»Ich höre«, sage ich.

»Unsere erste Begegnung war ein wenig – unglücklich«, sagt er. »Ich kann Ihnen versichern: Ich hätte es liebend gern gesehen, dass Sie es auf andere Weise erfahren. Sie sind ja die einzige Tochter.«

»Haargenau«, sage ich. »Ich bin die einzige Tochter meiner Mutter und meines Vaters.« Ich fühle mich verpflichtet, meinen Vater in dieses Gespräch miteinzuflechten, ihm eine Stimme zu verleihen, schließlich ist er der Betroffene, und keiner, auch kein Raiffeisenbankdirektor, hat das Recht, ihm den Platz innerhalb der Familie streitig zu machen.

»Sie werden immer Ihre Eltern bleiben«, sagt Herr Walter, und er klingt wie jemand, der einem Kind die Trennung der Eltern beizubringen versucht.

Mir wird übel, ich setze mich auf den Rand der Bettcouch und sehe hinauf zum griechischen Neon-Teller, der auf einmal kein Siegeszeichen mehr ist, sondern ein Zeichen der Niederlage und der Zerstörung.

»Ihre Mutter und ich, wir werden nächstes Jahr in eine kleine Wohnung ziehen«, sagt Herr Walter.

Ich kann nicht fassen, was ich da höre. Was ist mit Papa? Da schleppt man sich beinahe vier Jahrzehnte durch ein Ehe-Derby, nur um in der Nachspielzeit gegen einen schmierigen Bankdirektor zu verlieren. Ich sehe den Herrn Walter vor mir, wie er ein Grießnockerl nach dem anderen in seinen Mund stopft, unersättlich greift er nach meiner Mutter, als die Suppe aufgegessen ist, jetzt wird er sie verschlingen und den Rest der Familie ausspucken wie kleine Knochen.

»Ich weiß, dass ich auf Sie zählen kann«, sagt Herr Walter. »Ihrer Mutter geht es momentan nicht gut, wie Sie sich sicher vorstellen können. Aber unsere Liebe ist stärker als …« Seine Stimme zittert. Nicht flennen, das fehlte gerade noch.

»… stärker als der Berg«, sagt er. Der Berg? Welcher Berg? Soeben wollte Maja in die Felsspalte, jetzt bemüht auch der Raiffeisenbankdirektor ein abgeschmacktes Naturbild.

Tiefes Seufzen am anderen Ende der Leitung.

»Elfi braucht noch einige Zeit, um sich von ihrem alten Leben zu verabschieden«, sagt Herr Walter. »Diese Zeit möchte ich ihr gerne schenken. Deshalb wollte ich Sie fragen, ob es für

Sie in Ordnung ist, wenn ich vorübergehend in Ihrem Zimmer schlafe.«

»In meinem Zimmer?« Meine Stimme ist schrill. »Wieso in meinem Zimmer?« Ich verstehe nicht.

»Nun, im Bett Ihrer Mutter kann ich nicht schlafen. Da ist doch Ihr Vater«, sagt Herr Walter.

»Wie? Sie ziehen zu meinen Eltern ins Haus?«

Ich fasse es nicht. Mit dem Handy am Ohr laufe ich in die Küche und durchstöbere den Schrank über der Spüle. Dort hatte ich erst kürzlich einen Brandy entdeckt.

»Schauen Sie: Wir wollen doch niemandem weh tun«, sagt Herr Walter. »Ich respektiere die Wünsche Ihrer Mutter und Ihres Vaters gleichermaßen. Und wenn sich die beiden noch ausführlich voneinander verabschieden wollen, dann sollen sie das tun. Nur eine Bitte: Darf ich Ihren Schrank ausräumen und Ihre Kleider im Keller lagern? Ich brauche Platz für meine Anzüge, das werden Sie sicherlich verstehen. Natürlich warte ich mit dem Ausräumen, bis Sie Zeit haben vorbeizukommen.«

Nicht nur, dass er seinen säuerlich riechenden Altherrenkörper in mein Jugendbett zwängen wird – nein, er macht sich bereits daran, meine Erinnerungen auszulöschen und durch seine bügelfreien Hemden zu ersetzen.

Ich trinke den Brandy direkt aus der Flasche. Er entfacht ein Lagerfeuer in meinem Magen.

»Tun Sie sich keinen Zwang an«, sage ich.

»Das bedeutet – Sie erlauben es mir?«

»Ein Kinderzimmer gehört einem nicht mehr, wenn man erwachsen ist«, sage ich und liefere ihm damit sogar noch das Unterfutter für sein Vorhaben.

»Ich werde mich erkenntlich zeigen«, sagt Herr Walter, und

ich sage automatisch: »Ich mich auch«, obwohl das die falsche Replik ist, ganz verkehrt. In meinen Gedanken bin ich aber bereits woanders: Ich sehe die drei vor unserem froschgrünen Waschbecken stehen, Mama, Papa und Herrn Walter, die elektrischen Zahnbürsten in der Hand, ein Seniorentrio im Pyjama, das sich bereit macht für die Nacht, schicksalhaft verbunden durch eine alte und eine neue Liebe.

Ich höre Herrn Walter am anderen Ende der Leitung schnaufen, worauf wartet er bloß.

Ich sage leise: »Machen Sie, was Sie wollen«, und beschließe, nur noch dieses letzte Mal in mein Kinderzimmer zurückzukehren, nun, da es für alle Zeiten beschmutzt ist. Ich überlege, mit meiner Mutter ein ernstes Wort zu reden, doch der Brandy bringt meine Gedanken durcheinander. Es berührt mich jetzt bereits unangenehm, in das wirre Liebesleben der Eltern hineingezogen zu werden.

»Ich muss jetzt los«, sage ich.

»Auf Wiedersehen, Ruth«, sagt Herr Walter.

Er nennt mich bereits bei meinem Vornamen. Das nächste Mal wird er mir das Du anbieten, und ich werde es nicht ablehnen können, schließlich ist er so etwas Ähnliches wie ein Reservevater, auch wenn keiner ihn gerufen hat. Mein Ohr steht in Flammen, so fest habe ich den Telefonhörer dagegengepresst.

21

Obwohl er noch leer ist, fühlt sich der Einkaufskorb schwer an, ich trage ihn alle paar Schritte in der einen, dann in der anderen Hand, und es kommt mir so vor, als säßen sie alle drin: Raoul, der mir seine Arme entgegenstreckt und »Mein Symptombündel, mein Symptombündel!« ruft; Maja, die »Hattet ihr Sex?« quäkt; Herr Walter im Raiffeisenbankdirektorsanzug, der »Ich wohne ab jetzt in deinem Zimmer!« skandiert. Drei Kobolde, die mir das Leben schwermachen und irgendwann nur noch »Ruth!« rufen, und das »u« ist wie ein Schlag mit einem nassen Handtuch.

Alles Gelb, gelbes Blech rund um mich, und eine ältere Frau mit Kurzhaarschnitt und runder Brille hält mich am Arm und sagt zu jemandem, der außerhalb des Bildes steht: »Ihr ist schlecht geworden, schlecht ist ihr geworden.« Ich lehne an einem alten Postkasten, blicke auf einen Briefschlitz, der mit Tesafilm zugeklebt ist. Ich erkenne ihn wieder, es ist der Postkasten an der Ecke Palffygasse und Przewalskistraße.

»Es geht schon wieder«, sage ich und greife zum Einkaufskorb, den die Frau an sich genommen hat, alles noch drin, die abgewetzte Geldbörse, die Schlüssel am schweren silbernen Hotel-Schlüsselanhänger, den Raoul auf einer Reise hatte mitgehen lassen.

»Trinken Sie etwas, Fräulein«, sagt die Frau und klopft mir auf die Schulter. »Trinken hilft immer. Die jungen Leute trinken zu wenig heutzutage. Wasser ist Treibstoff für den Kreislauf.« Sie führt ein imaginäres Glas zum Mund.

Ja, ich habe verstanden.

»Aber keinen Alkohol, hören Sie? Haben Sie etwa Alkohol getrunken?« Durchdringender Blick. Jetzt erst bemerke ich, dass ich eingekreist bin von Passanten, die mich anglotzen.

»Natürlich nicht«, sage ich. »Ich trinke nie Alkohol.«

Die Frau nähert sich mir, als ob sie meinen Atem schnuppern wollte, die Neugier und das Entsetzen sind ihr ins Gesicht geschrieben. Ich beeile mich, an ihr vorbei auf die Fahrbahn zu schlüpfen und die Palffygasse zu überqueren. Weg, nur weg hier. Ich spüre die Blicke der Menschen, sie stechen mir in den Rücken, als ich über die Straße gehe, bestimmt tuscheln sie noch über meine Trinkgewohnheiten und meinen unzuverlässigen Kreislauf zu Lasten der Allgemeinheit.

Ich fühle mich erst besser, als ich den Cento-Markt betrete. Kühle Luft aus der Klimaanlage empfängt mich und eine Synthesizer-Version von Berry Manilows »Mandy«. Ich steuere auf den Gang mit den Dosen zu, da ist auch schon das Obst: Ananas, Sauerkirschen, Marillen, Apfelmus mit und ohne Zucker, haltbar bis ins Jahr 2019. Ich werde mich verändert haben, mein Passbild wird ein anderes sein, Falten werden sich um meinen Mund gegraben haben, rund um meine Augen werden sich Schatten und Polster gebildet haben, und die Ananas in der Dose wird unverändert sein in Farbe, Konsistenz und Geschmack. Ich lege zwei Ananaskonserven in meinen Korb, dazu noch eine Dose Kirschen und ein Birnenkompott.

Ich sehe sie im gegenüberliegenden Gang auftauchen, es ist der Gang der Süßigkeiten und Kekse, den ich tunlichst zu umgehen versuche. Wie aus dem Ei gepellt steht sie vor dem Schokoladenregal, Sekretärinnenkostüm und High Heels: Judith Wessely, ohne Kind, dafür mit Einkaufswagen, in dessen Kindersitz sie ihre Tasche verstaut hat, als ob sie den Anblick eines leeren Kindersitzes nicht ertragen könnte.

In einem ersten Impuls will ich auf sie zustürzen, doch in meinem Aufzug kann ich mich unmöglich sehen lassen, schon gar nicht von ihr. Und vielleicht stinke ich zu allem Überfluss tatsächlich nach Alkohol, ich hauche in meine Hand, aber es riecht nur nach Handcreme und nach Staub. Als ich wieder aufblicke, steuert Judith mit schnellen Schritten ihren Wagen auf den Ausgang zu. Ich sprinte von einem Gang zum nächsten und wundere mich. Ihr Einkaufswagen ist leer, weshalb stellt sie sich an der Kasse an? Jetzt legt sie etwas aufs Förderband, etwas Schmales, Kleines.

Ich warte, bis sie den Cento-Markt verlassen hat, dann zahle auch ich. Auf der Straße bläst mir der Spätsommerwind entgegen, kein Barry Manilow mehr, sondern ein vielstimmiges Motorenorchester der Autos, die sich durch die Palffygasse quetschen. Ich könnte bei Raoul vorbeischauen, jetzt, da er von Sehnsucht geplagt ist, und ich schon den halben Weg zum Krankenhaus zurückgelegt habe. Ein unverfänglicher Angehörigenbesuch.

Der Korb mit den Obstkonserven ist schwerer, als ich dachte. Im Kaminsky-Park raste ich kurz hinter der Büste von Franz von Suppé. Es kommt mir vor, als hätte der alte Herr Moos angesetzt, an seinem Hals ziehen sich grüne Flechten hinauf zu den Ohren. Automatisch nehme ich meine eingelernte Pose ein, Kopf einziehen, Arme nah an den Körper, hinter der Schulter der Büste vorbeilugen.

Eine Frau, die Judith Wessely ähnlich sieht, trippelt den

Zaun des Krankenhausparks entlang. Sie hält ihre Handtasche am Schulterriemen fest und den Kopf gesenkt. Ihre Absätze machen *kraschkrasch* auf dem Kiesweg. Als sie auf ihre Uhr sieht, kann ich sie im Profil betrachten. Es *ist* Judith. Was hat sie hier zu suchen? Schon steigt sie die Stufen zum Eingang des Krankenhauses hinauf, und ich eile hinterher, den Korb mit den Obstkonserven in der Armbeuge wie ein fehlgeleitetes Rotkäppchen.

Als ich keuchend die Magenbuch-Klinik betrete, sind Stunden- und Minutenzeiger auf der Bahnhofsuhr am Ende des Flurs stramm auf einer Linie. Sechs Uhr.

Judith ist bereits im Labyrinth der Gänge verschwunden. Ich beschließe, einen anderen Weg zu nehmen. Durch das Erdgeschoss, denn auf diese Weise komme ich an Pawels Kammer vorbei.

Die Vorfreude lässt mein Herz erzittern. Doch die Tür zu seinem Arbeitsraum, die das letzte Mal offenstand und den Blick freigab auf Pawels Arbeitsplatz, ist geschlossen. Ich klopfe zaghaft. Keine Reaktion. Ich drücke die Türklinke hinunter. Versperrt. Weiter zum Lift. Die Luft hängt schwer zwischen den grauen Wänden. Eine Krankenschwester begleitet eine Frau, die sich in Trippelschritten an der Wand entlangtastet, als sei sie blind. »Sehr gut, Frau Rochen«, sagt die Krankenschwester nach jedem ihrer Schritte. Frau Rochen. Ein beeindruckender Name für eine Person, die bereits in den Schrumpfungsprozess eingetreten ist.

Dann kommen mir zwei entgegen, eine Frau und ein Mann im Papageienmorgenmantel, und es dauert nur den Bruchteil einer Sekunde, bis ich verstehe. Raoul. Und Judith. Obwohl sie einen halben Kopf kleiner ist als er, bemüht er sich in einer grotesken Verrenkung, seinen Schädel auf ihre Schulter zu legen, im Gesicht ein debiles Lächeln. Judiths Gesichtsausdruck sagt: Ich tröste dich und schenke dir Hoffnung. Sie flüstert ihm etwas ins Ohr, ihre Köpfe stecken zusammen, viel zu nah. Wenn sie nur einmal geradeaus sehen, müssen sie mich entdecken. Ich will mich auflösen, verschwinden, doch ich kann mich nicht rühren. Panik. Rechts eine Tür. Ich schlüpfe in eine vollkommene Dunkelheit und schließe die Tür hinter mir, dann lausche ich meinem Atem und dem Herzschlag und den gedämpften Schritten, die langsam verklingen.

Das ist sie also, die Frau, von der die Kranke mit der Turmfrisur berichtet hat. Alles fügt sich zu einem Bild, das mir ganz und gar nicht gefällt. Unter diesen Vorzeichen verstehe ich Judiths plötzlichen Freundschaftsabbruch, ihren Rückzug, ihre ständigen Konflikte mit Phil. Und der Junge? Vielleicht ist ja das Kind auch von Raoul, nicht auszudenken.

Mit ist übel. Wenn die Wand durchlässig wäre, dann könnte ich meinen Arm ausstrecken und Raoul an der Schulter fassen und ihn schütteln. Oder ich könnte mich auf seiner anderen Seite einhängen, um ein Gleichgewicht des Schreckens herzustellen, und ihn fragen, was er sich dabei denkt. Was denkst du dir dabei, Raoul? Was hast du dir die letzten Jahre gedacht? Wer bin ich für dich? Was bin ich für dich? Und Judith, warst du nicht meine Freundin? Die zweifache Enttäuschung wiegt schwer, und ich weiß nicht, wessen Verrat mich mehr verletzt.

Ich taste nach der Türklinke, doch da ist nur ein Knauf, und zu meinem Erschrecken lässt er sich nicht drehen. Was bedeutet das, frage ich mich wie eine Schwachsinnige. Ich brauche einen Moment, um die Tragweite meiner Lage zu erfassen. Das bedeutet, dass du eingeschlossen bist, du Esel. Eingeschlossen in ein stockfinsteres Loch im Bauch der Magenbuch-Klinik, während draußen auf dem Gang jener Mann, mit dem du zusammenlebst, seinen Kopf auf die Schulter deiner Freundin legt. Hast du dir seinen Gesichtsausdruck eingeprägt? Er hat friedlich ausgesehen, so friedlich, wie du ihn lange nicht mehr erlebt hast, ganz entspannt wirkte er, obwohl er sich verbiegen musste, um Judiths Schulter zu erreichen. Wann hat er sich je so verbogen, um dir nahe zu sein? Vielleicht ist es ja auch der Ort, der alle verbiegt, dieses Krankenhaus mit seiner scheinheiligen Aura, die krank macht, nicht gesund.

Ich ertaste einen Lichtschalter. Neonröhren flackern auf. Ich sehe mich um. Ein kahler fensterloser Raum mit Etageren bis an die Decke. Auf den Regalen sind Arztkittel gestapelt. Die Neonröhren summen. Ich schreite die Reihen ab, es sind Mäntel in allen Konfektionsgrößen, in militärischer Strenge angeordnet, rechts für Damen, links für Herren, Kante auf Kante, gebügelt und gestärkt, dahinter Kasacks für die Krankenschwestern in Hellblau und Grün. Auf Schildern sind die Details der Ausstattung vermerkt: *halbarm / kurzarm / Labormantel / mit Brusttasche / ohne Brusttasche.* Im fahlen Neonlicht wirken die Mäntel leblos und kalt. Kleiderleichen, vorbereitet für die Prosektur.

Im Fond der Kammer kauere ich mich in ein Eck. Die Mantelmauer beschützt mich. Endlich weinen, denn da ist niemand, der mich hören kann. Ich lege meinen Kopf auf die Knie und warte auf die Tränen, doch sie kommen nicht, sogar sie haben mich verlassen. Ich bemühe mich, eine melancholische Stimmung aufzurufen. Damals, als es noch hieß: Wir beide gegen den Rest der Welt, trug Raoul die Haare halblang und sein Herz auf der Zunge. Wir benannten Sternbilder nach unseren

Kosenamen: die große Schneckenhexe, die kleine Kaulquappe, der große Stieglitz. In seinen Armen war ich zu Hause, und wenn er einmal nicht da war, öffnete ich seinen Schrank, um an seinen Shirts zu riechen. Ich war das *Fräulein Amsel*, das *Amselchen*. Es war die Zeit, in der uns die Przewalskistraßenwohnung unendlich groß erschien. Wir wandelten zwischen den spärlichen Möbeln umher wie Vögel auf der Suche nach einem Nistplatz.

Hätte ich eine Nabeltasche, wäre dies der ideale Moment, um Raouls Briefe hervorzuholen und ein letztes Mal zu lesen, bevor sie im Krematorium verbrannt würden. »Ich vermisste Dich schon, bevor ich Dich kannte«, hatte er geschrieben. Und dass er diese Beziehung »auf Wahrheit und Wahrhaftigkeit« gründen wolle. Das waren seine Worte.

Nicht einmal diese Erinnerung wirkt, nicht die kleinste Träne, ich reibe mir die Augen, bis die Lider brennen. Vielleicht gibt es gar nichts zu betrauern, eine Möglichkeit, die ich bloß noch nicht berücksichtigt hatte. Vielleicht ist es so, wie Maja sagt, und irgendwann ist alle Liebe aufgebraucht, nichts mehr da, was sich verschenken lässt. Wenn das Clin streifenfrei verbraucht ist, dann weint man ja auch nicht, sondern geht in den Laden und kauft eine neue Flasche.

Ich greife in die Textilmauer, pflücke einen Mantel vom Stapel, schlüpfe hinein. Ein Männermantel, in dem ich beinahe verschwinde, ein weißes Zelt, das nach Blütenwaschmittel duftet. Ich probiere ein paar Ärztinnenschritte. Der Mantel verleiht mir eine Instant-Autorität, ich trage den Kopf hoch und halte mich aufrecht. Frau Doktor Amsel, das wäre wenigstens ein ordentlicher Beruf gewesen, dann ginge ich jetzt mit der größten Selbstverständlichkeit in diesem Gebäude ein und aus.

Plötzlich öffnet jemand die Tür, ich höre ein Wispern und möchte hinausstürzen, möchte »Hilfe« rufen und »Hier bin ich«, doch als ich die Arme ausstrecke, fällt mir auf, dass ich immer noch diesen Mantel trage, widerrechtlich, und bevor ich ihn ausziehen kann, ist da das Kichern einer Frau, ganz nahe, und das verhaltene Lachen eines Mannes, und dann stürzt etwas um, und als ich zwischen den Kitteln hindurchluge wie durch die Ritzen eines Rollladens, sehe ich zwei, die sich auf dem Boden wälzen, im schmalen Durchgang zwischen der Männermantelabteilung und der Frauenmantelabteilung.

Der Moment, um auf mich aufmerksam zu machen, ist verstrichen. Ich drücke mich in mein Eck, um das Ende der Veranstaltung abzuwarten. Ich hoffe, dass es sich nur um einen spontanen Kuss handelt, um eine intensive Freundschaftsbekundung in der Arbeitspause.

Das Lachen der Frau klingt wie das Rattern einer Nähmaschine, bloß drei Oktaven höher.

»Iredran«, kichert sie, »Iredran«, immer wieder, und ich frage mich, ob es sich um den Namen eines Medikaments handelt oder um den Namen des Mannes. Der Mann hingegen spricht nicht, er atmet nur laut, und als ich einen Blick riskiere, sehe ich ihn über der Frau knien und ihre Bluse aufknöpfen – ganz sorgfältig und mit beiden Händen, so als bereite er sie für eine schwierige Untersuchung vor.

Ich hoffe inständig, dass es nicht zum Äußersten kommt. Lieber sehe ich einem Chirurgen zu, der in einem offenen Brustkorb hantiert, als fremden Menschen, die ohne erkennbare Notwendigkeit ineinander stochern. Ein peinigender Vorgang, der nur erträglich ist, wenn man selbst daran teilhat. Nacktheit irritiert mich, die eigene noch mehr als fremde.

Raoul hatte den binären Code auf unser Liebesleben umgelegt, jeder Tag war entweder 1 oder 0, selbstverständlich sind die 0-Tage mit der Zeit häufiger geworden, sie haben sich unkontrolliert vermehrt, daran hat auch das siebte Flittchen nichts ändern können.

Um mich nicht vollständig preiszugeben, bemühe ich mich stets, ein Stückchen Fremdheit zu bewahren. Niemals habe ich mich vollständig vor Raoul ausgezogen, etwas habe ich immer anbehalten: die Schuhe, ein Haarband, ein Strumpfband, und wenn es nicht anders ging, klebte ich mir rasch ein Pflaster auf. Raoul sollte niemals das Ganze zur Bearbeitung vorfinden. Einen Teil des Körpers, und sei er noch so klein, habe ich ihm immer vorenthalten, denn wer sich nicht ganz gibt, dem bleibt immer die Möglichkeit, sich zurückzuziehen an einen Ort, der nur einem selbst gehört.

Iredran und seine Geliebte teilen diese Bedenken nicht, sie ist vollkommen nackt, wie ich mit einem Blick durch die Stapel erkennen kann, weiße, kleine Brüste, knochige Hüften, ein flacher, beinahe nach innen eingesunkener Bauch. Der Mann ist das perfekte Gegenstück, dunkel und behaart, mit Hängebrüsten und respektablem Hüftspeck.

»Wunderbare Titten«, ächzt der Mann, und die Frau sagt wieder »Iredran«. Vielleicht ist auch das nur ein Spiel, denke ich, das siebte Krankenschwester-Flittchen, heute zwei aus der Internen, morgen drei aus der Chirurgie, ein Spiel ohne Verlierer und ohne Folgen. Der Herr Oberarzt hat eine Niere erfolgreich transplantiert, er darf zwei Felder vorrücken. Ich presse die Hände auf die Ohren, um das Flüstern und Kichern nicht mitanhören zu müssen.

Mit einem Mal erzittert die Etagere vor mir. Der Mann, vollkommen entfesselt, stößt den Kopf der Frau gegen das Regal. Ich flüchte in mein weißes Zelt. Auch die Frau hat ihre Hemmungen abgelegt. Ihr Stöhnen klingt frisch und überrascht, so als kenne sie den Mann noch nicht lange. So stöhnt man, wenn man mehr bekommt, als man erwartet.

Als ich aus meinem Versteck hervorluge, sehe ich, dass Iredran ein Bein der Frau am Knöchel festhält und in einem abenteuerlichen Winkel von ihrem Körper abspreizt. Diese Frau ist sehr biegsam, wahrscheinlich eine ehemalige Kunstturnerin. Raoul würde das gefallen. Er hatte sich immer eine biegsame Frau gewünscht und mich bekommen.

Immer wieder drängt sich Judith in meine Gedanken. Judith, die sich aus dem Fenster beugte und in ihren Haaren wühlte. Bestimmt wollte sie, dass Raoul es sah, nicht ich. Raoul war der Adressat, nicht ich, und ich glaubte noch, dass sie mich um Hilfe rief, dabei rief sie nur nach ihrem Liebhaber. Jetzt verstehe ich ihr Seufzen, ihr Mitgefühl, als ich von Raouls Krankenhausaufenthalt berichtete.

Ich muss mich beruhigen, denke ich, doch vor mir liegt der Irrsinn, und hinter mir liegt der Irrsinn, da fällt mein Blick auf den Korb mit den Obstkonserven aus dem Cento-Markt. Essen ist immer ein Ausweg, wenn nicht sogar der zuverlässigste von allen. Ich entscheide mich für Ananas, denn meine Mutter gab mir Ananas, wenn ich Alpträume hatte. Ananas radiere die bösen Bilder aus, hatte sie gesagt.

Ich ziehe an der Metalllasche, der Deckel hebt sich von der Dose. Die Ananasringe liegen übereinander im Ananassaftbad. Ich greife hinein und ziehe einen Ring heraus. Lecke den Saft ab, er schmeckt köstlich, warm und süß. Ich darf nicht zu schmatzen beginnen oder müsste zumindest dieselbe Tonart wie die beiden Liebenden treffen. Ob sie sich tatsächlich lieben, kann ich nicht wissen, doch wenn Liebe laut und stark ist, dann sind sie zumindest nahe dran.

Vorsichtig knabbere ich den Ring an, die Ananas zergeht auf der Zunge, im Nu habe ich sie aufgegessen und angle schon nach der nächsten.

Je mehr ich davon esse, umso größer wird meine Gier. Ich stecke die beiden letzten zugleich in den Mund. Die Frau und der Mann praktizieren währenddessen einen Stellungswechsel. Die Frau dreht sich um, kniet auf dem Laminat, während sich Iredran an sie dranhängt wie ein Waggon an die Lokomotive, seine Anhängerkupplung ist vorschriftsmäßig eingerastet. Nicht den Kopf heben, nur nicht den Kopf heben, denke ich, wie ein Mantra.

Und dann legt der Mann seine Hand auf das Hinterteil der Frau, und ich kann meinen Blick nicht abwenden. Diese gespreizten Finger, die besitzergreifende Geste, das ist die Hand von Herrn Walter, seine manikürten Fingernägel, die Adern auf seinem Handrücken, die unerträgliche Selbstverständlichkeit, mit der er diese Hand auf den Hintern meiner Mutter legte, nachdem er ihre Grießnockerl verschlungen hatte.

Ich möchte »Stopp!« rufen und »Aufhören!« und verschlucke mich an der Ananas, die mir mit einem Mal faserig und ungenießbar erscheint. Ich muss sie ausspucken, muss sie loswerden, ich huste, und obwohl ich den Mantel auf den Mund presse, hebt die Frau ihren Kopf, und ich sehe in ihre aufgerissenen Augen, und sie schreit: »Stopp!« und »Hilfe!«

Das Kokette ist aus ihrer Stimme verschwunden, übrig ist ein schmerzhaftes Kreischen, schrill und hysterisch. Der Mann, offenbar davon überzeugt, dass es sich um Schreie des Entzückens handelt, verstärkt seine Bemühungen. Die Frau aber schüttelt ihn mit aller Kraft ab, bis er aus ihr herausrutscht und sich aufrappelt, verwirrt. Die Frau sammelt hektisch ihre Kleidungsstücke ein und hält sie sich über Brust und Bauch.

»Da hinten sitzt einer!«, keucht sie. Ihre ausgestreckte Hand zittert.

Dass sie mich mit einem Mann verwechselt, befremdet mich. Sollte ich aufstehen und mich vorstellen? Absurd. Also bleibe ich sitzen und spucke die Ananas in meine hohle Hand.

Die Frau zischt Iredran einen Befehl zu, er schlurft um die Ecke, nackt, und sagt tonlos: »Was machen Sie hier. Spionieren Sie uns nach. Hat Ida Sie geschickt.«

Ich sage, dass ich keine Ida kenne. Dass niemand mich geschickt hätte, nicht einmal ich selbst, schließlich hätte ich mich nur versehentlich eingeschlossen.

Der Mann schleicht zurück in den Mittelgang.

Ich höre, wie er sagt: »Es ist eine Frau. Sie hat sich versehentlich eingeschlossen.«

»Warum hat sie nichts gesagt?«, kreischt die Frau. »Frag sie das! Frag sie, warum sie sich nicht bemerkbar gemacht hat!«

Wieder kommt er um die Ecke getrottet, runder Rücken, scharfe Falten um den Mund.

»Warum haben Sie nichts gesagt?«

»Ich wollte ja«, sage ich. »Aber dann war es plötzlich zu spät.« Ich lasse den Ananasbissen in die Brusttasche des Arztkittels gleiten und halte ihm die Konserve mit dem Ananassaft hin.

Er winkt ab.

»Da ist ein Summer, neben der Tür«, sagt er. »Sie arbeiten nicht hier?«

Ich schüttle den Kopf.

»Karl!«, ruft die Frau.

Als er zum letzten Mal um die Ecke der Etagere biegt, trägt er bereits eine weiße Hose.

»Kommen Sie mit raus?«

»Danke«, sage ich. »Ich bleibe.«

Sie schließen die Tür, ganz behutsam.

Das Paar hat Unruhe hinterlassen und etwas Kleines, Glänzendes zwischen der Frauen- und der Männermantelabteilung.

22

Das Päckchen liegt auf dem Fußabstreifer. Ich hebe es auf und suche nach einem Kärtchen, nach einem Beweis, dass es nicht für mich ist, denn ich erwarte nichts, am wenigsten ein Geschenk. Doch da ist kein Kärtchen, keine Aufschrift, nichts, was auf den Absender hindeutet, unter der Bastschnur leuchtet Weihnachtspapier hervor, rote Glocken, silberne Engel mit Trompeten.

Ich streife die Schnur herunter und reiße das Papier auf. Ein Taschenbuch. *Der Königsweg zum Lebensglück* von Anton Pschill. Auf einem runden Aufkleber steht *BESTSELLER* in goldenen Lettern. Eine Frau in einem gebatikten Kleid wirft gelbe Blütenblätter über ihren Kopf. Sie reißt dabei den Mund auf und entblößt zwei Reihen schneeweißer Zähne. Ich bin noch nie im Blütenregen gestanden und bezweifle, dass ich mich danach glücklicher fühlen würde.

Auf der ersten Seite finde ich die Widmung, schräg über die Seite geschrieben und mit Blümchen verziert wie das Poesiealbum eines Volksschülers.

Liebe Küchenfee,
ich wünsche mir, dass Du das liest.
Du bist eine bemerkenswerte Frau.
Pawel

Die Küchenfee stört mich, aber der Rest versöhnt mich wieder, und eine warme Hoffnungswelle trägt mich mit sich fort.

Wie schön, wie schön, das Buch wirkt bereits, dabei habe ich doch noch keine einzige Seite gelesen.

Die Welle zerschellt an einem Felsen. *Bemerkenswert* – ist das jetzt gut oder schlecht? Ich kann jemanden für bemerkenswert erachten und ihn trotzdem nicht mögen. Oder nur so, wie man einen guten Freund schätzt. Und wieso geht Pawel automatisch davon aus, dass mir geholfen werden muss? Dass ich eine Suchende bin, noch dazu nach so etwas wie Lebensglück? Schon die schiefe Wortverbindung verursacht mir Übelkeit, ein großes Wort, mit eisernen Scharnieren befestigt an ein noch größeres Wort, ich möchte nicht wissen, wie viel Unglück diese Koppelung schon erzeugt hat.

Ich blättere weiter zum Inhaltsverzeichnis.

Kapitel 1: Hofieren Sie Ihre Unzufriedenheit!
Kapitel 2: Fragen Sie Ihren Schutzengel, was er mit Ihnen vorhat.
Kapitel 3: Füttern Sie den Tiger in Ihnen.

Ich betrachte die Haut an meinen Armen, die Brust, die immer tiefer sinkt, den Ring um die Mitte. Wenn da ein Tiger wohnt, dann hat er sich gut versteckt. Ich erinnere mich an eine Dokumentation über den Tigertempel in Thailand, die ich gemeinsam mit Johannes angesehen hatte. Wir lagen auf der Babydecke ineinander verkeilt, über unseren Köpfen flimmerte der Fernseher. Tiger, Tempel, Thailand – eine Kombination, die mich von der ersten Minute an fesselte. Man sah den Mönchen zu, die gemeinsam mit ihren Tigern spazieren gingen. Tiere und Mönche sahen einander verdammt ähnlich, so wie sich Hunde und Herrchen mit der Zeit einander angleichen. Johannes versuchte, mich zu küssen, und nahm meinen

Kopf in die Hände, und ich wehrte mich, jetzt durfte er mich nicht stören.

Die Mönche spazierten mit ihren Tigern durch das Unterholz, die Tiere blieben immer in ihrer Nähe. Jeden Nachmittag wurden die Tiger in eine Schlucht gebracht, wo sie auf Touristen trafen. Jeder Tourist durfte einmal einen Tiger streicheln, davon wurde ein Foto gemacht.

Johannes schimpfte. Das sei unnatürlich, sagte er, Tiger seien Raub- und keine Schoßtiere.

Damit sich die Tiger, die auf ihren Auftritt warteten, nicht langweilten, durften sie an den Fingern der Mönche knabbern. Die Tiger waren nicht angebunden, kein einziger Mönch trug eine Waffe. Dennoch hatte es noch keinen einzigen Zwischenfall gegeben, sagte der Sprecher. Nicht einen. Waren die Tiger besonders gut gelaunt, konnten die Touristen – sofern sie bereit waren, den Obolus an den Orden zu erhöhen – um eine Extrawurst ansuchen: Die Mönche legten einem dann den Kopf des Tigers in den Schoß.

»Gib mir deinen Finger, ich möchte auch knabbern«, sagte Johannes, und wieder stieß ich ihn weg. Ich spürte, dass diese Dokumentation eine Botschaft für mich bereithielt, und überlegte fieberhaft, was die Mönche mit meinem Leben zu tun hatten. Ich bekam Gänsehaut vor Aufregung, ich schlüpfte aus Johannes' Umarmung und setzte mich kerzengerade vor den Fernsehschirm. Als der Abt des Tigertempels sagte: »Wer mit Tigern umgehen kann, der meistert auch sein Leben«, verstand ich, weshalb ich so weit davon entfernt war, mein Leben zu meistern. Dass irgendwo da draußen das echte Leben auf mich lauerte. Und dass ich weitergehen müsste, da ich sonst die Tiger bis zum Ende meiner Tage nur durch eine Glasscheibe betrachten würde.

Ich lege mich auf das Bettsofa und blättere durch das Buch, das mir so viel kostbarer erscheint als jedes andere Buch, jetzt, da es Vergangenheit und Gegenwart mit einem unsichtbaren Band verknüpft, und wer weiß, vielleicht führt es auch in die Zukunft.

Nicht gleich entmutigen lassen, schreibt Anton Pschill. *Ein Tiger verbringt viel Zeit auf der Jagd, da nur zehn Prozent seiner Beutefänge von Erfolg gekrönt sind. Derart niedrige Erfolgsquoten wären, umgelegt auf die menschliche Existenz, nichts anderes als Beweise des Scheiterns. Deshalb: Nicht entmutigen lassen, auch nicht durch lange Durststrecken. Einfach raus aus der Komfortzone, rein in die Wildnis.*

Pawel hat mit seinem Geschenk ins Schwarze getroffen. Ich muss hier weg, bevor Raoul zurückkehrt. Rein in die Wildnis. Ich hole den Trolley aus seinem Versteck, ein graues fleckiges Monstrum, das sein Maul bereitwillig öffnet. Plötzlich habe ich es eilig, zu verschwinden, ich öffne den Schrank und werfe wahllos Kleidungsstücke in den Koffer, ohne sie zusammenzufalten, ein Kleiderknödel aus Slips, Shirts, Strumpfhosen, einer Pluderhose und meinem Traueranzeigenkostüm. Währenddessen laufen mir Tränen die Wangen herunter, und weil ich keine Hand freihabe, um sie wegzuwischen, tropfen sie auf den Boden. Ich stelle mir vor, dass ich den Boden wischen werde mit meinen Tränen, je mehr ich schrubbe, umso mehr wird es aus den Augen fließen, bis ich ganz ausgetrocknet bin, eine Vorstellung, die mich noch trauriger macht.

Den Paillettenrock lasse ich im Schrank hängen, denn das siebte Flittchen darf nicht mit, es muss in der Przewalskistraßenwohnung versauern, dort, wo es geboren wurde, wird es sterben. Ein Glück für die anderen Flittchen, endlich kommen sie zum Zug. »Viel Spaß!«, rufe ich und denke gleichzeitig: So, jetzt ist es soweit. Jetzt wirst du verrückt. Ich knie vor dem Koffer und stopfe meine Turnschuhe in den Kleiderhaufen, die Winterstiefel müssen auch noch hinein, bald ist es Winter, ich friere bereits.

Als es klingelt, schließe ich gerade den Zippverschluss. Dem Trolley ist ein Bauch gewachsen, er ist dick und fett, ein Stoffballon kurz vorm Platzen. Ich stolpere zur Tür, davor steht Maja im Businesskostüm, und ich weiß im ersten Augenblick nicht, ob ich ihr die Tür vor der Nase zuwerfen oder sie hereinbitten und mich bei ihr ausweinen soll.

Maja nimmt mir die Entscheidung ab, sie sagt: »Was ist los mit dir, ich habe versucht, dich zu erreichen«, und die tiefen Falten zwischen ihren Augenbrauen beweisen mir, dass sie es ehrlich meint. »Wie siehst du überhaupt aus!« Sie nimmt mich am Arm, führt mich zum Spiegel, und ich schließe schnell die Augen. Diese zerknitterte Frau mit roter Nase und schmalen Lippen will ich nicht sehen.

»So schlimm?«, sagt sie und will mich in den Arm nehmen, aber ich kann jetzt keine Nähe ertragen, ich brauche Luft zum Atmen.

Ein Blick auf den Koffer. »Du verreist?«

Ich zucke mit den Schultern. »Was machst du hier?«

»Wir haben einen Termin, Schätzchen«, sagt Maja und klopft auf ihren Laptop, der aus ihrer Handtasche hervorlugt. »Keine Hausaufgaben gemacht?«

»Ich überlege mir das noch einmal«, murmle ich.

»Wie bitte?«

»Mit der Selbständigkeit.«

Da packt sie mich am Arm und schleift mich ins Wohnzimmer. »Jetzt setzen wir uns mal, verehrtes Fräulein«, sagt sie. »Was geht denn in unserem Kopf vor?«

Sie redet bereits wie eine Krankenschwester mit einer Patientin, sagt *wir*, wenn sie mich meint, hält mich am Ellenbogen fest, als würde ich jeden Moment aufspringen und davonlaufen.

»Du bist mein Hoffnungsschimmer«, flüstert sie. »Du wirst einmal erfolgreich sein, das spüre ich.« Ein billiger Trost, der dennoch sofort in die Blutbahn übergeht und in den Kopf steigt.

»Ich werde Raoul verlassen«, sage ich.

Sie nickt nur still und verstärkt ihren Griff um meinen Ellenbogen.

»Du hast recht«, sagt sie. »Ganz recht hast du. Raoul checkt es nicht. Ich möchte ehrlich mit dir sein.«

Ich habe Angst vor dem, was jetzt kommt. Vielleicht war Maja die ganze Zeit eingeweiht und wusste von Raouls Verrat. Das war immer meine größte Sorge: Als Einzige nicht zu wissen, was läuft, während sich alle bereits das Maul zerreißen.

»Sein Projekt wird nicht funktionieren«, sagt Maja.

Ich hatte alles erwartet. Das nicht.

»Wie – nicht funktionieren.«

»Raoul träumt mit offenen Augen. Sein Projekt geht schief. Wobei, um ganz ehrlich zu sein: Es ist bereits schiefgegangen. Ich habe ihn im Krankenhaus besucht, weil ich ein schlechtes Gewissen hatte. Er wurde eingeliefert, nachdem ich ihm den Schlussbericht gesendet habe. Nicht förderungswürdig. Abgelehnt von allen Stellen. Ich dachte, seine Krankheit könnte mit dem Brief zu tun haben. Ein Schock gewissermaßen.«

So war das also. Raoul hatte den Schlussbericht mit keinem

Wort erwähnt. »Wir finden für dich eine Geschäftsidee, die funktioniert«, sagt Maja.

Sie kramt in ihrer zotteligen Handtasche, die sie zu ihren Füßen abgestellt hatte wie einen Hund, und fördert ein blaues Mikrofasertuch zutage.

»Hier, fühl mal«, sagt sie. »Frisst den Staub und versiegelt die Oberfläche des Möbelstücks durch einen innovativen Mechanismus. Aus der Weltraumforschung.«

»Das ist die Geschäftsidee?«, krächze ich.

Nicht nur das, sagt Maja. Ein ganzes System warte auf mich, ein System aus Putzfetzen, revolutionären Putztüchern und Mops, und gerade als ich: »Das ist doch nicht etwa NUBA«, sagen will, sagt Maja: »NUBA«, und ich stehe auf und sage: »Ich brauche jetzt was zu trinken.«

Ich hole den Brandy aus der Küche, gieße zwei Gläser ein und will nur noch vergessen.

23

Wir fahren durch die Bulimie-Zone der Stadt, alles sieht aus wie zerkaut und ausgespuckt. Ramponierte Gartenzwerge, Schrebergartenhäuschen mit schlaffen Wellblechdächern, Autoreifengebirge.

»Kein Radio«, hatte Pawel angeordnet. »Wir konzentrieren uns auf die Straße.« Ich weiß zwar nicht, was es helfen soll, wenn auch ich mich konzentriere, aber ich tue ihm den Gefallen, schließlich war er bereit, mich an seinem freien Tag nach Unterbruchstetten zu chauffieren.

Ich wollte ihm die Notwendigkeit des Besuchs drastisch vor Augen führen und sagte: »Ein Raiffeisendirektor, der in meine Mutter verliebt ist, will mein Kinderzimmer beziehen.« Als ich den Satz fertiggesprochen hatte, fühlte es sich schrecklich an, eine Farce, und wenn Pawel laut aufgelacht hätte, hätte ich es ihm nicht übelgenommen.

Pawel aber nickte nur ernst und sagte dann: »Raiffeisen. Allerhand. Ich habe da einen Bausparvertrag.«

Er holte mich von zu Hause ab. Ich hatte den bauchigen Trolley im Schlepptau, und noch bevor Pawel etwas sagen konnte, sagte ich: »Da kommen meine Kleider rein.«

»Der ist doch schon voll«, sagte Pawel, und ich sagte: »Das wird ein Tauschgeschäft. Ich bringe was hin und hole was ab«, und das stellte ihn offenbar zufrieden, denn er hievte den Trolley ohne ein weiteres Wort in den Kofferraum seines froschgrünen Citroën.

Ich hatte kurz überlegt, ob ich ihn hinaufbitten sollte in die Przewalskistraßenwohnung, schon aus Höflichkeit. Doch ich fürchtete mich davor, mit ihm alleine zu sein, denn mit einem Mann alleine in einer Wohnung zu sein, ist etwas anderes als mit ihm alleine in einem Auto zu sitzen, wo doch immer auch die Landschaft mitfährt. Die Wohnung offenbart einen gemeinsamen Anteil von mir und Raoul, den ich lieber nicht herzeigen möchte, und womöglich kann Pawel sogar die sechs Phantomflittchen erkennen, möglicherweise ist das eine Fähigkeit, die alle Männer auf der Erde miteinander teilen.

Pawels Auto ist peinlich sauber geputzt. Am Rückspiegel baumeln drei Wunderbäume, Marke Zirbenzauber. Sie verströmen ein Waldaroma, das im Hals kratzt.

»Danke für das Buch«, sage ich.

Pawel wirft mir einen Seitenblick zu. »Ich war mir nicht sicher, ob du dich darüber freust.«

»Aber ja«, sage ich. »Es hat mein Leben verändert.«

»So schnell?« Pawel lacht.

»Das meine ich ernst«, sage ich.

Pawel schaltet in den fünften Gang. »Hat unser –«, er zögert, »kleiner Ausflug damit zu tun?«

»Möglich«, sage ich und möchte, dass er immer weiter fragt, dass er mir alle Geheimnisse entlockt, sogar jene, von denen ich selbst nichts weiß, aber seine Neugierde scheint gestillt, denn er erzählt bereits Anekdoten aus dem Krankenhaus. In Zimmer fünfhundertfünf, sagt er, seien seine Problemfälle untergebracht. *Seine*, sagt er, so als gehörten sie ihm. Er habe die Patienten gebeten, den Ton des Fernsehers leiser zu drehen, wenn er mit ihnen kommuniziere. Drei von fünfen drehen nun das Licht ab, sobald er das Zimmer betritt. Ich lache, und Pawel sagt: »Das erwartet uns alle, den einen früher, den anderen später.«

»Du fährst nicht?«, fragt Pawel. »Ich habe keinen Führerschein«, sage ich. »Vielleicht später einmal.«

»Wann ist später?«

»Ich weiß nicht«, sage ich. »Später eben. Wenn alles anders ist.«

»Wann ist alles anders?«

Ich sehe ihn an und frage mich, weshalb er sofort eingewilligt hat, mich zu chauffieren.

Als könne er meine Gedanken lesen, sagt er: »Ich möchte doch nur diese Ruth kennenlernen«, und berührt kurz mein Knie, bevor er seine Hand wieder auf den Schaltknüppel legt. Ich zucke zusammen, ein leichter elektrischer Schlag.

»Ganz ehrlich: Ich könnte mir ein Leben ohne Auto nicht vorstellen«, sagt Pawel.

»Ich kann mir ein Leben ohne die meisten Dinge ganz gut vorstellen«, sage ich.

»Auch ein Leben ohne Mann?«

Er zögert ein wenig vor »Mann«, so als wollte er die Spannung steigern.

»Joker«, sage ich.

Pawel lacht. »Darauf hätte ich wetten können«, sagt er, »dass du kneifen wirst.«

Pawel blickt lange in Seiten- und Rückspiegel, bevor er sich in die langsame Spur der Stadtautobahn einreiht.

»Ich kneife nicht«, sage ich. »Ich weiß es einfach nicht.«

Autos überholen uns. Ausdruckslose Gesichter hinter den Lenkrädern. Auf dem Standstreifen ein alter Mann, der sich auf eine Harke stützt. Der Wind zerrt an seiner Jacke, sein Gesicht ist verwittert. Für einen Moment kreuzen sich unsere Blicke. So sieht einer drein, der gerade seinen Hund begraben hat.

Wir halten an einer Tankstelle. Von den Zapfsäulen blättert der Lack, aus der Asphalthaut sprießen kohlartige Gewächse. Über dem Eingang steht in wackeligen Lettern STOP AND S OP. Der Verkäuferin fehlt auch einiges, in erster Linie Haare. Sie scheint unter kreisrundem Haarausfall zu leiden, denkt aber nicht daran, es zu verbergen, und das spielt an diesem Ort auch keine Rolle. Sie trägt einen roten Ledermini und eine enge Cowboybluse mit Hirschhornknöpfen.

Pawel bezahlt einen Schokoriegel an der Kasse und steuert den Kaffeeautomaten an.

»Du auch?«, ruft er mir zu.

Ich schüttle den Kopf und streife durch den Shop. Tageszeitungen, abgepackte Sandwiches, Speiseeis. Neben der Vitrine ein Durchgang, verhängt mit einem lilafarbenen Vorhang. EROTHEK steht über dem Türrahmen. Klingt nach schmierigem Sexshop für polnische Fernfahrer. Erst auf den zweiten Blick erkenne ich, dass es sich um ein S handelt, nicht um ein R. ESOTHEK?

Ich schiebe den Vorhang zur Seite und schaue geradewegs in eine andere Welt. Schummriges Wellness-Licht, Panflöten-Gedudel, die Luft ist gekühlt und riecht nach Yogastudio. Der Raum ist mindestens fünfmal so groß wie der gammelige Stop-and-Shop-Laden. Eine Verkäuferin mit Mireille-Mathieu-Gedächtnisfrisur staubt mit einem Wedel indische Götterfiguren ab, viel zu tun bei dieser Menge an Armen, Beinen und Rüsseln.

Der schwarz lackierte Fußboden glänzt, als hätte sie ihn soeben höchstpersönlich abgeleckt. Von der Decke baumeln

Hinweisschilder, wie sie in großen Supermärkten üblich sind. Nur, dass sie hier den Weg zu den Amuletten und Talismanen weisen, zu den Essenzen und Ölen, Klangschalen und Gongs. Das bringt mich auf eine Idee.

»Wir grüßen Sie«, sagt die Verkäuferin.

Wir? Was soll man darauf sagen? Wir Sie auch?

»Voodoo«, murmle ich. »Haben Sie Voodoo-Puppen?«

»Sie meinen Rachepuppen«, sagt sie. »Atzmänner.«

»Sie wissen schon«, sage ich und tue so, als würde ich eine Nadel in ein Objekt piken. Es ist mir unangenehm, aber es muss sein. Ich verlasse meine Komfortzone, Anton Pschill wäre stolz auf mich.

»Schwarze Magie können wir nicht unterstützen.« Sie klopft auf einen Pin an ihrem Revers. *Fairer statt fauler Zauber.* »Wir sind da Mitglied«, sagt sie. »Das verpflichtet.«

Ich fühle mich, als hätte ich in einem vegetarischen Restaurant ein blutiges Steak bestellt.

»Wir haben nur eine ethisch korrekte Version«, sagt die Frau etwas pikiert.

Sie zieht eine weiße, armselig dünne Stoffpuppe aus einer Wühlkiste. Die Puppe ist haarlos, Mund und Augen sind mit Filzstift aufgemalte Kreuze. Ihre Arme und Beine sind lang und seltsam verknotet. Sie sieht zum Gotterbarmen aus.

»Die haben wir jetzt im Angebot für neun neunzig«, sagt Mireille Mathieu und drückt mir die Puppe in die Hand. Am Hinterteil der Puppe ist die Waschanleitung befestigt, die so lang ist wie ein drittes Bein. Waschbar bei dreißig Grad in der Maschine, nicht schleudern, Handwäsche empfohlen. Die Puppe trägt auf ihrem Rücken eine mit einem Klebeband fixierte Plastikschachtel.

»Da sind die Herz-Pins drin«, sagt die Verkäuferin. Die könne man nach Belieben auf der Puppe verteilen, nicht nur in der Herzgegend übrigens. Und das wirke dann.

Auf mein »Und zwar wie?«, antwortet Mireille Mathieu: »Ausgezeichnet.« Herzchen pinnen, dabei fest an den Adressaten denken. Dem werde dann, so die Theorie, ganz warm ums Herz.

Ich sehe die Puppe ratlos an. Mit einem Liebesverstärker kann ich nichts anfangen. Ich habe vor, mich an Judith zu rächen, weil sie sich schamlos bei meinem Leben bedient hat. Aus Mangel an Alternativen beschließe ich, die Puppe dennoch mitzunehmen. Die Herz-Pins lassen sich durch Stecknadeln oder Zahnstocher ersetzen.

Auf dem Weg zur Kasse fallen mir die einarmigen Banditen an der Stirnseite des Raums ins Auge. Sie sind wie der Boden in dezentem Schwarz gehalten. Die Geräusche, die sie absondern, ähneln jenen ihrer grellen Brüder in den Casinos. Als ich mich nähere, höre ich das Klirren der Münzen, die in einen Automaten fallen, ein Mann betätigt den Hebel.

Ich sehe zunächst seinen Rücken, er trägt ein kariertes Hemd und eine Freizeithose mit Gummibund. Als er den Kopf wendet und ich sein Profil erhasche, tritt der Bekannte-am-falschen-Ort-Effekt ein. Ich weiß, dass ich diesen Mann kenne, kann ihn aber nicht zuordnen. Sein Name liegt mir auf der Zunge und will dort partout nicht runter.

Auf dem Automaten steht *Angel's Delight*. Pling! Kraschsch. Engel hatte ich mir dezenter vorgestellt. Die Räder mit den Symbolen rattern. Stillstand. Der Mann hat kein Glück. Eine Sonne, einen Engel, eine undefinierbare Gestalt mit roten Augen und Superman-Umhang.

Jetzt weiß ich es. Das ist Herr Othmar. Herr Othmar in Freizeitkleidung. Ich bin ernüchtert. Er schwitzt, sein Haarkranz klebt an seinem Kopf. In der Hand hält er einen Getränkebecher, der zur Hälfte mit Münzen gefüllt ist. Er steckt zwei Münzen in den Automaten und observiert das Display.

»Herr Othmar«, sage ich.

Er wirft mir einen flüchtigen Blick zu.

»Na sowas, das Fräulein Ruth Barbara«, sagt er und betätigt den Hebel. Als hätte er mich hier erwartet. »Wir hatten ja schon länger nicht mehr das Vergnügen.«

»Ich bin im Gründerprogramm«, sage ich und ärgere mich, weil ich mich auch noch rechtfertige. »Und das hier?«, sage ich und deute auf den Apparat. »Ein Freizeitvergnügen?«

»In gewisser Weise«, sagt er und grinst. »Ich stimme das Schicksal gnädig.«

»Das funktioniert?«

»Natürlich funktioniert es. Drei Engel – und alles ist geritzt.«

»Schon reich geworden?«

Er lacht. »Sie glauben doch nicht im Ernst, dass man hier Geld gewinnt.«

Die Verkäuferin, die sich uns mit ihrem Staubwedel angenähert hat, fällt in sein Lachen mit ein.

»Geld!«, ruft sie aus, in ihrer Stimme liegt Spott.

»Es handelt sich um ein virtuelles Vermögen, das für einen arbeitet und Zinsen abwirft«, doziert Herr Othmar. Er senkt die Stimme. »Engelsenergie«, sagt er.

»Wir alle haben ein Konto auf der Schicksalsbank«, sagt die Verkäuferin. »Wenn dort nichts liegt, können Sie auch nichts abheben.«

Die beiden sind einer Meinung, das ist nicht zu überhören.

»Und was *machen* Sie damit?«, frage ich ihn. »Ich meine, mit der Engelsenergie.«

»Sie denken zu profan«, sagt Herr Othmar. »So kommen Sie nicht voran in Ihrem kleinen Leben.«

Das reicht, ich habe genug gehört. »Ich muss dann mal«, sage ich.

Plötzlich explodiert etwas in ihm. »Alles Tand da draußen!«, schreit er und deutet auf den Parkplatz hinter den Glasscheiben. »Sie glauben, das ist das richtige Leben? Täuschen Sie sich bloß nicht. Sie glauben doch nicht im Ernst, dass die Gesellschaft für Wiedereingliederung es darauf abgesehen hat, ihre Klienten wiedereinzugliedern«, ruft er. »Was sollte das überhaupt bedeuten? Wo hinein sollten sie denn integriert werden, frage ich Sie? Klienten nennen wir sie, ha, ein Hohn! Nichts als Patienten sind sie, denen es an allem mangelt: Benehmen, Bildung, Talent, Lebensgeschick. Null Frustrationstoleranz. Und zu allem Überfluss eine völlig schiefe Selbsteinschätzung.« Herr Othmar stützt seinen Arm in die Hüfte und legt den Kopf schief: »Nein, Herr Othmar, Regalbetreuerin, das ist nix für mich. Schauen Sie sich meine Nägel an, wie soll ich mit *diesen* Krallen Windeln in Regale schichten, sagen Sie mir das?«

Die Esothek-Verkäuferin ist ein dankbares Publikum, sie kichert ohne Unterlass, vielleicht hat sie eine Affäre mit Herrn Othmar, und wenn sie abends alleine sind, entzünden sie ein Hexenöl in der Duftlampe und reiben sich gegenseitig die Harmonie-Amulette.

»Hier«, sagt er und deutet auf den Automaten. »Da drin ist die Wahrheit. Der Heilige Gral. Alles, was man wissen muss.«

»Bis bald«, flüstere ich. Nur raus hier.

»Das glaube ich nicht«, sagt Herr Othmar. »Ich arbeite nicht mehr in der Gesellschaft. Finito. Rationalisierungsmaßnahme. Da schauen Sie, was?« Ich weiß nicht, was ich sagen soll, und blicke ratsuchend auf die Puppe in meiner Hand. Ich stelle mir vor, wie Herr Othmar zwischen den Langzeitarbeitslosen in der *Gangway to hell* darauf wartet, dass Frau Hiltrud ihm ein Lebenshilfebuch reicht.

»Es wird schon wieder«, sage ich.

Herr Othmar lacht. »War schön, Sie zu sehen«, sagt er.

Einmal noch winke ich Herrn Othmar zu.

»Wir haben zu danken«, sagt die Verkäuferin.

»Ja!«, ruft mir Herr Othmar nach. »Wir danken, wir danken auch sehr!«

Pawel wartet bereits im Auto. Als er mich sieht, startet er den Motor.

»Wo warst du?«

Ich zeige ihm die Puppe, die bei Tageslicht noch erbärmlicher und hässlicher aussieht als in der Esothek, ein Puppenleichnam, den man im Dunkel einer Schublade beerdigen sollte.

»Aha«, sagt Pawel. »Ein Geschenk?«

»Die ist für mich«, sage ich.

»Hübsch«, sagt er.

Während wir aus der Raststation hinausrollen, streichelt er der Puppe über den Baumwollbauch. »Schön weich«, sagt er und lächelt.

Ich lächle zurück. Raoul hätte die Puppe nicht eines Blickes gewürdigt.

»Also«, sagt Pawel. »Wo waren wir stehengeblieben?«

Er sieht in den Rückspiegel und arrangiert seine Frisur mit der flachen Hand. Eine Geste, die ich bereits ein paar Mal an ihm beobachtet habe und die sich gemeinsam mit seinen anderen Angewohnheiten zu einem Bild fügt. Pawel ist klar und deutlich in seinen Gesten, und er bringt zu Ende, was er begonnen hat. Die Entschiedenheit seiner Handlungen steht im Gegensatz zu seinem unentschiedenen Aussehen. Ich betrachte sein Profil. Er ist blass, zu blass für einen Mann seines Alters, fast schon durchsichtig. Ein Urlaub an der Ostsee täte ihm gut. Oder im Hochgebirge, wo die roten Blutkörperchen sprießen. Ich überlege, ob ich ihm von der Begegnung mit Herrn Othmar erzählen soll. Doch bereits als ich mich wieder ins Auto setzte, erschien mir die Geschichte vollkommen surreal.

»Wir waren beim Thema Verzicht«, sagt Pawel und hält die Verpackung seines Schokoriegels hoch. »Darauf kann ich niemals verzichten, glaube mir.«

Ich bin überrascht, wie leicht es mir gefallen war, die letzten zwei Stunden nicht an Raoul zu denken. »Lass uns ein Spiel spielen«, sage ich. »Wir zählen auf, worauf wir in unserem Leben niemals verzichten können. Verloren hat der, dem nichts mehr einfällt.«

Pawel lacht. »Du spielst wohl gern?«

»Du doch auch«, sage ich und mache es mir im Sitz bequem. Die Wiener Peripherie zieht am Fenster vorüber wie eine ausrangierte Theaterkulisse. Er denkt kurz nach, dann spricht er.

»Der Blick der Frau, die gerade ihr Baby entbunden hat«, sagt er. »Der Blick, mit dem sie ihr Baby ansieht, wenn man es ihr nach dem Wiegen und Messen wiederbringt. Der Moment, in dem die Hebamme das Baby in die Arme der Mutter legt.

Die ausgestreckten Hände der Mutter, ihre offenen Arme. Die Erleichterung, dass alles vorbei ist. Manchmal schleiche ich mich in den Kreißsaal, auch wenn ich keinen Dienst habe. Nur um diesen Blick zu erhaschen. Darauf, Ruth, darauf könnte ich nicht verzichten.«

Pause.

»Wie schön.« Meine Stimme ist ganz klein. Damit hatte ich nicht gerechnet. Eine Mischung aus Schmerz und Wehmut. Plötzlich sind Erinnerungen da. An diesen Moment, als ich mich getraut hatte, den Schwangerschaftstest zu überprüfen. Diese Freude, zwei zu sein, ein Doppelwesen, ein Wunder der Natur. Doch der Augenblick, von dem Pawel sprach, war mir nicht vergönnt. Da kam nur Blut, viel zu früh, kein Kind, und niemand freute sich, keiner gratulierte. Meine leeren Arme schmerzen.

»Was ist los?« Pawel beäugt mich misstrauisch.

»Meine Augen brennen«, sage ich. »Der Luftzug.«

Pawel schließt das Fenster.

»Du bist dran«, sagt er.

Ich überlege, was ich Pawels Geschichte entgegensetzen kann, doch alles, was mir einfällt, klingt schal und erbärmlich. Was ist es, worauf ich nicht verzichten könnte? Ist es mein Balkon? Der Blick hinauf zu den Wolken und hinunter auf die Blutgefäße der Stadt? Dieses Gefühl, wenn ich mich über die Brüstung beuge, bis mein Kopf ganz schwer ist und voll mit Blut? Der Moment, in dem ich denke: noch ein bisschen, nur noch ein bisschen?

»Na?«, sagt Pawel.

»Ich glaube, du hast gewonnen«, sage ich.

»So schnell?« Er lacht. »Und was habe ich gewonnen?«

Ich kann ihm unmöglich den Gewinn anbieten, den Raoul in so einem Fall für sich reklamiert.

»Du hast ein weiteres Spiel gewonnen«, sage ich. »Es heißt: *Wo ich niemals leben möchte*. Ich beginne, dann bist du dran.«

Am Horizont wächst die Skyline des Wohnparks »Neue Welt« in den Himmel. Gigantische Wohntürme, die sich nach unten hin verbreitern. Hässliche Pyramiden, an die man Balkone drangeschraubt hat. Ein beliebter Hotspot für Selbstmörder. Einige haben sich schon von der Dachterrasse gestürzt und sind auf einem der unteren Balkone aufgeschlagen, zwischen Pelargonien und Kugelgrill. Der Wohnpark ist ein Dauerbrenner, sowohl in der Kategorie *Wo ich niemals leben möchte* als auch in der Kategorie *Wo ich niemals sterben möchte*.

Ich zeige also auf die Türme und sage: »Neue Welt. Da möchte ich niemals leben.«

»Da?«, sagt Pawel. »Bist du sicher?«

»Ganz sicher«, sage ich. »Jetzt du.«

Pawel blinkt, reiht sich in die rechte Spur ein und verlässt die Stadtautobahn an der Ausfahrt *Neue Welt*.

»Das möchte ich überprüfen«, sagt er.

»Das ist ein *Spiel*«, sage ich.

»Und deswegen soll ich es nicht ernst nehmen?«

Ich sehe auf die Uhr. Es ist vierzehn Uhr fünfzehn. Donnerstag, der 19. August.

24

Aus der Nähe wirken die Wohntürme noch bedrohlicher. Ich lege meinen Kopf in den Nacken und schaue hinauf zu den Balkonen. Schlaffe Kletterpflanzen, die sich am Sichtbeton entlangranken, gelbweiß gestreifte Markisen. Dazwischen ein Eckchen Himmel, eingeklemmt zwischen der Pyramide und dem Docht des Fernheizkraftwerkes.

»Ich hatte recht, siehst du. Können wir weiterfahren?«

»Ich denke nicht«, sagt Pawel. Er überquert einen Grünstreifen, der den Weg zwischen zwei Türmen zerteilt. Ich trotte ihm nach.

Er visiert geradewegs Block D an, so als hätte er ein konkretes Ziel. Wir steigen die Stufen zum Eingangstor hinauf. Verwitterte Namensschilder unterhalb der Gegensprechanlage. Eine Graffitikatze sieht uns an

»Und jetzt?«

»Lass mich nur machen«, sagt er.

Er klingelt links oben. Bei *Kronberger*.

»Ja?« Eine Frauenstimme, atemlos.

»Guten Tag«, sagt Pawel. »Pini vom Dekanat für Hochhauspsychologie. Wir möchten Sie befragen, es geht um eine wissenschaftliche Arbeit. Öffnen Sie bitte die Tür.«

Keine Frage, eine Aufforderung. Das darf alles nicht wahr sein. Ich zupfe ihn am Hemd, er verscheucht meine Hand wie ein Insekt.

»Neunundzwanzigster Stock«, sagt die Frau. Ein Summen, Pawel öffnet die Tür.

»Was hast du vor«, zische ich, als wir durch den schmucklosen Flur gehen, aber Pawel sagt nur: »Du hast etwas behauptet, und das will ich nachprüfen. Das ist alles.«

Wir besteigen den Aufzug, eine schmale Kabine mit einem verschmierten Spiegel. Es riecht nach Hund. Der Aufzug setzt sich schwerfällig in Bewegung.

Ich lehne mich an die Rückwand der Kabine. Vielleicht wollte er mich hierherlocken, um mir näherzukommen, denke ich, aber Pawel macht keinerlei Anstalten, sich mir zu nähern. Im Gegenteil: Er lehnt an der gegenüberliegenden Wand der Kabine, so weit weg von mir wie nur möglich, und mustert kritisch den Lift.

»Ich habe eine Patientin betreut«, sagt er, »die an Platzangst litt. Sie hat eine Strategie entwickelt, um dennoch mit dem Aufzug fahren zu können. Du wirst es nicht glauben, aber sie legte sich flach auf den Boden und betete den Rosenkranz:

Gegrüßt seist du, Maria, voll der Gnade, der Herr ist mit dir. Du bist gebenedeit unter den Frauen, und gebenedeit ist die Frucht deines Leibes Jesus, der für uns Blut geschwitzt hat.«

Ich kichere. Der Wahnsinn, der andere trifft, hat immer etwas Befreiendes. Geht das überhaupt? Blut schwitzen? Und wie sieht das aus? Wasser zu schwitzen ist schon unappetitlich genug.

»Blut schwitzt man nur in Todesangst«, sagt Pawel. »Unter extremer Anspannung. Dann platzen die Hautäderchen, und das Blut fließt zusammen mit dem Angstschweiß ab. Über die Poren.«

Kaum hat er den Satz beendet, kniet er bereits auf dem Boden und versucht, sich auszustrecken, doch die Liftkabine ist zu eng, wie ein verkrümmter Frosch hockt er da, als der Lift abrupt stehenbleibt, sich die Türen öffnen und wir geradewegs in die schreckensgeweiteten Augen einer alten Frau blicken. Sie ist klein und schrumpelig, wie ein Kleidungsstück, das mit zu hoher Drehzahl geschleudert wurde.

»Nichts passiert«, sagt Pawel und greift nach meinem Arm, um sich aufzurichten. Umständlich klopft er sich die Hose ab.

»Ein Versuch«, sagt er zur Frau gewandt. »Ein wissenschaftlicher Versuch.«

Sie nickt, stumm. In ihren Augen spiegelt sich die Ehrfurcht vor dem Akademischen.

Sie bittet uns in einen dunklen Flur, dann weiter in ein dunkles Wohnzimmer. Kassettendecken, Biedermeier-Mobiliar, eine Pendeluhr. Es riecht nach nasser Wolle. Diese Frau gehört in eine Altbauwohnung im Zentrum, denke ich, mit Flügeltüren und hohen Decken, damit die Erinnerungen zirkulieren können.

Sie bietet uns etwas zu trinken an, und ich sage: »Bitte keine Umstände«, aber sie scheint sich tatsächlich über den Besuch zu freuen. Sie mustert Pawel unverhohlen.

»Von welchem Dekanat, sagten Sie, sind Sie?«

»Wir untersuchen die Auswirkungen der Wohnhöhe auf die psychische Verfassung«, sagt er. »Ob Nestbewohner, wie Sie einer sind, glücklicher sind als Höhlenbewohner. Für eine Wohnstatt in dieser Höhe war ja der Mensch ursprünglich nicht gebaut.«

»Glück«, sagt die Frau und schüttelt den Kopf. »Da haben Sie sich aber ein großes Thema vorgenommen.«

»Alle Themen werden groß, wenn man sich nur lang genug mit ihnen beschäftigt«, sagt Pawel.

Die Frau füllt eine dunkle Flüssigkeit in zwei Schnapsgläser.

»Zirbenschnaps«, sagt sie. »Gut für die Seele.« Sie lacht. Ein raumfüllendes Lachen, viel größer als sie selbst.

Ich nippe am Glas. Der Schnaps schmeckt nach Wald. Ich sehe mich um in diesem Zimmer, das hoch über der Stadt zu schweben scheint. Alles hier drin ist vor den Zumutungen des Alterns geschützt. Eine Tischdecke aus Plastik schützt den Tisch, das Hochlehner-Sofa ist über und über mit gemusterten Tagesdecken bedeckt. Auf dem Boden: transparente Plastikläufer, dort, wo kein Teppich liegt. Nur das Gesicht der Frau war immer allen Witterungen ausgesetzt, es ist zerknittert und vergilbt wie eine alte Fotografie.

Pawel plappert indessen ohne Punkt und Komma, er erzählt von seinem Lehrauftrag, von seiner Forschungstätigkeit an der Uni Wien, von den internationalen Kongressen zum Thema Niedrighaus- und Hochhauspsychologie, vom Spezialfach Almhüttenforschung – zu *Forschungszwecken* habe er zwei Monate 2500 Meter über dem Meeresspiegel verbringen müssen –, und ich lausche seinen absurden Ausführungen ebenso konzentriert wie die alte Frau.

Bis sie uns auffordert, ihr auf ihren Südbalkon zu folgen, dort könne man das Hochhaus am besten spüren, wie sie sagt.

Sie öffnet die Balkontür, wir treten alle hinaus, der Wind bläst uns ins Gesicht. Vor uns liegt das Ensemble der Häuser und Straßen aufgerollt da wie ein Teppich, kein Laut, der hier heraufdringt, so als stünde man auf einem anderen Planeten.

»Und?«, flüstert Pawel. »Bist du immer noch der Meinung, dass man hier nicht leben kann?«

Die Frau hat sich in einen Lehnstuhl gesetzt. Das hier, sagt sie, sei ihr ganz persönlicher Fernsehschirm. Sie beobachte den

Wechsel der Farben der Stadt, des Himmels, der Zone zwischen Stadt und Himmel, die eine unendliche Ruhe berge, wie die Pause zwischen Ein- und Ausatmen.

Als ich das nächste Mal zu ihr hinsehe, hat sie ihre Augen geschlossen, und eine halbe Minute später immer noch.

»Lebt sie noch?«, flüstere ich.

Pawel sieht zu ihr hinüber, dann sagt er: »Keine Sorge. Sie schläft.«

Wir beugen uns über das Geländer, um die Balkone der Nachbarn zu betrachten. Pawel deutet auf das Grünzeug. Nur Zierpflanzen, sagt er, Nutzpflanzen seien im Wohnpark »Neue Welt« keine erlaubt, doch wo wir auch hinsehen, überall identifizieren wir Tomatenstauden, Miniatur-Kräutergärten, Salatbeete. Ein vertikaler Garten, der in den Himmel wächst.

Plötzlich spüre ich Pawels Hand auf meiner Schulter, langsam streicht er über meinen Rücken, während sein Blick immer noch auf die Balkone gerichtet ist, eine seltsame Diskrepanz zwischen seinem Kopf und seiner Hand, als seien sie von zwei unterschiedlichen Systemen gesteuert.

»Ich möchte dich kennenlernen, Ruth«, sagt er und sieht immer noch hinunter auf die Balkone. »Ich möchte, dass wir einander eine Geschichte aus unserem Leben erzählen, die wir noch niemandem erzählt haben.«

Jetzt dreht er sich zu mir, sieht mir in die Augen. »Als ich ein kleines Kind war, war ich oft in den Bergen. Dieses Haus erinnert mich daran. Ich wollte immer der erste auf dem Gipfel sein. Dann hab ich hinuntergeschaut, so wie jetzt. Und mich gefühlt wie der König der Welt. Ich hab kleine Steine hinuntergeworfen vom Gipfel. Das war meine Art, der Welt zu zeigen, dass ich da war. Als mein Großvater das gesehen hat, ist er wütend geworden. ›Wenn einer deiner Steine einen Wanderer trifft‹, hat er gesagt, ›dann kann ihn das schwer verletzen. Oder sogar töten.‹ Seither verfolgt mich die Angst, dass ich als Kind zum Mörder geworden bin.

Wenn ich jemanden kennenlerne, überprüfe ich immer als erstes, ob der Kopf heil ist. Das mache ich auch bei den Patienten so. Darf ich?«

Er tastet meinen Schädel ab wie ein Blinder. Seine Hände, die sonst über schwielige, kranke Haut streichen, gehören in diesem Moment mir allein.

»Kein Loch«, flüstere ich.

»Bist du dir ganz sicher?«

Und plötzlich küsst er mich, und das geschieht so abrupt, dass mein Herz einen Sprung macht. Unser Atem vermengt sich, er küsst meine Augen, meine Stirn, meine Wangen, und ich höre nicht auf, mich darüber zu wundern. Ich schlüpfe mit den Händen unter sein Hemd, vielleicht finde ich dort eine Antwort. Seine Haut ist glatt und makellos, seine Schulterblätter stehen ab, gestutzte Flügel. Meine Finger gleiten über seinen Rücken wie über einen gefrorenen See.

»Mein Großvater hat mir die Welt erklärt«, sagt er. »Auf seine Art und Weise. Er wollte, dass ich widerstandsfähig werde, ich musste im kalten Fluss baden und im Wald übernachten. Aber ich wurde nur immer empfindlicher, je mehr er versuchte, einen Klotz aus mir zu machen.«

Zwischen seinen Worten drückt mir Pawel schnelle Küsse auf die Mundwinkel, danach sieht er mich an, wie um sich zu vergewissern, ob es mir gefällt.

Auf diese Weise bin ich noch nie geküsst worden. Johannes sabberte in meinen Mund, wenn er mich küsste. Raoul drückt seine Lippen auf meine wie ein Brett, zumindest hat er das früher getan. Seit längerem schon küssen wir uns nicht mehr, selbst wenn wir Sex haben. Maja sagt, das sei normal, auch sie küssten sich nicht mehr. Küssen sei etwas für Phase eins, ein Test für weitere Annäherungen, wenn diese absolviert sei, habe das Küssen seine Schuldigkeit getan.

Pawels Hand schlüpft unter mein Shirt und legt sich, ohne zu zögern, auf meine Brust. Er ist Pfleger, er weiß, was er tut. Ich schließe die Augen. Regenbogen hinter den Lidern. In Windeseile und mit routinierter Geste öffnet er meinen BH. Wahrscheinlich muss er gebrechliche Patientinnen oft auf diese Weise entkleiden. Er hält meine Brust in seiner Hand, als würde er sie wiegen.

»Ich durfte ihm nicht sagen, dass ich lieber zu Hause blieb, um zu lesen«, flüstert Pawel, und ich schrecke auf, denn ich weiß nicht, wovon er spricht. »Wer?«, flüstere ich, und Pawel sagt: »Großvater.«

Seine Hand wächst, dehnt sich aus, plötzlich ist sie überall, streicht konzentriert über meine Konturen. Da kommt etwas in Bewegung, ein Zug, der lang in der Remise stand, und plötzlich pfeift der Schaffner, und es kann losgehen, Zielort unbekannt.

Und je näher mir Pawel ist, umso mehr sehne ich mich nach seinen Berührungen, wie wird es erst sein, wenn er wieder weg ist?

Als es klingelt, geht alles ganz schnell: Die alte Frau schreckt hoch, Pawel nimmt seine Hände aus meinem Shirt, ganz nackt fühle ich mich ohne seine Berührungen. Ich frage mich, woher dieses Klingeln kommt, das alles zerstört, und Pawel sagt: »Das bist du.«

Tatsächlich, ich sehe auf das Display meines Handys, eine

unbekannte Nummer, und um es schnell zum Verstummen zu bringen, nehme ich den Anruf entgegen.

Judiths Stimme. »Wir stehen vor deiner Tür, haben dreimal geklingelt, hast du unsere Verabredung vergessen?«

Das Kaffeekränzchen. Ausgelöscht.

Ich atme tief durch, drehe mich weg von Pawel, halte meine zitternde Hand vor den Mund, damit er mich nicht hören kann.

»Ja«, zische ich. »Ich habe sie vergessen. Und weißt du, wo ich bin? In der Neuen Welt. Ganz oben. Wenn man hinunterfällt, landet man auf dem Balkon eines Nachbarn, wusstest du das? Sag mir doch noch eines: Ist Raoul der Vater von Moritz?«

Ohne eine Antwort abzuwarten, drücke ich die rote Taste.

»Du hattest recht«, sage ich zu Pawel. »Es ist wunderbar hier.«

25

»Das war mein Bett«, sage ich und zeige auf das Bett wie eine Fremdenführerin auf ein historisch wertvolles Gebäude. Das war mein Schrank, hier mein Schreibtisch. Eine Kindheitskulisse, magisch aufgeladen durch tausendfach wiederholte Tätigkeiten. Hier habe ich gemalt, hier habe ich *Mädchen* gelesen, da hing ein Poster von James Dean, dieses Bild, auf dem er den Gekreuzigten nachstellt, die Zigarette im Mundwinkel.

Das ist mein Zimmer, Pawel, eine rechteckige Schachtel mit zwei Öffnungen, durch die eine fließt das Mondlicht herein, durch die andere das müde Licht des fünfarmigen Lüsters, der immer nur mit drei Glühbirnen bestückt ist. In diesem Haus schöpft nichts und niemand sein Potential aus.

Auf den Lüster hatte sich meine Mutter etwas eingebildet. Meine Mutter sagt niemals »Flur«, sie sagt »Entrée«, und dieses Entrée habe zu wirken wie die Feststiege der Wiener Staatsoper, mindestens. Das Entrée, sagt meine Mutter, sei das erste, was ein Gast sehe, das letzte sei es auch. Und da die ersten und letzten Eindrücke die stärksten seien, müsse das Entrée Eindruck schinden, mehr als jeder andere Raum in diesem Haus. Mein Vater ist anderer Meinung, und da er seine Großzügigkeit ausschließlich beim Monopoly ausspielt, rationiert er die Glühbirnen – mit dem Ergebnis, dass der Lüster nur noch einen Teil des Charmes versprüht, mit dem er seinerzeit im Lampengeschäft meine Mutter verführt hatte.

Als wir in der Beethovenstraße ankamen, war niemand zu

Hause, und das war mir nur recht. Der Schlüssel lag wie früher unter der Fußmatte. Ich sagte zu Pawel, dass er vor der Tür warten könne, weil wir ohnehin gleich wieder fahren würden. Er blieb mir auf den Fersen. »Wenn ich draußen warte«, sagte er, »kann ich dich nicht kennenlernen.«

Mein Kinderzimmer ist beinahe zu klein für zwei Erwachsene, die aufrecht und nicht allzu nah beieinander stehen.

»Leg dich ins Bett«, sage ich. »Dann lernst du mich kennen.«

Es ist ein schmales Mädchenbett mit verschnörkelten Eisenteilen an Fuß- und Kopfende. Pawel schlüpft aus seinen Sneakers und legt sich vorsichtig auf die Tagesdecke, den Blick starr an die Decke gerichtet.

»Und jetzt?«

»Was siehst du?«

»Nichts?«

»Dreh den Kopf ein wenig zur Seite«, sage ich.

»Okay«, sagt er. »Setzt du dich zu mir?«

»Stell dir vor, es ist Abend und die Tür einen Spalt geöffnet«, sage ich. »Ich war fest davon überzeugt, dass meine Eltern ungeheuerliche Dinge sagten und machten, nachdem ich schlafen gegangen war.«

»Setz dich zu mir«, wiederholt Pawel.

Also setze ich mich neben ihn auf das Bett und erzähle. »Wenn ich nicht schlafen konnte, hockte ich mich zur Tür und lauschte ihren Gesprächen. Einmal hörte ich die Stimme einer fremden Frau. Sie war außer Atem und japste. Sie sprach über ihren Mann. Er war Arzt und jahrzehntelang morphiumsüchtig gewesen, nun hatte er sich in der Toilette eingeschlossen und sich mit seinem Jagdgewehr in den Kopf geschossen. Er wählte die Toilette aus Rücksicht auf seine Frau, schließlich ließen sich Kacheln besser reinigen als Stäbchenparkett, sagte die Frau und meine Mutter sagte, da habe Sie recht, aber sie hoffe für die Ehefrau, dass es sich um helle Fliesen gehandelt habe und nicht um dunkle, denn Blut sei auf dunklen Fliesen schlecht zu entfernen, da entstünden unschöne Schlieren. Sie redeten über Fliesen. Ich hörte, wie mein Vater die Kredenz öffnete, die Tür klemmte etwas und ächzte. Er öffnet sie nur selten, denn dort hortet er den teuren Alkohol für wichtige Gäste oder große Anlässe. Am nächsten Tag fragte ich sie, was das sei, Morphium. Sie beteuerten, das Wort nicht in den Mund genommen zu haben, außerdem wären sie den ganzen Abend alleine gewesen, ich hätte wohl schon geträumt. Ich traute mich in der Nacht nicht mehr aufs Klo, sah immer das Blut auf den Fliesen. Ich habe es in meiner Vorstellung gesehen, und das genügte.«

»Komm her«, sagt Pawel und angelt mit der Hand nach meinem Bein, aber ich entziehe mich, er ist mir fremd, dieser Mann auf meinem Jugendbett, wie ausgeschnitten aus einer anderen Kulisse und hierher verpflanzt. Raoul war oft hier, an seinen Anblick in meinem Bett hatte ich mich gewöhnt.

Ich öffne den Kleiderschrank und erstarre. Ich erwartete, meine Kleider vorzufinden, Herr Walter fragte nach der Erlaubnis, ausräumen zu dürfen, es war nie die Rede davon, dass er bereits alle meine Sachen verschwinden ließ. Offenbar konnte es ihm nicht schnell genug gehen mit seinem Einzug, denn da ist nichts mehr, was mir gehört. Herrn Walters Anzüge hängen sorgfältig und nach Farbe geordnet im Schrank, beige, aschgrau, schwarz. In den Regalen seine Hemden, seine Unterhemden, seine Socken, allesamt schwarz. Rasch öffne ich die Laden der Kommode, um mich zu vergewissern, ob er sich auch dort breitgemacht hat. Und tatsächlich: Unterhemden, Boxershorts, in jeder Lade wohnt bereits Herr Walter.

Ich setze mich auf mein Bett, erschöpft, und Pawel schlingt seinen Körper um mich. Ich rücke sofort ab.

»Was hast du?«

»Das ist nicht mehr mein Zimmer«, sage ich traurig. Ein lächerlicher Satz aus dem Mund einer Frau, die selbst längst ein Kind haben sollte, und als mir das bewusst wird, sinke ich noch ein wenig tiefer in die alte Matratze. Ich kann mir Herrn Walter nicht vorstellen, wie er daliegt in meinem Mädchenbett. Ob er ein langes Nachthemd trägt? Oder einen gestreiften Pyjama? Vielleicht ist er sogar nackt?

»Ist dir nicht gut?«, fragt Pawel besorgt.

»Kein Tiger hier drin«, sage ich und zeige auf meine Brust. »Und selbst wenn, weiß ich nicht, womit ich ihn füttern soll.«

Pawel nickt und sagt: »Das haben wir gleich. Die Patientin darf es sich bequem machen und entspannen.«

Noch bevor ich protestieren kann, ist er aus dem Zimmer gelaufen, und ich lehne mich zurück und schließe die Augen. Schon steht er wieder im Zimmer, und ich frage mich, wo er in dieser Geschwindigkeit all die Utensilien gefunden hat, die er auf dem Bett ausbreitet: ein Wollknäuel, eine leere Mineralwasserflasche, Stricknadeln, Heftpflaster.

Ich möchte ihn fragen, was er vorhat, aber er hantiert bereits zielgerichtet mit Wolle und Flasche und sagt auf einmal: »Gib mir deinen Arm«, und ich halte ihm meinen Arm hin wie eine folgsame Patientin. Pawel klebt eine dunkelrote Stricknadel mit Pflastern an der Innenseite meines Arms fest, die Nadelspitze rastet an der blauen Ader. Anschließend befestigt er ein Ende des Wollfadens an der Stricknadel und das andere

Ende am Hals der Mineralwasserflasche. Ich sehe ihm bei dieser Verrichtung zu, er wirkt ernst und konzentriert, so als ob er tatsächlich ein medizinisches Ritual vornähme. Dann dreht er die Flasche um, hält sie an ihrem Bauch hoch in die Luft und sagt: »Die Infusion ist serviert, Madame«, und als ich lache, weist er mich zurecht: »Das ist nicht zum Lachen, du wolltest deinen Tiger füttern, also füttern wir ihn.«

»Und was ist in der Infusion drin?«

»Was du willst.«

Ich will sagen: Ich hätte gern ein Kind, aber dann sagt er bestimmt, dass man dafür andere Maßnahmen ergreifen müsse, für die ich gleich im Bett liegenbleiben könne, auch dafür hätte er die erforderlichen Therapiegeräte vorrätig. Vielleicht ist auch mein Kinderwunsch nur Einbildung, so wie der Beziehungswunsch Projektion ist. In Wahrheit wünsche ich mir, ewig unter den Fittichen der *Gesellschaft für W.* ruhen zu können und ein Sekundärleben zu führen, ganz ohne gröbere emotionale Ausschläge. Keine Fieberkurve, sondern eine Nulllinie wünscht sich der Tiger, der nicht über Krallen verfügt, sondern über abgebissene Nägel, weil er ohnehin nicht auf die Jagd geht. Ins Unterholz möchte er sich zurückziehen, unbeachtet vom Rudel, das ist der Ort, wo es sich gut leben und bestimmt auch gut sterben lässt.

Ich sehe sie zuerst. Sie tupft an die Tür, die sofort nachgibt, und dann stehen sie im Rahmen, unbewegt wie in einem Stillleben: Meine Mutter, flankiert von Herrn Walter auf der einen und meinem Vater auf der anderen Seite. Das Trio ist nach Hause zurückgekehrt.

»Was ist denn da los«, flüstert meine Mutter. »Ruth, bist du krank?«

Ihr Blick springt von mir zu Pawel, der immer noch die Mineralwasserflasche hochhält, so als müsse er garantieren, dass tatsächlich Flüssigkeit in meine Vene gelangt.

»Das ist nicht das, wonach es ausschaut«, sage ich, während ich mich aufsetze und die Pflaster mitsamt der Stricknadel vom Arm reiße. »Seht ihr? Ein Spiel.«

Es befremdet mich, dass dieses »ihr«, das bisher immer nur zwei Menschen umfasste, nämlich Mama und Papa, plötzlich eine dritte Person miteinschließt. Herr Walter hat sich bereits angepasst, er trägt Jeans wie mein Vater und ein gelbes Poloshirt.

»Aha«, sagt meine Mutter. Die Männer bleiben stumm.

»Das ist Pawel«, sage ich. »Pawel ist Krankenpfleger.«

»Na, da schau her«, sagt meine Mutter. Medizinische Berufe sind in der Familie stets willkommen.

»Ihr bleibt zum Essen«, sagt sie. Keine Frage, eine Feststellung. Dann verschwindet sie mit ihrer Entourage.

»Familie«, sage ich und zucke mit den Schultern.

»Schön«, sagt Pawel, »wenn man so etwas hat.«

Ich betrachte sein Gesicht, das Zeichen von Entbehrung zeigt, und sage: »Du kannst deine Eltern doch auch besuchen, in Sizilien«, und gleichzeitig zweifle ich an der Version der Geschichte, wer weiß, ob er mir die Wahrheit erzählt hat.

»Ich weiß nicht, ob sie mich sehen wollen«, sagt Pawel.

»Eltern wollen ihre Kinder immer sehen«, sage ich.

»Und deine Eltern? Wollen sie dich immer sehen?«

»Ich denke schon«, sage ich. »Zumindest habe ich mir darüber noch nicht den Kopf zerbrochen.«

»Sehr froh sahen sie nicht aus«, sagt Pawel.

»Bei uns freut man sich innerlich«, sage ich.

Pawel wickelt die Wolle auf und steckt die unbenutzten Pflaster zurück in die Schachtel.

»Und wie geht es dem Tiger?«, fragt er. »Trotz abgebrochener Behandlung auf dem Weg der Besserung?«

»Es gibt keinen Tiger«, sage ich.

Als ich in die Küche komme, spült meine Mutter eine große Pfanne. Mein Vater steht daneben, ein Geschirrtuch in der Hand. Ein schlechtes Schauspiel mit miserablen Darstellern.

»Ich bin gekommen, um meine Sachen zu holen«, sage ich.

»Deine Sachen?« Meine Mutter sieht mich an, als wüsste sie nicht, wovon ich spreche. Mein Vater poliert angestrengt ein Messer mit dem Geschirrtuch, dabei glänzt es ohnehin schon wie ein Skalpell.

»Meine Kleider«, sage ich. »Wo sind sie?«

»Deine Kleider?«

»Die Kleider aus meinem Schrank! Spreche ich undeutlich?«

Da tritt Herr Walter aus den Tiefen der Küche, wie kommt es, dass ich ihn vorher nicht gesehen habe?

»Wir sind davon ausgegangen, dass Sie die Kleider nicht mehr benötigen«, sagt Herr Walter. So ist das also. Er ist bereits zu ihrem Sprachrohr geworden.

»Wie kommen Sie darauf?«, fauche ich ihn an.

»Ruth, beruhige dich«, sagt meine Mutter.

»Rege ich mich auf? Ich rege mich nicht auf! Ich will nur wissen, wo meine Kleider geblieben sind!«

Herr Walter legt mir eine Hand auf die Schulter. Sofort knicke ich ein unter dieser Last. »Wir haben sie zur Caritas gebracht«, sagt er mit salbungsvoller Stimme. »Es gab eine Kleidersammlung. Für Rumänien.«

»Für Rumänien«, sage ich. »Gut zu wissen.«

Als Pawel die Küche betritt, zupfe ich ihn am Hemd.

»Komm, wir gehen«, sage ich.

»Kommt nicht in Frage, ihr bleibt«, sagt meine Mutter. »Ruth, bitte decke den Tisch.«

»Ich helfe Ihnen«, sagt Pawel und nimmt von meiner Mutter die Feiertags-Suppenteller entgegen, die mit dem grünen Blümchenmuster.

»Sie haben schöne Hände«, sagt Pawel.

Sie kichert wie ein Teenager.

»Charmant, dein Freund«, sagt sie.

Mein Vater poliert immer noch das Messer, ganz versunken ist er in seine Tätigkeit. Herr Walter faltet indessen die Stoffservietten. Er weicht meinen Blicken aus.

»Ich habe einen Job«, sage ich in die Stille hinein und wundere mich, wie heiser meine Stimme klingt.

»Ich werde arbeiten«, sage ich noch einmal, und bevor jemand eine Frage stellen kann: »Ich mache mich selbständig.« Mit einer Selbstverständlichkeit, als hätte ich monatelang auf diesen Moment hingearbeitet.

»Schön, Ruth«, sagt meine Mutter.

Das war's. Keiner fragt, was ich zu tun gedenke. Ich könnte genauso gut sagen: Ich ziehe mit einem Elchzüchter in die Walachei. Ihr Interesse an mir ist mit den Jahren erschlafft. Pawel ist der einzige, der mich ansieht. »Du bist wunderbar, Ruth«, sagt er. Und richtet das Besteck aus, alles schön gerade und im rechten Winkel.

Auf einmal steht Raoul in der Tür. Wie auf Kommando drehen sich alle nach ihm um. Raoul plustert den Brustkorb auf wie ein Pavian auf Brautschau.

»Das ist aber schön, dass du auch kommst«, sagt meine Mutter. Sie scheint kein bisschen überrascht. »Pawel, bitte einen weiteren Teller für den Freund des Hauses.« Betonung auf *Freund*.

»Würdest du bitte einen Moment hinauskommen«, sagt Raoul. Er meint mich. Seine Stimme zittert. Was ist das? Eine Aufforderung zum Duell?

Kaum auf dem Flur, hagelt es Vorwürfe.

»Judith hat angerufen. Sie hat sich Sorgen gemacht, dass du – dass du dir etwas antust«, zischt er. »Du hättest gedroht, dich von einem Hochhaus zu stürzen. Kannst du dir vorstellen, wie groß meine Angst war? Kannst du dir das vorstellen?« Er wird laut. »Denkst du eigentlich auch *einmal* an andere?«

»Nein«, sage ich. »Dreimal nein.«

»Was ist denn hier los«, höre ich meine Mutter sagen. Ihre Entourage ist ihr dicht auf den Fersen, zwei in die Jahre gekommene Bodyguards, die hinter ihr Aufstellung nehmen.

»Der Grüne ist in Ordnung?«, fragt Pawel und hält einen Teller mit Blümchenmuster hoch. »Blaue sind keine mehr da.«

Und plötzlich stehen wir alle im Flur: meine Eltern und Herr Walter. Raoul. Pawel. Und ich. Unter dem traurigen Lüster, zwischen Neopren-Jacken und Schuhregal.

»Grün ist in Ordnung«, sagt meine Mutter, und zu Raoul gewandt: »Du kannst die Katzen-Hausschuhe anziehen.«

Ich sehe sie an, nach der Reihe. Behalte sie gut im Gedächtnis, denke ich.

Ich höre den Wasserhahn in der Küche tropfen, irgendein Magen grummelt.

Das ist mein Auftritt. Ohne ein weiteres Wort öffne ich die Tür und gehe hinaus. Im Film ist es so, dass einem immer wer folgt. Mir aber folgt niemand. Ich bin erleichtert und gleichzeitig ein wenig enttäuscht.

Der Garten macht einen erschöpften Eindruck, nur Salat und Kräuterspirale halten noch die Stellung. Und die Nachbarin.

»Ja, die junge Amsel«, frohlockt Frau Obernosterer. »Auch wieder einmal zu Besuch in der Heimat.« Sie wischt ihre Hände an der Schürze ab und hält ihre schwielige Hand über den Zaun.

»Grüß Gott«, sage ich.

»Die Frau Mamá hat viel Besuch in letzter Zeit«, sagt sie.

»Der Herr mit den dunklen Haaren kommt jeden Tag!«

»Ich verrate Ihnen ein Geheimnis«, sage ich und winke sie heran. Ihr Ohr ist riesengroß und gefältelt wie das Alterswerk eines Origami-Künstlers.

»Der Herr ist Direktor der Weltbank«, flüstere ich ihr ins Ohr.

»Nein«, ruft sie aus und bedeckt den Mund mit ihrer Hand.

»Doch«, sage ich. »Sie wissen schon: Dort wird das Geld der ganzen Welt gedruckt. Der *ganzen* Welt.«

Ich greife in die Hosentasche und drücke ihr das NUBA-Staubtuch in die Hand.

»Für Sie«, sage ich. »Aus der Weltraumforschung. Damit wird die Weltbank geputzt.«

»Das wäre aber nicht notwendig gewesen«, sagt Frau Obernosterer und greift erstaunlich flink nach dem Tuch.

»Haben Sie eine Ahnung«, sage ich.

Als ich das Tuch losgeworden bin, fühle ich mich unendlich müde. Ich habe Lust, mich auf dem Rasen auszustrecken, zwischen Rosen und Salatbeet, und in den Himmel zu schauen.

Wolkenfernsehen. Stattdessen setze ich mich auf die Steinstufen, die zum Haus führen, und lege meine Stirn auf die Knie.

»Bald ist der Herbst da«, sagt mein Vater.

Ich habe ihn nicht kommen hören. Er wird immer leiser, dezenter, transparenter.

»Ganz schön kühl«, sage ich und richte mich auf.

Wir wechseln einen schnellen Blick.

»Letzte Woche habe ich die erste Fuhre Brennholz bestellt.« Er steht in Bärenhausschuhen auf dem Treppenabsatz, die Hände in den Taschen, und schaut hinüber zu den Rapsfeldern, die Unterbruchstetten von Siegendorf trennen.

»Erntezeit«, sagt er.

Und du?, will ich ihn fragen. Wann erntest du?

Noch bevor ich ein Wort sagen kann, zieht er die Voodoo-Puppe aus der Hosentasche. »Die lag am Boden. Gehört sie dir?«

Mit der Puppe ist was passiert. Ihre weiße Textilhaut ist übersät mit roten Pickeln.

»Ich denke schon«, sage ich und greife nach der Puppe.

Jetzt sehe ich es: Das sind keine Pickel. Jemand hat sämtliche Herz-Pins auf ihren weißen Brustkorb gepinnt. Hundertfache Herztransplantation.

»Kommst du rein?«, fragt mein Vater. »Es gibt Lasagne.«

»Ich bleib noch ein bisschen«, sage ich. »Durchatmen.«

Er nickt und schließt die Tür, ganz behutsam.

Die Puppe ist hosentaschenwarm. Ich presse ihren kahlen Stoffkopf gegen meine Wange. Und dann muss ich plötzlich lachen, einfach so.